光文社文庫

日暮れてこそ

江上　剛

KOBUNSHA

目次◆日暮れてこそ

第一章　メール

1

なにげなくパソコンをいじっていた。勢い込んで開設したブログを数ヶ月も更新していない。飽きたわけではない。書くことがないだけなのだ。

池澤《いけざわ》の足もとには飼い猫のクロが太った体を横たえている。六年前に池澤の住む私鉄沿線の駅に捨てられていた。手のひらぐらいの大きさの黒猫だった。ちいさな箱に入れられ、まだ目も開いていなかった。このまま見ぬ振りをして通り過ぎようと思ったが、か細い声でミーと泣いた。その瞬間に池澤は年甲斐もなく涙がこぼれて、黒猫を抱き上げていた。

ちょうどその日、長年勤めていた銀行を辞めた。それも大人気ないやり方で……。

支店長として都内の支店を任されていたのだが、業績は伸び悩んでいた。ある日、役員から呼び出しを受けた。

役員は、池澤と同期入行だった。嫌な奴だった。若い頃から、やたらと傲慢《ごうまん》で同期の中でも鼻摘み者だった。彼は、全ての価値観を出世においていた。その点、池澤とは全く違っていた。

同期会の席で池澤は彼と一度だけ言い争いをしたことがあった。取引先から強引に回収し、相手を倒産に追い込んでしまったが、よく回収したと高い評価を受けたことを彼が自慢したときだ。池澤は「くだらない」と一言で切って捨てた。彼は、酒の酔いも手伝い、真っ赤な顔で「なにがくだらないのだ」と絡んできた。「くだらないからくだらない」と適当にあしらったが、それが彼の怒りに火をつけた。「本部の方針に従って回収したんだ。それのどこがくだらないんだ。池澤は、本部の指示に逆らうのか。そんなことをしているから一選抜から落とされるんだ」。一選抜というのは、一番出世のような銀行内の言葉だ。彼は一番出世で、池澤は二番出世だった。この差は先に行くほど大きい格差になる。

池澤は、睨みつけただけで黙っていた。彼はしたたかに酔っている。酔っ払いを相手にしても仕方がない。「落ちこぼれだから、何も言えないのか。俺が頭取になったら、お前なんか一発で放り出してやる」。周囲の同期が、「もう止めろ」と彼に注意をしていた。それでも彼は止めない。「何とか言え」を繰り返した。我慢の限界を超えた。彼の襟首を摑んで、「お前の存在そのものがくだらないんだ。最低野郎だ」。手が出た。彼は、その場で腹を抱えてうずくまってしまった。

彼は、若い頃と全く変わっていなかった。業績不振の支店長たちを前にして、くどくどと愚痴めいた訓示を言い始めた。「あなたがたが足を引っ張っている」「もうあなたがたは終わりだ」「あなたがたがいなければ、どれだけ業績が向上するだろうか」「辞めてくれたほうが銀行のためだ」。

左右に並んだ支店長を見た。彼らは耳栓をしているかのように無表情でうな垂れていた。まるで意識のない蠟人形のようだった。彼らは、この場がある種の儀礼の場だということを分かっているのだ。

彼は、役員として支店長たちを厳しく叱咤した。彼らは、それを有り難く拝聴した。そして「頑張ります」という一言を約束して、再び前線に戻ればいい。ただそれだけのことだ。時間さえ過ぎればいい。

「くだらない……」

俯いたまま呟いた。気配がした。彼が、こちらに向かってくる。足音が響く。周囲が緊張しているのが、ひりひりと感じられる。

視界が彼の靴を捉えた。両足を揃えるのではなく、苛々した様子で交差している。

「もう一度繰り返してみろ」

何も答えない。

「聞こえないのか。もう一度繰り返してみろ」

彼が興奮しているのが分かる。周囲の空気が凍てついている。不思議だった。とても静かで落ち着いていたからだ。

彼に土下座して許しを乞うなどということは考えもしない。こうなることを覚悟していたのか。何かきっかけが欲しかったのだろうか。なんのきっかけ？　それは新しくやり直すきっかけだった。

疲れが溜まっていた。業績ノルマの消化に追われる毎日……。日々、蓄積される疲労感。やりがいのある仕事、人のために汗を流す仕事をやりたいですと青臭いことを言って、銀行に入った。あれから二十数年が経った。あの身震いするような感動は確実にどこかに消え、滓《かす》のような自分が残ってしまった。

朝、髭を剃るとき、剃り跡が荒れている。夢を見ていた若いころは、気持ちよく髭が剃れた。かみそりが、抵抗なく肌を滑った。ところが夢が消え始めると、かみそりの滑りが悪くなった。時々、痛ぇ！　と血が出ることもある。ティッシュで止血しながら、このままくだらない人生で終わるのか？　と鏡の中の自分に問いかけている自分を見つけていた。

顔を上げた。そこには接待漬けで膨れた二重顎の彼がいた。輝きもない。希望もない。何もかもどこかに置き忘れてきた。その忘れたことさえ気づかない。鎧《よろい》のように権威だけを身にまとい、もしその鎧を剝ぎ取られれば、やせ衰えてアバラ骨の浮き出た青春の残滓のような肉体が現れるに違いない。

腐ったような臭いの息が吹きかかって来るのを避けるため、顔を背けた。

「こっちを向け。無駄飯喰い野郎」

彼が、叫んだ。

拳に力を込めた。彼の目に一瞬、怯えが走った。周囲の緊張がはちきれそうに高まった。

拳を下ろした。空気が緩んだ。

「後ほど辞表を人事部に出させていただきます。長らくお世話になりました」

なんのひっかかりもなく言葉が出た。まるで用意されていたかのようだった。彼は、小さく口を開け、言葉もなく、目を大きく見開いて、池澤を見ていた。

「本日は失礼させていただきます」

そのままその場から支店に戻った。

退職を思いとどまるように言う人もいた。役員に対する不敬罪だ、職場放棄だと騒ぐ人もいた。それらの雑音には耳を塞ぎ、池澤は淡々と退職手続きを終えた。

もう明日から、この電車に乗ることもないのかと改札を抜けた。その時にクロと出会ったのだ。目の開いていないクロに「なんとかなるよな」と訊いた。クロは「ミャー」と鳴いて、小さな頭を池澤の手に擦り寄せてきた。そのクロも、今では堂々とした体格になり、抱きかかえるのもひと苦労なほど重くなってしまった。

足でクロの腹部を触ってみる。気持ちがいいのか悪いのかわからないが、クロが池澤の足にじゃれて嚙み付く。

「痛いよ、痛いよ」

池澤もじゃれて声を上げる。

「あなた！　行ってくるわね」

階下で妻の美由紀が言った。

「気をつけて」

足でクロとじゃれながら答える。

美由紀がパートに出かけた。一時期は辞めていたのだが、最近再開した。

池澤が銀行を辞めたとき、偶然、彼女も長年勤めていたスーパーマーケット本社での事務パートを辞めた。中の人間関係に疲れたというのが、理由だった。池澤が、自分も銀行を辞めると言ったときは、驚いた顔をした。だが、基本的に物事を深刻に捉えない性質なのか、どうにかなるでしょうと、無理やり笑顔を浮かべた。

退職後、銀行時代の経験を生かして雑文を書いたり、コンサルティングをしたりするようになった。そこそこ収入も安定したため、美由紀はパートを再開しようとはしなかった。しかし最近、元のスーパーマーケットにパートの再開を頼んだ。理由は、仕事のために家に籠っている池澤と顔を突き合わしているより外に出て、違う空気を吸った方が健康にいいと思ったらしい。

確かに気持ちは分からないでもない。そう思いつつ、相変わらずクロと足でじゃれていた。

「ママ、出かけたね。クロと二人きりだね。ママはお小遣いを自分で稼ぐつもりなんだろうね」

クロ相手に独り言を言った。美由紀がパートを再開した理由の一番大きなものは、池澤の収入が減ってきたことなのだと分かっていた。これに関してなんとかしなくてはならないと思うことがある。

しかし一度、組織を離れてしまうと、もう二度と戻る気はしない。勿論、五十六歳という年齢を考えると、それなりの報酬で使ってくれるところなどない。だから戻る気がないというより戻れないといった方が正確だ。

組織人として長く生きてきた。退職後もどこかの組織に属すればよかったのだが、たまたま雑文などの仕事があったため、組織に属さない生活を選んでしまった。こうなるともう群れに戻ることはできない。ストレイ・ドッグ、野良犬を気取ってみるが、実際のところ、はぐれ犬の気楽さが身についてしまったのだ。

想像する自分の末路は、寂しいものだ。仕事が少なくなり、徐々に社会から忘れられ、息をするのも億劫《おっくう》になってくる。精神も肉体も衰え、どこか見知らぬ土地で名も知らぬ木立の下に体を横たえる。まさにはぐれ犬の末路と同じで、遠い故郷を思いながら、静かに息絶えていく。あまりの寂しさ哀れさにじんわりと涙ぐんでしまうほどだ。

孔子は、「五十にして天命を知る」と言ったが、あれは相当に諦めの境地だったに違いない。多くの弟子を抱えながらも、どこの国にも入れられず、どの君主も自分の言うことなどに耳を傾けてくれない。これも仕方がないことだと大いなる諦観から出た言葉だろう。

孔子と池澤の違いは、孔子は「六十にして耳順《したが》う。七十にして心の欲するところに従いて、矩《のり》をこえず」と五十歳から先の人生も思い描いていることだ。その点、池澤は、このまま徐々に衰えていくことしかイメージが浮かばない。

2

「おっ、メールだ」

久しぶりにメールが来ていた。

交友関係と読者からのメールは別にしていた。何冊か金融関係の実務書やノンフィクションを書いていたのだが、たいして売れなかった。しかし読者はいるもので時々メールが来た。また読者の他に、時々テレビの情報番組でコメンテーターとして出演するのを見た人からのメールもあった。

「クロ、メールだよ」

少しうきうきとした気分でクロに囁いた。クロは無反応だ。

紙で来る手紙は、表の字面を見ただけで悪意か善意か分かる。池澤彬《あきら》様と書いた字が、妙に整い過ぎていたり、封筒の片方に寄っていたりするだけで、不吉になる。あるときカタカナで宛名を書かれた手紙が来たことがある。心臓が破れるほど不安になった。ポストから摘むように取り出し、ひっくり返してみると差出人もない。明らかに脅迫状の類だと分かった。

封を開け、内容を点検するべきかどうか迷った。しかしそのままゴミ箱に入れた。当時、銀行では融資の貸し剝がし真っ最中のときであり、怒った客からのものだろうと思ったのだ。そんな内容を見て、気分を害してもつまらないと思った。

その点、コンピューターを通じて送られてくるメールというものは不思議なものだ。それがたとえ誹謗中傷の類の内容であったとしても、開いてみるまではなぜか楽しい。なんだか軽やかにやってくるという感じがするのだ。もし内容が意に沿わない場合は、すぐに削除してしまえばいいし、反論もわりと軽い気持ちでできる。相手も軽い気持ちなのだろうという気がするからだ。

こんなことを思うのは、活字を扱っている池澤だからかもしれない。便箋にインキをしたため、一字一句間違えないように、怨念を込めて書かれた手紙は、正直言って怖いものがあるが、コンピューターのメールにはそのような強い思いを感じない。

「どれどれ」

マウスでメール上に浮かんだ矢印をクリックする。開いた。画面を見つめた。

『初めてメールします。池澤さんはお忘れだと思いますが、大阪支店でご一緒した後輩の旧姓香川佐和子、現在は山本佐和子です。池澤さんのことは時々テレビでお見かけし、ご活躍を心から喜んでおります。

池澤さんに誘っていただいた大阪丸ビルの最上階のレストランから見た夜景のことはまだはっきりと覚えております。あの時、いただいたフランス料理のメニューまでは覚えておりませんが、ただあれ以来口にしたことがないフォアグラのソテーの美味しさはまだ舌が記憶しています。今思うと、高かったのでしょう？　申し訳ありませんでした。その後も何度か食事に誘っていただきましたが、どれもこれもいい思い出です。

あの時、池澤さんがたくさんの小説の話をしてくださいました。特に大江新三郎からの手紙を私に見せて、その小説世界を語ってくださったことがありましたね。私はうっとりとした気持ちでお話を伺っておりましたが、ああ、池澤さんは、本当は作家になりたいのだろうなと思いました。

今や夢を叶えられ、本も出され、テレビにも出演されている池澤さんは私の青春時代の誇りです。

陰ながら応援いたしておりますので、ますます頑張ってください。それではさようなら』

覚えていない。何も覚えていない。香川佐和子？　悪いけれど脳のどの襞《ひだ》にも引っかかっていない。なぜだろう。記憶力は悪いほうではないと思っているのに……。

大阪支店といえば、銀行員になって初めて赴任したところだ。数々の失敗もした。妻の美由紀が取引先企業のOLとして勤めていて、それがきっかけで出会ったところでもある。多くの場面に鮮明な記憶がある。それが香川佐和子の思い出だけは全くない。

もう一度メールを見る。彼女は後輩のようだ。後輩の女性の記憶を辿る。同僚の奥さんになった女性、酔っ払って介抱しているうちになんとなくホテルで一泊するはめになってしまったスポーツ好きの女性、いつも手作りのお菓子を持参して池澤たち若手男子行員に振舞ってくれたぽっちゃりとした女性……。どの女性が後輩で、どの女性が先輩だったかよく分からないのだが、何人かの顔が浮かぶ。しかしどの顔も香川佐和子だとぴんと反応しない。

彼女とは、何度か食事をしたようだ。大阪丸ビル最上階のレストランとある。きっと大阪の玄関口である梅田にある丸いビルのことだ。東京では丸の内にあるから丸ビルというが、大阪では本当に丸いビルなので丸ビルと言った。

三十数年前の梅田界隈は、現在のように開発されていない。大きなビルもなく、ちょっと目を転じれば視界の中にドヤ街風の町並みが入ってきた。その中にあって孤高を保つ丸ビルは威容を誇っていた。天に向かって聳え立ち、神の怒りを買って傾けば、ピサの斜塔にもなるかと思われるほどある種の傲慢さをも漂わせていた。

その最上階に、確かにフランス料理のレストランがあった。大阪の街の夜景を見下ろすレストランで「フォアグラのソテー」？　ありえない。妻とも食べたことがない。いったい幾らするものなのだろうか。フォアグラのソテーと言えば、本店勤務の時、ニューヨーク出張を命じられ、その地で食べたことがある。記憶ではペト・ロシアンという店だった。高級なレストランだとニューヨーク支店長がもったいぶって話していたのを覚えている。その店はキャビアで有名だったが、メインディッシュにフォアグラのソテーが出てきたのだ。その厚みに感動した。

フォアグラにナイフがなんの抵抗もなく入り、フォークで刺して、口に入れると、まったりとした甘味ともうま味とも付かない複雑な味が口中一杯に広がる。目を細め、思わず「幸せ」とため息をつく美味しさだった。それから現在に至るまで一度もあの至福を再体験していない。まさか大阪支店時代にあの至福の味を体験していたなんて、ありえない。あの頃は安月給だった。もし事実だとしたらなんて高価な食事をしたのだろうか。

彼女をうっとりさせるくらい小説の話を夢中でしたようだ。ということは、彼女はそうした話に相応しい女性だということだ。知的な雰囲気があったということだろう。そんな女性が大阪支店にいただろうか？

大江新三郎の手紙？　それはいったいなんのことだ？　大江新三郎は、昔から愛読している作家の一人ではある。彼の『転換期のフットボール』などには大いに触発を受けたものだ。だが、それはあくまで一読者としてのことであり、大江氏と個人的な接点は皆無だ。手紙などもらったことがない。だから彼女に見せたくても見せようもない。

彼女はテレビで見かけた池澤を誰かと勘違いしてメールを出してきたに違いない。それとも悪戯《いたずら》だろうか？

クロが寝飽きたのか、顔を上げ、池澤を見つめている。

「クロ、ちょっと読んでみるか」

声をかけると、クロは起き上がって、背筋を伸ばし、体を沈め、ジャンプする体勢に入った。お尻を二、三度左右に振り、机に飛び乗った。

クロは大儀そうに池澤の手を舐めると、パソコンの画面をちらりと見たが、すぐに興味がなさそうに顔を背けてしまった。

「お前には関心がないよな」

クロが、池澤の手に自分の手を重ねた。餌が欲しいという合図だ。

パソコンの画面をそのままにして立ち上がった。クロは、ミュアーと鳴き、机から飛び降りた。

「はいはい分かりました」

クロに餌をやるために、階下に下りた。クロは、うれしそうに池澤を先導して階段を駆け下りた。

クロが満腹になり、また池澤の足元で眠っている。猫とはよく名づけたものだ。寝る子という意味で寝子が転じて猫になったのではないだろうか。誰か知っていれば教えて欲しいと思う。

再び香川佐和子からのメールを見つめた。やはり記憶はどこにも辿っていかない。

キーボードに指を乗せた。

『お久しぶりです。大阪を離れて長い時間が経ちました。ものの弾みから、小説家とは行きませんでしたが、ノンフィクションという分野で作家の端くれには名前を連ねることになりました。応援してくださり、ありがとうございます。これからもよろしくお願いします』

指がキーの上を動き、文字を並べていく。全く知りません、あなたのことは覚えていませんと書くわけにはいかない。数少ないファンをさらに少なくすることになる。

ファンのメールに返事を返すことは珍しい。あまり深入りすると、おかしなことになる可能性があると注意してくれる人がいたからだ。

彼によると「ファン心理というのは、友人でもない一種独特なものがあり、君に対する理想像を作り上げることがあり、それが壊れたりすると攻撃されることがある」というのだ。「タレントでもあるまい」と取り合わなかったが、それでもメールを前にすると、彼の言葉が蘇ってきて返信に躊躇していた。

マウスの矢印が「返信」をクリックした。香川佐和子のところに池澤の返信が運ばれていく。

彼女が、何か反応してくるだろうか。何か反応してくれれば、記憶を取り戻すかもしれない。まさか彼女と肉体関係があったということはないだろう。そこまで記憶を失っていれば、記憶障害を疑った方が現実的だ。しかし口づけくらいはあるかもしれない。

もし何も反応してこなければ、それでこの幻の香川佐和子は、池澤の心にほんの僅かな波紋を起こしただけで、再び記憶の底に沈んでしまう。それでいい。

3

数日後、出版社から注文を受けたエッセイとも雑文ともつかぬ文章を行き詰まりながら書いていた。四百字詰め原稿用紙にして数枚分の文章にこんなに四苦八苦するとは、衰えたものだ。

テーマは「筋を通す生き方」。この九月に行われた総選挙で自民党の首相候補とも称せられた大物議員が、郵政民営化という政府与党の方針に逆らって衆議院議員選挙に出馬したことに対してどのように考えるかというエッセイだ。長いサラリーマン経験のある池澤には、組織のなかで筋を通す苦労が多かっただろうと編集者が推測したに違いない。

組織内で筋を通すのは難しい。ひとたび上司の逆鱗に触れれば、その時点でサラリーマン人生は終わりになる可能性がある。それと選挙という方法で復活もありうる政治家と同列に論じられるのかどうか。そのようなことを考えているうちに考えがまとまらなくなり、切れ味の鈍い、言い訳ばかりのエッセイになってしまった。以前は、なんでもスパッと切ってしまい、それが評判だったこともある。

しかし年齢が重なると切れ味が鈍くなってしまった。これは世の中が分かったためではなく、普段からそうしたテーマに対する好奇心が徐々に薄れてきたせいだろう。要するに筋を通すなどという流れに逆らう生き方自体が、遠い記憶のかなたに消えてしまい、どうでもいいではないかと思うようになってしまったのだ。

池澤は、インターネットのブログを覗いていた。考えもまとまらないし、佐和子からのメールが来ていないかどうかを確認するためだ。それにしても彼女を思い出そうとしても無理だった。やはり彼女自身の勘違いだったのだろうか？

「おっ、メールだ……」

佐和子からではないか。逸る気持ちを抑えて、マウスの矢印を動かした。

『お返事ありがとうございました。まさかいただけるとは思ってもおりませんでした。夢のようです。

ご自分の夢を叶えられた池澤さんに、まさかお久しぶりと言われるとは思ってもいませんでした。

私は、今では結婚し、娘も成人し（まだお嫁にはいってくれませんが）、夫と三人で静かに暮らしております。楽しみは時折、テレビで池澤さんを拝見することでしょうか。そんなことを言うと言いすぎのようですが、お顔を拝見するたびに、過ぎ去った青春時代を思い出してしまうのです。もしご無理なお願いをすれば、もう少し頻繁にテレビに出演していただければいいなと思っております。

＊

今月の終わりに東京に参ります。それではまた……』

どきりとした。マウスを持つ右手の指先が緊張で固くなった。テレビにもう少し頻繁に出て欲しいという彼女の要望に対してではない。わざわざ最後にアステリスクをつけて、今月の終わりに東京に来るということを書いているからだ。池澤の目には、前半の文面は、最後の言葉を言いたいための単なる文字の羅列のように思えた。

会いたがっているのか……。

唾を飲み込んだ。たったこれだけの文から、妄想が拡大していく。

『東京へ来られるのですか。もしご都合がつくなら、一度お会いして昔の話に花でも咲かせたいですね』

「返信」をクリックした。指が勝手に動いてしまう。

コンピューターによるメールの不思議なところは、こういうところだ。

手紙だとまずこうはいかない。やはり慎重に言葉を選んでしまう。また字がきれいではないとか、切手が手元にないとか、葉書のデザインが気に入らないとか、いろいろな理由をつけて書くのが億劫になる。

ところがメールは、そんな気持ちの上での制約を一気に取り払ってくれる。また今回のようなちょっとした妄想の膨らみ、欲望をそのまま伝えてくれる。

池澤は待った。

返事はすぐに来た。まるで目の前に彼女が座っているようだ。彼女は池澤のメールを待っていたのだ。血がたぎってくるのを感じていた。

『うれしいです。お会いできるのですか。ああ、何年ぶりでしょう。すっかりおばさんになっていますので、恥ずかしい気がします。でもせっかくのお言葉ですので、ぜひ待ち合わせの場所をご指定ください。十一月三十日（水）十二時に東京駅に着き、銀座で人と会い、五時過ぎには自由になります』

『あなたがおばさんならこちらはおじさんです。こちらこそ恥ずかしい限りです。銀座に来られるのなら、銀座三越のライオン像の前で五時半にしましょう。ここなら多くの人が待っています。ところで何か目印……』

指が止まった。『何か目印になるようなもの』と書くつもりだったのだが、これでは相手を識別できない、すなわち相手の顔を覚えていないということを認めるようなものではないか。

相手は池澤の顔をテレビなどで見て、分かっているはずだ。人ごみの中で、誰とも見分けの付かない相手からの視線を感じるところを想像した。まるで闇のスナイパーに命を狙われるヒーローになったような気分になった。興奮を感じた。相手が分からないのも面白い。

『ところで何か目印』の部分を削除して、メールを送信した。

『それでは十一月三十日（水）午後五時半に銀座三越百貨店のライオン像の前でお待ちします。私は、池澤さんの著作（銀行は死んだ）を持っています。それでは一週間後が楽しみです』

佐和子は、池澤の出世作『銀行は死んだ』を目印に持っているという。男女が出会うのに、なんともそぐわない書名だが仕方がない。著作の中で一番売れたものだ。中小企業経営者を相手にして、銀行に頼らない経営をしなくてはならないと説いた内容だ。銀行の経営が不安定な時代であったため、それなりに反響を呼んだ。しかし今や景気が回復し、銀行の姿勢も積極的に変化したため、全く売れなくなった。

どんな女性だろう。

必死で記憶の糸を手操るのだが、やはり香川佐和子の像は結ばなかった。

一週間後か……。

なにやら活力が湧き出てくる気がして、考えがまとまり一気に注文のエッセイ「筋を通す生き方」を書き上げた。

4

朝からそわそわしていた。今日の五時半に銀座三越に行かねばならない。美由紀には勿論何も言っていない。昔、同僚だった女性が上京してきて、久しぶりに会うのだなどと言おうものなら、妄想を見破られてこっぴどくやられるか、大いに莫迦にされてしまう。

こういう日に限って美由紀はパートも休みで家に居る。もうそろそろ出なくてはならない。池澤の住まいは渋谷から京王井の頭線で二十分ほどの久我山という駅の近くだ。銀座に行くには渋谷に出て、地下鉄銀座線に乗る。一時間は見なくてはならない。もう午後四時になった。決断をしなくてはならない。

「出かけるぞ」

美由紀に言った。

居間で読書をしていた美由紀は、本から目を離し、

「どこへ行くの？」

怪訝そうな表情だ。

自分自身が動揺したり、不安そうであったり、疑いを招くような表情でないか心配になった。こういう時は、普通がいい。

「渋谷だ」

行き先について嘘をついた瞬間に、どきんと心臓が打った。

「誰と会うの？」

美由紀は、再び本に目を落とした。

「宮川だ。光談社の編集者のだよ。新しい企画の打ち合わせをしたいらしい」

「聞いていなかったわよ」

「突然、電話があったんだ」

「言ってくれなきゃだめよ」

「分かった。でもいちいち全部、君に言うこともないだろう」

少しむくれて言った。すぐに後悔した。何を反論しているのだ。言い争いをしている場合ではない。時間も迫っている。

美由紀は、本から目を離し、池澤を睨んだ。何か言ってくるかと身構えたが、何も言わずに再び本に目を落とした。

「じゃあ、頑張って新しい仕事を取ってきてくださいね。夕飯、食べてくるの？」

一瞬、考えた。だが、迷った顔を見せないように「食べてくる」と言った。

「ああ、そう。好きにして」

美由紀は、関心がなさそうに呟いた。少しは不審な思いも抱いたのだろうが、もし何かを企んでいるとしてもたいしたことなどではないと高を括っているのだ。

急いで外に出た。冬が近いことを感じさせる冷え冷えとした空気が頬を撫でた。天井の頭線、地下鉄銀座線と乗りつぐ間も気分は高揚していた。周りの人たちの視線がやたらと気になる。まるで犯罪者になったようだ。美由紀に嘘をついて、女性に会うという行為が興奮させていた。久しぶりだ。これほどアドレナリンを血中に放出させるのは。最近は、とんとご無沙汰していた気分だ。香川佐和子……。どんな女性だろうか。勝手に美人を想像していた。だが、そんな美人なら記憶にあるはずだ。ないとすればそれほどの女性ではないということだ。そう思うと、少し気持ちが萎えた。まあ、いい。時間つぶしだ。別に向こうも何か特別なことを期待しているわけではないだろう。こちらが妙に構えている方がむしろおかしい。

銀座に着いた。

時計を見る。ちょうど待ち合わせの午後五時半だ。急いで改札を抜け、地上に出る。銀座三越のライオン像の前には多くの人がいた。佐和子らしき女性がいないか目を配った。もしこれがテレビの「ドッキリ」番組であったら見事にひっかかったわけだ。女性を装ってメールを出し、莫迦な男性を待ち合わせの場所に連れてくることができれば、「ドッキリ」大成功！　頭の中にはいろいろな思いが複雑に絡み合う。心臓はどきどきと激しく打ち、なぜだかわからないが下半身のある部分が落ち着きなく強張ってきた。不思議な現象だ。

自分の著作『銀行は死んだ』を持つ、五十歳くらいの女性を探した。

「あの、池澤先生でいらっしゃいますか」

後ろから声をかけられた。優しい声だった。池澤は振り返った。そこにはすらりとした体軀の黒のスーツ姿の若い女性が立っていた。目鼻立ちのきっちり整った美人だ。手には『銀行は死んだ』を抱えている。

まさか!?

目が、本と彼女の顔とを何度も往復した。

こんな若い女性が佐和子であるはずがない。この女性は、どう見ても二十歳代だ。佐和子は、五十歳近いか、あるいは過ぎているはずだ。もし彼女が佐和子だとしたら、昔の同僚を装ったのか？　その目的はなんだろうか？

脳がはちきれんばかりにフル回転した。時間にすれば、一秒程度のことだろうが、長い時間に思えた。

「池澤ですが、あなたが……」

言葉を続けることができない。

彼女は、微笑んだ。その微笑みも美しい。何よりも目に力があり、輝いているのがいい。

「先生は、テレビで拝見するより、すてきですわ」

「それはありがとう。でも君が香川佐和子さんだとは驚いたね」

相好を崩しながらも警戒心は解いていなかった。新手の売春かもしれない。池澤のような中高年の過去を懐かしむ心を巧みに操って、若い女性を斡旋するのだ。

「そうではないのです。香川佐和子は、私の母です。今、ここに参ります。私は、娘の山本美香。美しい香りと書きます」

「お母さん？」

池澤は驚くとともに、少し拍子抜けしてしまった。自分自身の浅はかさを嗤《わら》った。警戒心が旺盛なくせに、全ての物事を自分に都合よく解釈しすぎる傾向があるのは老人に近づいている証拠らしい。気をつけなくてはならない。

美香が、後ろを振り向いた。その方向に視線を向けると、そこに淡いベージュのスーツを着た女性がいた。小柄だが、顔立ちははっきりしており、美香と似ていると思った。小柄だから若く見えるが年齢は四十代の後半だろう。軽く低頭した。彼女は堅い表情で、頭を深く下げた。彼女が、香川佐和子なのだ。池澤はぎこちなく微笑んだ。やはり本人に会ってみても何も思い出さない。しかし不思議に先ほどまであった警戒心は溶解してしまった。こうして年齢的にも適合する母と娘の二人に会ったせいだろう。話をしているうちに何かを思い出すに違いない。

「このたびはご無理を申し上げましてすみません。本当にお久しぶりです。山本佐和子、旧姓香川佐和子です」

佐和子は、池澤に近づき、再び深く頭を下げた。池澤は、話を合わすことに決め、「お久しぶりです」と礼を返した。自分の記憶にはないが、相手の記憶にはある。こんな奇妙で危うい関係を楽しんでみたいという物書きらしい好奇心が芽生えたのだ。行くところまで行けという感じだ。二人がよからぬことを企んでいるような気配もなかったことが安心させたのかもしれない。

「近くでコーヒーでも、いかがですか」

池澤が二人を誘った。二人は顔を見合わせ、頷いた。

5

銀座でよく使う喫茶店に二人を案内した。カフェみゆき館は、三越から三丁目方向に少し歩いたビルの二階にある。こぢんまりとしたクラシックが流れる店だ。

「テレビで池澤さんを拝見したときは本当に驚きました」

佐和子は、運ばれてきたコーヒーに砂糖を入れ、スプーンでかき混ぜた。細くてきれいな指だ。暮らし向きは良さそうに思えた。それにこうして室内の柔らかい明かりの中で見ると、肌の衰えもなく整った顔立ちは気品さえ漂わせていた。美香は、この店自慢のモンブランケーキを食べていた。

「最初、分かりませんでした。まさか知り合いがテレビのコメンテーターとして出演するなんて思いもよりませんでしたから。でも池澤彬と聞いた瞬間に、ああ、池澤さんだ、間違いないと、体が震えるほど興奮しました」

佐和子は、瞬きもせず池澤を見つめた。その視線の強さに思わず俯いた。

「テレビって、港テレビの『おはよう朝一番』ですね」

「そうです。いつもあの番組を見ていたものですから」

今でも時折、港テレビにコメンテーターとして呼ばれるが、毎日午前六時から放送している情報番組だ。

「朝が早いから、大変でしょう」

「ええ、四時にはスタジオに入ります」

「まあ、美香、四時ですって」

佐和子は、驚いた顔で、隣の美香に声をかけた。美香は何も言わずに微笑みながら頷いていた。ふと、美香が佐和子を保護しているようだと思った。優しい娘なのだろう。

池澤は自分からは積極的に話しかけなかった。佐和子の話をじっくりと聞きながら、記憶を取り戻すことができればいいと思っていた。

「池澤さんが、若手を誘って若狭の海に行こうとおっしゃったことがありましたよね」

「そうでしたね」

佐和子が言ったことは覚えている。やはり佐和子は同じ時期に大阪支店にいたのか……。

「上の人が、台風が来るから中止しろとおっしゃって」

その通りだ。嫌な副支店長がいたのだ。何かというと若い行員の行動に制約を与える男だった。

「入行一、二年の若手で計画を立てたのに、あの副支店長に反対されました」

「浜野副支店長です」

佐和子がキッパリした口調で言った。池澤は驚いた。すっかり忘れていた男の名前まで覚えている。

「そうそう浜野さんだ。よく覚えていますね」

「それはもう私たちの楽しみを壊そうとしたのですから」

「すると佐和子さんはあの時、一緒に若狭に……」

言葉を呑み込んだ。佐和子の顔が曇り、そして怒ったような目になった。

「勿論です。池澤さんのボートに乗せてもらって、私のピンクの水着を褒めていただきました。とてもうれしかったですが、少し恥ずかしくなりました」

佐和子は、池澤を食い入るように見つめた。何もかも忘れてしまったのですか、と強い抗議の意思で問いかけているようだった。美香はケーキを食べ終え、静かにコーヒーを飲んでいた。

戸惑った。佐和子とボートに乗った記憶もない。どうしてしまったのだろう。確かに女性行員とボートに乗った。だが覚えているのは同期入行の女性と乗ったことだけだ。当時、彼女と付き合いたいと思っていたからだ。彼女の水着が何色だったかは忘れてしまった。

あれは同期の女性ではなくて佐和子だったのだろうか……。

「丸ビルのレストランから見た大阪の夜景が忘れられません。あのような場所に連れて行っていただいたのは初めてのことでしたので」

「それは失礼なことをしました」

「失礼だなんて。本当にいい思い出です」

佐和子は顔を赤らめた。ざわりと胸騒ぎがした。

そのレストランで食事をしたことはある。しかしその時の相手が佐和子だったのかどうかは思い出さない。もし佐和子だったとして、食事以外に、何もなかったのだろうか？　もし何かあったとしたら、それさえ記憶していないということはいったいどういうことなのだろう。

佐和子の顔を見つめた。うっとりとして往時を思い出しているかのようだ。彼女の年齢に似合わぬ艶やかな、うなじを見ていると、すっと背筋に冷たい空気が流れるのを感じた。

何か、おかしい。ここまで記憶していないことがあるだろうか。

「今日、池澤さんのご予定は？」

佐和子が訊いた。

迷った。このまま別れるのが一番無難に思えた。どこか不可思議な母と娘に会い、記憶を失った過去を探ったが、何も得ることがなかったと思えばいい。しかし好奇心は別の答えを用意していた。

「特にありません。お食事でもご一緒しましょうか?」

「まあ、うれしい」

佐和子は目を細めた。

「母さん、無理言わないで」

美香が止めた。

「構いません。ご遠慮なく。ところで今日のお泊まりはどちらですか?」

「パレスホテルに二人で泊まることにしています。娘と久しぶりに東京に来たものですから。初めて泊まるのですが」

「それではパレスホテルの十階のクラウンレストランに参りましょう。夜景がとても美しいですよ」

「昔を思い出してしまいそうね」

佐和子は、先ほどよりさらに顔を赤らめ、頬を両手で押さえた。その仕草は、まるで少女のようだ。早く彼女を思い出すんだ!?

6

佐和子は酔った。クラウンレストランの料理にも、そしてそこからの夜景にも。

「とても美味しいですわ。これは子羊ですの?」

「ええ、子羊の背の部分をローストしたようですね」

「赤ワインにとても合います」

佐和子は、ワイングラスを空けた。ソムリエが再び佐和子のグラスにワインを満たす。

「母さん……」

美香が心配そうな顔をした。

「大丈夫よ。本当に何十年振りに池澤さんにお会いしているのだからね。美香、話していたようにすてきな方でしょう?」

佐和子は、潤んだ目で池澤を見つめた。酔ってはいるが、その視線に思い詰めたような光があるように思えた。

「本当に、母さんの言っていた以上よ。よかったわね」

美香が優しく言う。まるで美香が保護者のような口ぶりだ。

佐和子が椅子を少しずらして、背後を見た。そこには皇居の森が深い闇となり、まるで夜の海のように広がっていた。対岸には多くの高層ビルが林立し、煌々と窓の明かりが夜を染めていた。

「あの時、あなたと一緒に見た大阪の夜景より、ずっと美しい気がします。五十歳に近くなったせいでしょうか」

佐和子が池澤を見つめた。その目は何かに憑《つ》かれたように強い視線だった。池澤は自分の体が強く締め付けられるような気がした。

「佐和子さんは、まだまだお若いですよ」

お世辞ではない。夜の闇を背景にビルの青い明かりに佐和子は妖しく輝いて見えた。

「命の先が見え始めますと、何もかもが愛おしくなるのだと思います。だから若い頃よりも、この夜景が心を震わせるのでしょう。日暮れて、なお道遠し……」

「徒然草ですね」

池澤が答えると、佐和子は笑みを返した。しばらく彼女は、夜景を眺めていたが、やがてうな垂れてしまった。かすかに寝息が聞こえる。

「眠ってしまわれたようですね」

美香に言った。

「今日は、申し訳ございませんでした。お付き合いいただいて。もしよろしければ母を部屋まで一緒に連れて行ってくださいますか」

美香は佐和子を気遣うように見つめた。

「いいですよ」

レストランの支払いを済ませ、美香と二人で佐和子を抱えるように部屋へと運んだ。

部屋は木目をあしらった和風の落ち着いた内装だった。ベッドに佐和子を横たえた。池澤が失礼しようとすると、美香が、待つように言った。ソファに座った。

「母は愛されたかったのです」

美香は池澤に話しかけながら器用に佐和子のスーツを脱がし始めた。池澤は、視線を避けた。

「どういうことですか」

「辛抱強くお付き合いいただきましたが、本当は母のこと、覚えておられないでしょう」

美香は、佐和子に布団をかけ、スーツをクローゼットに仕舞った。

返事に迷った。

「ご存知のはずはないのです。全て母の思い込みですから。確かに母は先生と同じ銀行に勤めていましたが、先生とは重なっていません」

美香は、ポットから湯呑みに湯を注ぎながら言った。ティーバッグとは言え、芳しい香りが漂ってきた。

「どういうことですか」

戸惑いながら訊いた。

「母は、父とうまく行っていないのです。それに大腸癌を患っています。手術をしましたが、あまりうまく行きませんでした。そうしたストレスから、あることを思い込むようになったのです。先生が昔、自分の恋人だったと……」

美香は、真面目な顔で言った。池澤は驚いて、言葉を失った。

「ある日、先生が自分がいた同じ銀行にご勤務されていたと知って、この人、私のこと覚えているかしらと言い出したのです。最初は、私も信じましたが年齢などを調べてみると同じ時期にいることはないのです。挙句の果てには私のことを先生との間の子だと言い出したりして……」

美香は苦笑した。

「それはありえませんが、でも若狭旅行などのことは……」

「先生の同期の方などと話をしていて、自分で作り上げていったようなのです。そして突然、先生に会うんだと言い出したのです。会ってもう一度先生の気持ちを確かめるんだと申しました」

「私の気持ちを確かめる？」

動揺を隠せなかった。

「先生とは、愛し合いながら、親の反対で別れざるを得なかったと言うのです」

美香は、池澤を見つめた。

「そうだったのですか。私もなぜ佐和子さんのことについて記憶がないのだろうと不安に思っていました」

「母を許してやってください。父とは思うに任せぬ暮らしで、現実から逃避するために先生との恋物語を自分で作り上げ、その世界に入り込んでいるのです。申し訳ございません」

美香は、軽く頭を下げた。謝るつもりなのだ。

「こちらも失礼しました」

いつの間にか十一時になっていた。

「お帰りになりますか」

「ええ、もう遅いですから」

「一つだけお願いがあります」

美香が体を近づけてきた。

「なんでしょうか。私にできることなら、おっしゃってください」

美香に自分の息がかかるのではないかと気がかりだった。

「時々、こうして会っていただきたいのです。母のために……。そう長くはご迷惑をおかけしないと思います」

美香は、池澤を見上げた。そう長くはないというのは、佐和子の死を意味するのだろうか。

眉根を寄せ、顔を曇らせた。

「ご無理は承知です。でも母のためにお願いいたします」

突然、美香は、細くしなやかな腕を池澤の首に回してきた。どうしていいか戸惑いながら、それでも彼女の腕を外そうともがいた。しかし意外なほど強い。

「美香さん……やめな……」

囁きは、切れ切れになってしまった。

第二章　蠱惑《こわく》

1

池澤は右手の中指の匂いを嗅ぎ、そしておもむろに舐めた。指には美香の体の匂いが染みついている気がした。まさか、美香とあんなことになろうとは……。いまも体の中心部が火照《ほて》り、うずいている。

ところで、最近、原稿がはかどる。以前より気力が充実している。だからだろうか、仕事の依頼も増えてきた。

パソコンの画面に向かって満足げに微笑んだ。

画面に打ち出された文章は、最も権威ある総合雑誌と評価の高い『世界春秋』に掲載される予定だ。

タイトルは「現在の景気回復は本物か」だ。枚数にして四百字詰め原稿用紙で三十枚。なかなかのものだ。『世界春秋』に原稿を掲載してもらえるようになれば、一流作家の仲間入りと自慢していいだろう。

美由紀が、コーヒーを運んできた。今日は、スーパーの事務パートは休みのようだ。

「原稿は進んでいるの？」

机の上にコーヒーの入ったマグカップを置く。

「まずまずだな」

カップを両手で抱えて、コーヒーを飲む。インスタントだ。先日、美由紀の頼みで、彼女が勤めるスーパーに買いに行かされたものに違いない。安売りだけど一人一瓶で制限があるから、あなたも買ってきてと言われて、いそいそとスーパーに出かけた。指定されたインスタントコーヒーを一瓶抱えてレジに並んでいると、なんだか自分の惨めさが愛おしくなった。

「でもすごいじゃない？」

「何が？」

「これ、『世界春秋』でしょう？」

「そうだよ」

できるだけさりげなく言った。

「あなたも『世界春秋』から注文が来るようになったのね」

美由紀は、頰を緩ませた。

「たいしたことないさ」

「そんなことないわよ。チャンスなんじゃないの。しっかりやってね」

「分かった」

美由紀は、私の返事に満足したのか、部屋から出て行った。

平静さを保って話してはいたが、内心は美由紀が指摘した通りだった。『世界春秋』に書いたものが認められれば、仕事の依頼もさらに増えるだろう。

作家になって、一番不安なのは、コンスタントに仕事の依頼が来るだろうか、いつまで書き続けることができるのだろうかということだ。自分で銀行という比較的安定した職場を勝手に放棄しておいて、今さら何を言っているのだと叱られそうだが、これが本音だった。

「美香は上げマンなのかな」

思わずひとりごちた。慌てて後ろを振り返る。美由紀がいないことを確認して、ほっとする。余計なことを聞かれて追及でもされたら面倒なことになる。

なぜそんなことを思ったのか？　それはあの不思議な母娘に出会って以来、仕事が順調になったからだ。

ふとしたメールのやりとりから山本、旧姓香川佐和子とその娘美香に出会った。そしてその夜に美香と関係を結んでしまった。母親の佐和子が眠っている隣での出来事だ。

佐和子は心地よく寝息を立てていたから、何が行われていたか気づいていないと思うのだが……。

仕事が増えたのは、勿論偶然だ。あの母娘が仕事をまわしてくれているわけではない。しかし……、と池澤は思う。美香に精気を注入されたことは確かだ。それがプラスに作用しているということはあるだろう。

「時々、会って欲しいと言われたが、美由紀に気づかれないように、うまくやっていかなくてはならない。次に会う日は……」

テーブルに置いた携帯電話を手に取った。メニューボタンを押して、スケジュールを開く。来週の金曜日に会議マークの表示がある。四人の人形が会議テーブルを囲んでいる絵だ。このマークなら怪しまれないと思って使っている。金曜日の夕方五時、場所は、やはり同じパレスホテル。一階のロイヤルラウンジで待ち合わせだ。

彼女たちは、パレスホテルを東京での定宿にしたのだろうか。そうだとすれば暮らし向きは裕福に違いない。

大阪から、二人で上京してきて、パレスホテルに泊まる。普通の人にできることではない。二人の生活などについて踏み込んでは聞かなかった。会うのも一回きりだと思っていたからだ。しかし一回では終わらない。それは彼女たちの望みだし、池澤も同じ思いだ。それに美香との夜が、あの一度きりではどうにかなってしまう。おいおい彼女たちのことも詳しく知る必要があるだろうが、今はまだいい。背後に、いわゆる怖い人がいるようでもなさそうだ……。

「しかしなんとも不思議な夜だった……」

股間が固くなり始めていた。キーボードを叩く手を休めて、ズボンの上から自分の物に触れた。

驚くほど固い。

「男の自信というものは、ここから湧き出ているに違いない」

池澤は呟いた。

2

ロイヤルラウンジは皇居の和田倉噴水公園に面していた。春が近いとはいえ、二月も終わりに近く夕方の五時ともなれば、外は薄墨を流したような気配を漂わせていた。

時計を見た。約束の五時を少し回っている。

「こないのかなぁ」と辺りを見回した。

彼女たちと連絡を取る手段がない。普通は携帯電話の番号を交換していればいいのだろうが、教えてもらえなかった。携帯を持っていないのです、と佐和子も美香も柔らかに笑った。

あれは嘘だ。今時、携帯電話を持っていないことなどあるものか。九千万台近くの携帯電話が溢れている時代だ。電話をかける相手さえいない老人が持たされているのに、彼女たちが持っていないはずがない。よしんば佐和子は持っていなくとも、美香は絶対に持っている。なぜ彼女たちは携帯の電話番号を教えてくれなかったのだろうか。不可解であるとともに少し腹立たしい。

もしここで会えなければ、自宅のパソコンからメールを出さなくてはならない。パソコンメールをする女性が携帯電話を持っていないことなどありえない。携帯の電話番号を聞かれたくない事情があるのだろう。

こんなくだらないことで、こんなにも胸を掻き毟《むし》られるような思いがするとは……。思いの外、自分が彼女たち、特に美香に取り込まれてしまっていることに驚いた。

入り口近くに目を向けた。

「こっちだよ」

待ちわびた子供のように伸び上がって手を挙げた。入り口に佇む彼女たちを見つけたのだ。佐和子は淡いピンク、美香は濃いピンクのスーツを着ていた。二人がゆっくりと歩いてくる様子は、まるで満開の桜が春風に揺れているようだ。うっとりとして目を細め、鑑賞していた。

「おまたせいたしました。東京駅でタクシーに乗ろうとして少し手間取ってしまいました」

佐和子が軽く頭を下げる。

「母ったら池澤先生に会えるとなるとタクシーの運転手さんに、早く、早くってせかすのですよ」

美香が口に手を当てて笑った。

「何を言うの」

佐和子がきつい目で睨んだ。

「それは光栄です。まあ、お座りください」

池澤が席を勧めた。

「コーヒーでいいですか」

「ええ」

二人が同時に頷く。

池澤は、着物姿のフロア係の女性にコーヒーを二つ頼んだ。女性は、ちらりと彼女たちに視線を送った。特に笑みなどは浮かべなかったが、彼女が注目している様子は、その表情から読み取れた。

お姫さまのような女性でしょう、そんな軽口をたたきたくなる得意な気分だった。周りを見回しても、これだけ美しい女性とお茶を飲んでいる男性はいない。

コーヒーが運ばれてきた。池澤のカップにも追加のコーヒーが注がれた。

「大阪からですとお疲れでしょう」

池澤は訊いた。

「そんなことはありません。こうして上京できるのが幸せだと思っております」

佐和子は微笑んだ。

今回は佐和子を抱いてやりたい。彼女が大腸癌で手術をしたと美香から聞いている。その術後の経過も思わしくないらしい。そんな体にもかかわらず上京して来る。その目的が自分に会うためだとすれば、こんな愛しいことはない。

「母は、何かと理由をつけて東京に来たがりますのよ。父は心配のようなのですが……」

「そうでしょうね」

顔を曇らせた。

「あの人のことは話題にしないでね。美香」

「ごめんなさい」

美香が頭を下げた。

「そうは言うもののあなたのことを考えれば……」

「やはり美香は先生に私の体のことを話したのですね」

佐和子は、目の奥の光を強めた。

「えっ、まあ」

曖昧に返事をして、美香に視線を移した。

「私の体のことは、私が心配いたします。先生にいらぬご心配をおかけしないようにと美香を叱りましたのよ。私は、こうして先生にお会いしていると、昔を取り戻したような、幸せな気持ちになるのですから。それが私にとっては何よりの薬です」

「こっぴどく叱られてしまいました」

美香が小さく舌を出した。

「あまり無理をなさらないように……」

優しく言った。

「先生は美香とは会いたいと思われるのに、私とは会いたくないのですか。美香は私の昔の姿、そのままですものね……」

佐和子は、ぷいっと窓の外を眺めた。

池澤は、困惑して美香を見つめた。

「母さん、先生がお困りになっているわよ」

美香が、佐和子の背中を指でつついた。

佐和子は池澤に振り向いた。

「ごめんなさい。娘に焼きもちを焼くなんておかしいわね」

佐和子は池澤が勤めていた銀行に勤務していた。しかし出会ったことはないはずだ。勤務時期が重なっていないことは、この間、美香から説明を聞いた。

ところが佐和子は、池澤と若い頃、同じ時間を共有し、恋をしたと思い込んでいる。こうしてわざわざ新幹線を使って上京してくるのも、池澤を昔の恋人だと思っているからだ。佐和子が、池澤との恋物語を作り上げ、その世界に浸っているという美香の説明には驚いた。だが、美香から母を許してやって欲しいと頼まれたとき、一緒に彼女の作った物語に入るのも面白いと思った。

佐和子と美香を見比べた。佐和子は、美香のことを自分の昔の姿そっくりと言った。美香の顔をじっくりと見つめた。

ふと不思議な気がした。佐和子とは、過去において会ったことがないはずなのに、美香に似た女性を知っていたような思いに捕らわれてしまった。錯覚だとは分かっているのだが、これが情が移るということなのだろうか。

「思い出しますわ。池澤さんのことを新様って私たち、女子行員は呼んでいましたわよね」

佐和子が目を閉じた。

「なぜ？」

美香が訊いた。

「新様なんて、お侍さまのようでしょう。大江新三郎の大ファンだと公言なさっていたからよ」

「そうでしたね」

とっくに忘れていた呼び名だった。それにしても佐和子は自分のことをよく知っている。どこからこうした情報を得るのか、池澤は、いささか不安にならないでもない。

「今日は、ここにお泊まりですね」

池澤は訊いた。

「ええ、今日、ここに泊まって、明日は銀座の知り合いのお茶事に誘われておりますの」

「お茶事ってこれですか？」

池澤は手で碗の形を作って、口に運んだ。

「ええ、懐石料理の後、お茶をいただくようなのですが、実は私たちも初めてでよく知らないのです」

「お茶をやられているのですか」

「ちっとも」

佐和子は悪戯っぽく笑った。

「母の友達が小料理屋を営んでいまして、その方が来ないかと誘ってくださったのです。上京してくる理由になるでしょう」

美香が、佐和子に微笑みかけた。

「そうですよ」

佐和子は、目を開き気味にして池澤を見つめた。それは池澤に、自分の努力を認めるようと言っているようだった。

3

食事は部屋で食べることになった。池澤は泊まるわけにいかない。だから、部屋で時間や他人の目を気にせずに寛ぐことにしたのだ。

「お泊まりになれないのですか。もしよろしければ別に部屋をお取りいたしますから」

佐和子は言った。

「できればと思ったのですが、適当な理由が見つけられなくて……」

美由紀の顔を思い浮かべた。

「残念ね」

「母さん、無理言ってはだめよ。先生にも事情があるのですからね」

「そうね」

佐和子は恨めしそうに池澤を見つめた。

池澤は、自分がなぜここにいるのだろうとふと思った。佐和子からの奇妙なメールに好奇心を抱いて、彼女たちに会った。そして思いがけなく美香との関係ができた。美香は池澤との関係を自分から望んだ。美香は、池澤の腕の中で母も同じように愛してやって欲しいと頼んだ。そして今日、再び会っている。

「お部屋に行きましょう」

佐和子が立ち上がった。心臓が高鳴りを覚えた。いやが上にも今から起きることへの期待感が膨らんでくる。

「先生、行きましょう」

美香が、池澤の手を握る。柔らかい感触が伝わってくる。

「ああ、分かった」

池澤は立ち上がった。

エレベーターを待ちながら池澤は彼女たちに囲まれるようにして立っていた。ふと横を見ると、ロビーを横切る男が目に入った。

慌てて目を伏せた。あの特徴のある口髭は、光談社の編集者宮川龍二だ。オピニオン雑誌『現状』の担当だ。何回か彼の依頼で原稿を書いたことがある。つい最近も「量的緩和政策の功罪」という原稿を書いて、掲載されたところだ。彼に見られて何か拙《まず》いことがあるかどうかは分からない。佐和子と美香のことを尋ねられても、親戚だとかなんとか言えばいいだけだ。だが、声をかけられたくない。

エレベーターのドアが開いた。ほっとした。宮川はこちらに気づかずに行ってしまったようだ。

池澤は、さあと言って、佐和子と美香の背中を押してエレベーターに乗り込もうとした。

「池澤先生！」

あっ、と思った。

「池澤先生じゃないですか」

宮川が声をかけてきた。

池澤は、エレベーターの中に入り込み、「開」のボタンを押したまま、宮川を睨んだ。

「ちょっと今、お客様だからね」

宮川は、佐和子と美香に瞬時に視線を送り、首を少し傾げた。

「またご連絡します。この間の原稿、評判良かったですよ。またお願いしますから」

宮川は口髭を指先で撫でた。チャップリンのようなちょび髭だ。

「ありがとうございます。またお願いします」

池澤は堅い顔で言った。

エレベーターのドアが閉まった。

「いいのですか？　私たちに遠慮なさらずに……」

佐和子が言った。

「光談社の『現状』の編集者です。僕の担当なのですよ。見つからないでくれと思っていたのですがね。何階ですか？」

「八階をお願いします」

佐和子が言った。

「そうやって見つからないでと念じるから、見つかるのですね。そういうものです」

美香が、くすりと笑みをこぼした。

「私、池澤さんが書かれたレポート読みました。確か……、量的緩和政策の功罪でしょう？」

池澤は驚いた。佐和子が、まさか『現状』を購読していたとは思わなかった。

「随分、堅い雑誌をお読みになるのですね」

「池澤さんの名前を見つけて、これは読まなくては、と思っただけです。とても分かりやすかったと思います」

「ありがとうございます」

「母さんたら、分かりやすかったなんて、ちょっと言いすぎよ。私にこれはどういう意味？って何度も訊いたじゃないの」

美香が笑った。

エレベーターが八階に着いた。

「どちらの部屋ですか」

「美香がどうしても泊まりたいって言いましてね。プリンセススイートです。確か八二一号室ね」

佐和子は美香に訊いた。

「そうよ。楽しみだわ」

美香は弾んだ声で言った。

「プリンセススイート？」

その華やかな名前に戸惑った。

「ここはパレス、宮殿でしょう。だからプリンセスなのですよ。よく雑誌に紹介されています」

美香の楽しげな顔をじっくりと見つめた。このスイートルームは一泊どれくらいするのだろうか？　普通の部屋でも三万円以上するだろうから、スイートとなると十万円以上だろう。そうした部屋に気楽に泊まることができるのは彼女たちには財力があるということだが……。

「ここよ」

急ぎ足で歩いていた美香が部屋の前で止まった。彼女がルームキーを使ってドアを開けた。部屋に足を踏み入れた瞬間に、驚くと同時に華やかな気分になった。

「すてき」

美香が、まるで少女のように胸に手を当て、目を輝かせている。

「素晴らしいわねぇ」

佐和子が落ち着いた素振りを見せて、部屋をぐるりと見渡した。

「ピンクの館ですね」

感に堪えたように呟いた。

部屋の壁面は淡いピンクの花柄模様で統一されていた。まるで満開の桜の園に迷い込んだようだ。勿論、ソファなど家具も同じピンクを基調にしている。

「プリンセススイートの名前の通りでしょう」

「絵も女性好みですね」

壁には薔薇や花の絵が掲げてあった。

「この花器もお部屋にぴったりだわね」

佐和子が絵の下に置かれた赤ガラス製の花器を指差した。

「なんだか泊まりに来たのか、花園に迷い込んだのか分からないわ」

美香が興奮した様子で言った。

「お食事にいたしましょう。池澤さんは何がお好みですか?」

佐和子が言った。

「お任せいたします」

「お寿司でいいかしらね。美香?」

佐和子は、まだうっとりと部屋の中を見回している美香に言った。

「母さんに任せるわ」

美香は言って、ベッドルームの方に消えた。

池澤はソファに座っていた。

佐和子は、電話で寿司を注文した。この華やかな少女趣味的な部屋にはフランス料理が相応しいのかもしれないが、寿司を頼んだことで逆にバランスが取れるように感じた。

「すぐに来るそうですよ」

佐和子は池澤に言った。

「先生！　来て！」

ベッドルームから美香が呼んでいる。

「あらあらあの娘ったら」

佐和子が苦笑いした。

池澤は、ソファから離れてベッドルームに行った。

ハリウッドツインといわれるダブルベッドのような広いベッドを二つぴったりと合わせて並べてある。そのカバーもピンクの花柄だ。その上で美香が両手を広げて、仰向けに倒れている。

「あらあら」

佐和子が呆れたような顔で美香の様子を眺めている。

「美香さん、花園に横たわっているみたいですね」

「この部屋もこの間泊まった純和風の千代田スイートと造りは同じですね」

佐和子が言った。

彼女たちと過ごした夜のことを思い出して、思わず唾を飲み込んだ。あの部屋は千代田スイートというのか。和風の落ち着いた部屋で美香を抱いた。今日は、少女趣味のようなピンクの花園で佐和子を抱くことになるのだろうか。

花園の中で、少女が蝶を追いかけている。少女を眺めながら、母親と交わっている。遠くに少女の笑い声……。体の下では熟した佐和子の体が蠢《うごめ》く……。

ルームサービスが来た。佐和子が、急いでドアの方に向かっていく。美香は、先ほどの両手を広げた姿から、繭の中に入り込んだように膝をかかえてうずくまっていた。

4

「乾杯!」

シャンパンを注いだグラスを合わせせる。一気に呑み干した。

「池澤さんに連れて行っていただいたレストランの食事ほど美味しかったものはないですわ」

佐和子が言った。

「母さんたら、また思い出に浸っているのね」

美香が寿司を食べながら、笑みを浮かべた。

奇妙な感覚に包まれつつあった。佐和子とは、昔、時間を共有したことはない。だが、佐和子は共有したと思い込んでいる。その思いに付き合っている間に、池澤まで佐和子の世界に入り込んでしまいつつあった。

「私、あの時が、初めての口づけだったのですよ。それまで何も知らなかったのですから」

佐和子が、シャンパンのせいなのか顔を赤らめた。

池澤は、摘んでいた鮑《あわび》を落としそうになった。

「母さんは、池澤さんとのデートでキスをされたの？」

美香が、池澤を見て、片目をつむった。

「そんな悪いことをしましたか？」

「ええ、されました」

佐和子が真面目な顔で言った。

「話してよ」

美香がせかした。

「恥ずかしいわ」

佐和子がシャンパンを呑み干した。そこに美香が再び注ぎ入れた。池澤は、興味深い思いを抱いていた。佐和子はどんな物語の中に入っているのだろうか。

佐和子が、シャンパンを口にした。

「佐和子さん、話してください。僕も謝らなくてはならないかもしれませんからね」

「謝るなんて……」

佐和子は、恥ずかしそうに、目を潤ませていた。

池澤は、シャンパンを呑んだ。

「レストランで食事をした後、帰ろうかということになって、エレベーターに乗りましたでしょう？」

佐和子が同意を求めた。池澤は、頷いた。

「私、いただいたワインで体がふわふわしていました。エレベーターが来て、ドアが開いたら、誰も乗っていないじゃないですか。私はなんだかドキリとしたのを覚えています。さあ、と言って背中を押されて、エレベーターに乗り込んだと思ったら、いきなり後ろから池澤さんが私に肩越しに抱きついてきて……」

「先生、そんなことをしたのですか」

美香が笑っている。

「いや、まあ」

どう答えていいか分からずシャンパンを呑み干した。ふうと気が遠くなるような気がした。一杯だけのシャンパンで酔うこともあるまいに……。

「私、身動きできなくて……。ガタガタと体も震えてきて……。池澤さんの腕が体に巻きついたような感覚になって、体をくるりと回転させられたの。薄目を開けると、そこに池澤さんの顔が見えて、思わず叫びそうになって、口を少し開けると、そこにいきなり……」

「襲われたのね」

「私の唇に、池澤さんの唇が強く重なって、私、息もできない、苦しいと思っていたら、何かが唇を割って侵入してきたのよ」

「先生の舌？」

美香が睨んだ。

「それはないでしょう」

またシャンパンを呑む。くらりと視線が歪んだ。

「私は何がなんだか分からずに、なされるままだったわ。体がぐにゃぐにゃになるような気がして、池澤さんに支えていただいていなければ、もうその場に崩れ落ちそうになっていたの。その唇を割って侵入してきたものは、私の口の中を自在に動き回るのよ。上顎を舐めたかと思うと、私の舌と絡み合ったり、そして奥へ奥へと入っていく。痺れるような感覚が何度も何度も襲ってきて、恥ずかしい話だけれども私ははいていたパンティが濡れていくのが分かったわ」

「そこに先生の手は来なかったの？」

美香は、中トロの寿司を口に運びながら言った。

「美香さん……」

思わず言った。

「その時、私はぴったりしたスカートをはいていたのを覚えているわ。そのスカートを池澤さんの手がいきなり腰まで捲り上げたのよ。私は悲鳴を上げそうになったわ。だけど口はふさがれているし、それに誰かが入ってきたらと思うだけで、もう怖くて怖くて……。エレベーターはガラス張りになっていてね。大阪の夜景が星空のように輝いて見えていた……」

「ロマンチックね」

「池澤さんの手が、私のパンティストッキングの上から、あの部分で激しく動くの。ちょっと激しすぎて痛いくらい。でもまだ上で動いているだけで、ストッキングの中に入り込むのは躊躇しているようだった。でも私は、もう腰のあたりがふらふらになっていたわ。立っているのさえやっとよ。その時、池澤さんが体を密着させてきたの。すると私のちょうどお腹のあたりに何やら固いものがあたるじゃない。私は気が遠くなるほど驚いてしまって……」

「もう、参ったなぁ」

「先生、黙って……」

「私にもその固いものは、あれだと分かったわ。だけど触ったこともなければ、見たこともない。勿論、父のは別よ。でもそれは子供の頃の話だし、固くなった父のものなんて見たこともないし……。いきなり池澤さんが、私の手を握ったの。そして有無を言わせずに、私の手をその固いものの上に載せた……。私は全身に電気が走ったと思ったわ。どうしよう、どうしよう……」

佐和子は顔を紅潮させ、目を潤ませている。息遣いも荒くなった。全て佐和子の思い込みだと知っているのだが、佐和子の顔を見ていると、それは実際にあった話のように錯覚しそうになる。それに股間がどうしようもなく硬直し始めていた。

「私は、ズボンの上から、池澤さんの固くなったところを撫でた……。すると池澤さんの手も意を決したように腰のところから私のストッキングの中に押し入って来たわ。池澤さんの手は柔らかくて、温かいの……。もう私は腰から下の感覚がなくなってきた。池澤さんの手は、パンティの中にも入って来た。とても恥ずかしい気がしたのを覚えているわ。だってお小水をお漏らししたようにぐしょぐしょだったのよ。だらしない女と思われるのではないかと心配だった……」

佐和子は、暑いのか上着を脱ぎ、ブラウスのボタンを外し始めた。

「池澤さんの手は、遂に私のあそこに到着したの。そこは誰にも触らせたことなどなかった。本当よ。誰にも……。その手は最初は上から優しく撫でていた……。まだ迷っていたのね。

でもしばらくすると指が一本だけ中に入ってきた……」

「痛くなかった？」

「痛くなかったわ。するりという感じでね。その指も震えていたような気がする。恐る恐る私の中を探っていたわ……」

佐和子が、ブラウスを脱いだ。真っ白な肌がむき出しになり、淡いピンクのブラジャーが豊かな胸を覆っていた。

池澤は、佐和子の様子にどうしていいか分からずに助けを求めるように美香を見た。美香は佐和子をじっと見つめるだけで、彼女が服を脱ぐのを止めようとはしない。

美香が立ち上がった。そして自分の方に歩いてきた。どうするのかと見ていると、すっと跪《ひざまず》いた。

「母さん、続けて……」

美香は言った。

「指がやがて二本になって、それぞれが別の動きを始めるのよ。一本の指が、一番感じるところを押さえたり、弾いたりしている。そこが一番感じるところだというのは分かっていたの。自分で触ったことがあったから。もう一本は、私の体の奥へ、奥へと入ろうとするのよ。私の唇は池澤さんの唇で塞がれ、舌が私の口の奥へと侵入していく。下の方では池澤さんの指が奥へと入ろうともがいている。私のあそこからは、もう洪水のように液が流れ出しているのが分かるの。それが足まで濡らしている。私の手は、池澤さんのズボンの上に当てられたまま、その固さを感じていた……」

美香が、池澤のベルトを外し、ズボンを脱がせようとする。慌てた。ズボンを摑んだ。美香と視線を合わせる。美香は、少し赤らんだ目で池澤を睨みつけた。

池澤は抵抗を止めた。

美香は池澤のズボンを脱がせると、それをソファの背もたれにかけた。自分の姿が恥ずかしくなった。ワイシャツにネクタイを締め、その下はパンツだけだ。こんな姿でいるよりは裸になった方がいい。

ネクタイを緩めようとした。その手を止めるように、美香の手が伸びてきた。美香は、池澤の手を除けると、ネクタイの結び目を緩め始めた。覆いかぶさるように、美香が耳元に顔を近づけ、「母をお願い……」と囁いた。息が温かい。池澤は、頷いた。ネクタイが外され、ワイシャツも脱がされてしまった。

我慢ができなくなり、シャツは自分の手で脱ぎ、ソファに投げた。

「母さん……」

美香が佐和子に振り向いた。

佐和子は、すでにスカートを脱ぎ、下着だけになっていた。癌の手術痕は見えない。化粧で隠しているのだろうか。それとも大腸癌の場合、最近は開腹手術ではなく腹腔鏡手術が一般的だと聞いている。体を傷つけない手術を選んだのだろうか。白い肌にガードルが食い込んでいる。佐和子は、目を虚ろに開き、手を股間に当てていた。彼女は、自分で言っていたように濡れやすいようだ。下半身を覆う薄いパンティがほんのりと透け、その下に隠されている陰毛が薄墨のように映し出されている。

「池澤さんがズボンのファスナーをいきなり下ろしたの……。そうしたら……」

佐和子は話し続けている。池澤はソファに体を預けて、彼女の話を聞いている。シャンパンを呑みすぎたのか、頭がくらくらする。

「母さん、来て」

池澤の傍に跪いていた美香が、佐和子を呼んだ。佐和子は、ソファからふらふらと立ち上がると、美香の隣にうずくまるように座った。

「それからどうなったの?」

「私の手に、池澤さんの固く、固くなったものが直接触れた……。とても驚いたわ。一瞬、手を引きそうになった。でも池澤さんが、私の手を摑まえて、その固くなったものを握れと命じた。私は少し怖かったけれど、自分の手で握った。すると私の手の中で、それはまた何倍も固く、熱くなり、脈打つのよ。どっ、どって感じでね。とても男らしいの……」

「母さん、こちらへ来て」

美香は、佐和子を池澤の近くに引き寄せた。

「ここを触って……」

美香は、佐和子の手を握ると、それを池澤のパンツの上に置いた。すでに池澤のものは怒張し、パンツを盛り上げていた。

佐和子の手が、池澤の股間に触れた。

「ああ」

佐和子は、ため息を洩らした。腰が抜けたように床に座り込んだ。

「母さん……」

美香は呟きながら、佐和子の手を池澤の股間に強く押し当てた。

池澤は、唇を噛んだ。

「これ、これ……」

佐和子は、目を閉じ、下着の上から池澤の股間に頬擦りをし始めた。

佐和子は、池澤の固くなったものを握りしめた。

「ああ、言っている、どっ、どって……」

佐和子は微笑んだ。

「それからどうなったの」

美香は訊いた。

「池澤さんは、私の顔をじっと見つめたの。そして両手で頭を押さえると、その固く、熱くなったものに無理やり近づけさせたのよ。こうやってね……」

佐和子は池澤の股間にさらに顔を近づけた。池澤は、パンツを下ろした。布を通しての感触にもどかしくなってしまったのだ。池澤は、素裸になった。佐和子の目の前に怒張したものが投げ出された。

「あの時と同じ……」

佐和子は、呟いた。

佐和子の傍で、シャンパングラスを持って、美香は座っていた。

「それでどうしたの……」

「池澤さんは、顔をその固いものに押し当てた」

「こうやってか……」

佐和子の頭を両手で押さえ、自分の股間に押し当てた。

「そう、そう、そうよ」

佐和子はうめくように言いながら、池澤のものを咥えた。両手で池澤のものを支えながら、唇を筒のように伸ばし、頰をへこませ、池澤のものを奥へと吸い込んだ。

池澤は、佐和子の頭を押さえながら、うめき声を上げた。

「さあ、母さん、思い出して、そのときにしたようにしていいのよ」

美香が、囁いた。彼女はシャンパンをあおるように呑み干した。そして立ち上がると、池澤によく見える位置に立ち、服を脱ぎ始めた。目を凝らして、美香が服を脱ぎ、裸になっていく様子を見つめた。美しいと思った。母親に似て、真っ白な体。くびれた腰。形のいい乳房。どれもこれもが見事だった。

佐和子が激しく頭を動かし始めた。口をすぼめ、激しく動かす。なんともいえない刺激が、頭を貫いていく。

「あの時と同じだ……」

池澤の口から思わず言葉がこぼれた。

佐和子が、唇を離し、

「そうよ、あの時と同じよ」

と言い、再び池澤のものを咥えると、激しく動かし始めた。

気が遠くなるほどの快感に襲われていた。佐和子は、強く刺激をするかと思うと、急に緩め、舌先で池澤の亀頭をちろちろと舐め始める。亀頭の先からは、ぬるりとした液が滲み出てきた。その液を佐和子が舌の先で絡めとる。

素裸で美香が、シャンパンを持ってきた。何をするのかと見ていると、グラスにシャンパンを注ぎ入れ、それを佐和子に渡した。佐和子は、シャンパンを呑んだ。しかし呑み干しはせず、口に含んだままだ。

佐和子は少し頬を膨らませた顔で、池澤を見つめた。そしてまた股間に顔を埋めると、シャンパンを口に含んだまま、こぼさないように器用に池澤のものを咥えた。池澤は、新たな感覚に襲われた。熱くなったものが、シャンパンによって冷やされ、亀頭の周りでぱちぱちと泡がはじけているような感覚がする。

「佐和子さん、あの時と同じだ」

また同じことを口走った。

「そうよ……」

佐和子はシャンパンを呑み干して囁いた。

佐和子とは過去において何もないはずだ。しかし何を思って「あの時……」という言葉が出たのか、自分でもよく理解できない。ただそういう言葉が浮かんできたので、自分の意思とは関係なく言葉になって飛び出してしまったのだ。

目の前には、美しい裸体をさらけ出して、シャンパンを呑む美香がいた。

佐和子と同じ夢を見るのだ……。

池澤は、自分に言い聞かせた。佐和子の口が、池澤のものを咥えたまま、再び激しく動き始めた。

5

「僕ね、最近、調子がいいんだ」

ベッドに横たわりながら佐和子の耳元に囁いた。

背後からは美香がすいつくように体を合わしている。池澤は、佐和子を横抱きにして彼女の臀部を撫でていた。そこは年齢を感じさせない張りと艶があった。

「それはようございます」

佐和子は、苦しそうに言った。

佐和子を横にして、背後から攻めていた。彼女の柔らかい部分を池澤のものはいたぶるようにして探し当てると、ぐいっと貫いた。抵抗もなく、佐和子の中に入った。

「温かい……」

思わず池澤は感嘆の声を洩らした。今まで味わったことのない温かさを感じたのだ。柔らかい肉襞が、池澤のものを包み込む。するとその襞から佐和子の体温が直に伝わってくる。その温度が心地よい。何時間でもそのまま浸かっていたい湯の温度だ。ちょうど四十度くらいではないだろうか。ゆっくりと体も心も癒されるような温かさだ。

「あの時もそうおっしゃってくださいました」

佐和子は言った。佐和子は、すっかり池澤との過去を作り上げているようだ。

「本当に温かいね。こんなの初めてだ」

背中に美香の乳房が当たる。

「美香さんも温かいと思ったが、それ以上だよ。いいだろう。お母さんを褒めているのだから」

美香は、何も答えずに背中に唇を這わしてきた。思わずのけぞってしまう。そのタイミングで池澤のものが佐和子の奥深くに入り込んだ。

「うっ」

佐和子がうめいた。

「突いて、突いてください」

佐和子が言った。

佐和子の乳房を揉みながら、後ろから力を込めて、何度も突いた。その度に体が佐和子の中に吸い込まれていく。

果てそうになった。ここで果ててはならないと一旦、腰を引いた。

「離れないで」

佐和子は言った。

「少し、待ってくれ」

佐和子を手前に倒し、仰向きにさせた。

「今度は上から」

佐和子を見下ろした。佐和子はじっと池澤を見つめている。彼女は行為中も時々、目を開けて池澤を見つめる。それが癖のようだ。佐和子の隣には、やはり仰向きに美香が横たわっている。ピンクの花柄のベッドカバーをかけたままなので、まるで花園で二人と睦み合っているような感覚になってくる。

「入るよ」

佐和子は両足を開いた。陰毛は薄い。丁寧に形が整えられている。たしなみがあるのが分かる。

明かりの下で佐和子の秘所をじっくりと見てみたいと思った。

膝をずらすようにして佐和子を覗き込んだ。両足を閉じられないように支えた。

「恥ずかしい」

佐和子が、両手で顔を覆った。

「きれいだよ」

池澤は言った。

年齢からすると、白毛の一本もあっておかしくない。しかし薄いながらもしっかりと黒い。陰毛が薄いので、割れ目の部分がくっきりと見えている。その部分も意外なほど若い。外陰部もふっくらと肉厚に膨らんでいる。ぴったりと閉じられた秘所の入り口は、年齢から想像するようなだらしなさは微塵も感じられない。

「指を入れていいかい」

池澤は訊いた。

佐和子は何も答えない。

「指を入れて、中を見て、いいかい」

もう一度訊く。こうした質問が佐和子を興奮させることを計算していた。

秘所の割れ目から、ツーツーと透明な液が流れ出てきた。秘所の中が、もはや愛液で溢れんばかりになっているのだ。それを舌先で舐めとった。ぴくりと佐和子の腹部が反応した。

どことなく海の味がした。

「君の中を見るよ。いいね。答えてくれなくては困るじゃないか」

わざと怒ったように言った。

「母さん……」

美香が佐和子に声をかけた。

佐和子が、「はい」と答えた。

池澤は、ベッドに腹ばいの形になり、佐和子の両足をぐいとおもいっきり開いた。

佐和子の息が抜けた。

足が左右に大きく開かれた瞬間に、佐和子の股間から池澤の顔に向けて愛液がほとばしった。

「ひぃ」

佐和子が悲鳴を上げた。我慢の限界だったのだ。

「おお」

思わず声を出した。愛液は池澤の顔を濡らしたが、さらさらとしていた。瞼のあたりから滴り落ちてくる愛液を舌で受け止めた。やはり海の香りがした。

「あは、あは」

佐和子が荒い息をしている。両手の人差し指を秘所に入れ、左右に開いた。

「きれいだ」

先ほどの愛液が肉襞をピンク色に照り輝かせていた。若い。新鮮な色を完全に保っていた。もう少し開いてみる。子宮口が暗く覗いている。この闇の中に佐和子は池澤とのどんな記憶を創造しているのだろうか。

「これがクリトリスだね」

口に出して、小さな突起をつまんだ。そしてまわすように揉んだ。

「もう、お願い」

佐和子は両手で顔を覆い、そして両足で池澤の顔を強く挟んだ。

池澤は、体を起こした。

「ありがとう。とてもきれいだ。それに若々しい。よく見せてもらった」

「母さん、先生が褒めてくださったわよ」

美香は言った。

佐和子は何度も頷いた。目じりに涙が光っている。

「入るよ。いいかい」

佐和子の耳元で囁いた。

佐和子は、頷いた。

自分のものを覗き込むようにしながら、佐和子の秘所にあてがった。佐和子の手を自分の手で押さえ込んだ。苦しくても動けないようにして、腰を入れた。

すっと入った。佐和子の中は、先ほどよりも温かくなっていた。愛液に溢れ、池澤のものが動くたびに愛液が外に溢れ出る。痺れるような感覚に襲われていた。佐和子の中で、池澤のものは間違いなく溺れようとしていた。海草のようなぬめりに絡めとられ、首を絞められ、先ほど佐和子をじらした罰を受けるかのように快楽に苦しんでいた。腰の動きが止まらない。いつまでも続くようだ。止めるわけにはいかない。この心地よさがなくなるのを怖れるからだ。

佐和子が苦しそうに顔を歪めている。両手が押さえられているので余計に苦しそうだ。首を振っている。池澤も激しく腰を動かした。

美香を見た。美香は、自分の手を秘所にあてがっていた。池澤と佐和子の行為を見ながら、自分で高まっている。

佐和子を押さえていた手を離し、美香の乳房を掴んだ。美香は驚いたように目を開き、その腕を掴んだ。そして体を動かし、池澤に向かって膝を立てた。池澤から美香の秘所が直に見えた。

「触って」

美香が言った。手を美香の秘所にあてがった。美香は佐和子より濃い陰毛をしている。母と娘でも違いがあるのだ。指を奥に入れた。

腰はまだ動かしていた。佐和子が池澤の腕の束縛を離れた。両腕で池澤の腰をしっかりと掴まえた。

「奥、奥……」

佐和子が呪文のように言う。佐和子が腕に力を入れ、池澤の腰を押す。池澤のものが少しでも奥に入るようにしている。

「すう、すう」

美香の鼻息が荒い。池澤の指の動きが激しくなった。美香の秘所は若さがほとばしっている。指を二本入れ、開いてみると、燃えるように赤い。池澤は指を徐々に増やしてみる。三本、四本と増やす。美香の息が荒くなる。遂に指を五本入れた。そのままぐるりと回転させた。美香は、腰を宙に浮かせ、悲鳴を上げた。

佐和子が池澤の腰に爪を立てた。

「行くよ」

佐和子に言った。そして力を振り絞って佐和子を突いた。同時に美香の秘所に入れた五本の指を何度か回転させ、動かした。指を通じて美香の襞のぬめりが伝わってくる。

体中に電流が走った。その瞬間に池澤は佐和子の中に自分の体液を放出した。何度も何度も池澤のものは律動を繰り返し、やがて安らいだ。

6

池澤は両腕を伸ばして仰向けに横たわっている。右腕は佐和子が枕にし、左腕は美香が枕にしていた。三人とも一糸纏わぬ姿だ。心地よい疲労感が全身を包み込んでいる。

「私もまだまだやれるな」

池澤が呟く。

「何が？」

佐和子が訊いた。

「何がって、あれだよ」

佐和子の手を取って、股間に導く。そこには屹立した池澤のものがあった。

「若いわよ。池澤さん、昔と同じ」

佐和子は、優しく池澤のものを握り締めた。

「先生は、若い。あんなに何回もできるのですから」

美香が池澤の乳首に唇を這わせる。

「でも私も五十六歳だ。とっくに恋も諦めていたのに、あなたたちに出会って、もう一度青春に戻ったようだ」

「痛い」

美香が乳首を噛む。

「恋をしたってわけ」

「痛い」

顔をしかめる。

「そう、恋をしたようだ」

「私たちのどっちに恋をしたの」

佐和子が、池澤のものを握る手に力を入れる。

「痛い」

また顔をしかめる。

「さあ、どっちにかな」

「私に？」

美香が言う。

「私？」

佐和子が言う。

「どちらにも恋をしたようだ」

「先生は私のものよ」

美香が言った。

「池澤さんは、私のものよ」

佐和子が言う。

「ああ、私は君たちのものだ」

「本当に、池澤さんは昔とちっとも変わっていない。そのことがうれしい。おばあちゃんになってしまった私をこんなに愛してくれるなんて……」

「佐和子さん、少しもおばあさんじゃないよ。昔のままだよ」

「母さん、良かったね。昔の幸せな時代に戻れそうね。先生とこうして会っていれば、悪い病気もすぐに治るわ」

「そうですよ。佐和子さん」

美香は佐和子の死期が近いようなことを言った。しかしその肉体からは死などは感じられない。むしろ生気が横溢しているようでさえある。それが不思議でならなかったが、彼女たちに自分が役立つのならと池澤は思っていた。またこんな美しい母と娘を同時に愛することができる幸運が、この年齢になって到来するなどと、誰が信じられるだろうか。

しかしこれは夢ではない。

「幸せです」

池澤は言った。

「私たちもです」

佐和子と美香は口を揃えた。

「最近、仕事にもやる気が出てきたのですよ」

「それは良かったわ、ねえ、母さん」

「池澤さんは、大きな才能をお持ちだから、これからもますます活躍をしてもらわなくてはね」

佐和子が言った。

池澤は立ち上がった。

佐和子と美香が不安そうに見つめている。

「そろそろ帰ります」

池澤が言った。

「どちらへ？」

佐和子が言った。

「申し訳ありませんが、自宅です。明日も早くから仕事があります」

脱いだ衣服を手元に寄せた。

「いつまでも一緒にいたい」

佐和子が涙声で言った。

「私もです」

池澤は答えた。

「先生、一緒に泊まりましょう」

美香が言った。

「美香さん、すみません。今度会えるときまで我慢してください」

できることならこのままずっと彼女たちと過ごしていたい。

佐和子と美香がベッドの上から黙って池澤を見つめている。緊張した空気が流れる中で、ネクタイを締め、上着を着た。

佐和子と美香の傍に寄り、頬に口づけをした。

「今度はいつ上京してこられますか？」

池澤は訊いた。

「またご連絡いたします。すぐにでも上京したい気持ちでいっぱいです」

佐和子は言った。

「こちらから連絡はできないのですか。メールばかりではなく……。メールはご主人に見つかる恐れがあるでしょう？」

池澤は訊いた。

携帯電話の番号だけでも聞きたいと思ったのだ。

「またこちらからご連絡いたします」

佐和子は目を伏せた。

仕方がない。彼女たちなりの事情があるのだろう。深く追及することは止めた。

外に出た。夜のホテルの廊下はひんやりした冷気が滞っていた。火照りを冷ましてくれるにはちょうどいい。エレベーターに乗り、一階に降りた。ロビーには客はいない。フロントの目を気にしながら、外に出た。タクシーが待っていた。

タクシーに乗り込んだ。

ふうと息を吐いた。夜景が背後に流れていく。このまま彼女たちとはどうなるのか分からないが、もう離れられなくなっていることは確かだ。素性も知らない。知っているのは彼女たちの名前だけ。そして佐和子には病気があること。しかしそれも美香から教えられたことであり、本当のことかどうか分からない。

「着きましたよ」

タクシーの運転手の声で起こされた。

いつの間にか眠ってしまったようだ。

眠い目を擦る。料金を払い、タクシーを降りた。ポケットから鍵を取り出し、ドアを開けた。

居間に明かりがついている。ソファに体を預けて美由紀が臥せったまま寝息を立てている。

「おい、風邪引くぞ」

池澤は美由紀に声をかけた。

美由紀は眠そうな顔で、池澤を見た。

「今、何時？」

「十時だな」

「遅かったわね」

「ああ、少し呑んだからね」

「あなたどうしたの？」

「何が？」

「鏡を見たら」

美由紀が驚いたような顔をしている。池澤は焦った。口紅でもついているのか。気をつけたはずだったが……。

急いで洗面所に行く。後ろから美由紀が覗き込んでいる。蛍光灯の明かりの下で鏡に映しだされた顔は、誰の顔かすぐには分からない。自分の顔のようでもあり、そうでもないようにも見える。

「随分、疲れた顔をしているじゃない？　体調が悪いの？」

美由紀が心配そうに訊く。

佐和子と美香に精気を吸い取られてしまったのかと頬を手で撫でた。

「もし体調が悪ければ、医者に見てもらってね」

美由紀の心配そうな顔が鏡に映っている。顔を洗った。体調も仕事も順調なはずだ……。

自分に言い聞かせた。

第三章　旧友

1

池澤は同期会の会場となっている日本橋にあるレストランにいた。ここは上野精養軒の支店だという。

会場には大きなテーブルが用意され、白いクロスがかかっている。各自の席には皿とナイフやフォークが置かれている。三十席ほどつくられているから出席するのはその程度なのだろう。

早く来すぎたのか、まだ誰もいない。幹事さえ来ていない。

憂鬱だった。同期会に出席したくなかったからだ。特に銀行を退職するきっかけとなった常務に出世した加藤健《たけし》と会うことを思うとなおさらだった。加藤は同期会を欠席することはない。必ず顔を合わせることになる。

だが、フリーである作家になった以上、銀行の同期たちは大事な情報源だ。こうした会に出て関係を密にしておくことは仕事の上からも重要なことだ。

それに佐和子や美香と付き合い始めたことが池澤の気持ちを積極的にしていた。彼女たちのことを口に出すつもりはないが、同期の連中などが望んでも持つことができないだろう掌中の珠を密やかに自慢したいという気持ちもあった。

銀行員という堅実な仕事からは脱落してしまったが、代わりにこんな良いものを手に入れたぞ。どうだ、羨ましいだろう。ありていに言えば、そんな気持ちだ。

だからここに来てしまった。

声が聞こえる。入り口に誰か来たようだ。

「おう、久しぶりだな」

声をかける。少しぎこちない。彼は都内のどこかの支店長だ。情報不足が池澤を不安にさせる。

「おう、池澤か。来たのか」

彼が言う。彼もどことなくぎこちない。できれば同じ銀行の支店に勤務する同期と顔を合わせたかったという思いなのだ。

「お前、太ったな」

池澤は笑いながら言う。

「お前こそ。時々テレビで見るけど、ちょっとオッサン臭いぞ」

「そうかな？　気を使っているんだけど」

頭を掻いた。彼の顔にも緊張がとれ、ようやく笑みが浮かんだ。

段々と人が集まって来る。

「幹事、全員揃わないでも呑んでいていいのか」

「ちょっと待てよ。もうすぐ始めるから」

あちこちで笑い声や会話が交わされている。

同期というのは不思議なものだ。

銀行での出世レースはそれぞれに差がついてしまったが、会えば入行した時のスタートラインに戻る。横一線だ。差などはない。だから交わされる会話に驕《おご》りも卑屈さも感じられない。

池澤の前には田中道雄が座った。

田中は小太りな体を席に埋めるようにして座ると、ちらりと上目遣いに池澤を見た。暗い。

池澤が田中を見た最初の印象だ。できればもっと明るくて会話が弾むような者が座ってくれた方がいい。しかし今日は立食ではない。

「田中、久しぶりだな」

自分の方から声をかけた。

「頑張っているみたいだな」

田中の目が笑っていない。

「たいしたことないよ。どうにかやっているってところだ」

「そんなことないだろう。随分、稼いでいるんじゃないのか」

厭な気分になった。嫉妬されてはたまらない。こっちはフリーの原稿書きだ。テレビに出てもたいした出演料はもらえない。タレントではなくいわゆる文化人料金だからだ。そんな言い訳を並べたいところだが、あまりくどくどというのもみっともない。

「田中は今、どこに行っているんだ？」

話題を田中に振り向けた。

田中は背広のポケットから名刺入れを取り出した。

「ここだよ。池澤の名刺もくれないか」

田中の名刺を受け取り、テーブルに置くと、自分の名刺を取り出して田中に渡した。

「サトーグループの執行役員企画部長なのか。すごいね」

田中の名刺には都内近郊で積極的に店舗を展開する中堅スーパーグループの名前と執行役員企画部長の肩書があった。

「驚くようなものじゃないよ」

田中は池澤の名刺をくるくると回した。

もしかして自分の名刺が投げ捨てられるのではないかと不安になった。田中はしばらく名刺を弄んでいたが、名刺入れにしまった。ほっとした気持ちになった。

田中は、銀行ではたいして出世したわけではない。中堅規模の支店の支店長から今の会社に転出した。真面目で几帳面な仕事をする男だった。

田中とは同じ部署で働いたことはない。ただ一度だけ若い頃に審査部研修生として数日間の合宿生活をしたことがある。貸出実務の基本を寝泊まりしながら叩き込まれる研修だった。

その研修で田中は、会社分析の緻密な書類を作り上げ、池澤を驚かせたことがあった。

「こんなに分析し尽くしたら、貸せるものも貸せないな……」

その書類を見て言った。

それは対象企業の悪いところがあまりにも厳しく指摘してあるために今にも倒産しそうな印象を与えてしまう内容だった。

「どんなことも曖昧にしていたらまずいだろう」

田中は当たり前のように言った。

「だけどここまでやったら時間もかかるし、融資のチャンスを失うのではないか」

池澤は言った。

「本質的でないことを言うなよ。審査は営業ではない」

田中は不機嫌そうな顔で池澤を睨んだ。

田中の言うことが正しいのは当然なのだが、彼のあまりにも生真面目な様子に辟易したものだった。

田中は変わってはいない。昔のままの生真面目な顔をしている。もう少し楽しそうな顔をしてもいいと思うのだが、そんな他人の思いは全く考慮しないといった様子だ。

「スーパーも競争が激しくて大変だろう」

「大手スーパーほどではないさ。うちは食品専門で、立地も首都圏だけだからね」

「企画部長といえば田中向きだね。緻密だからな」

「俺なんかいてもいなくても変わりはないさ。オーナーの顔色を窺っているだけだよ」

田中はにがり切った顔で言った。

話が嚙み合わない。

「池澤こそ自由でいいな」

「不満はないが不安はあるってところかな」

「どういう意味だ?」

「サラリーマンのようにぶつぶつ上司の不満を言うことはない。なにせ一人だからな。誰に頭を下げる必要もない。けれども収入が安定しない。いつ入るか、あるいは入らなくなるか分からないような不安はあるってことだよ」

「さすがは作家だ。うまいことを言う。不満はないが、不安はあるか……。こっちは不満はあるが、不安はないってことか」

「そういうことさ。会社を辞めてみて分かるよ」

「それにしても池澤は勇気がある。会社を辞めるなんて俺には無理だ。なんだかんだと言っても勤め人が性にあっている」

「案外辞めてみるとどうにでもなるものだよ。要するに如何に踏ん切りをつけるかだな。あえて言えば不安を楽しむくらいの気持ちがなければ組織を離れてフリーで生きていくことはできないな」

多少とも得意になっている自分を感じていた。田中がその分だけ滅入っているように見える。喋り過ぎたな、と口をつぐんだ。

「勤め人には不安はないけど不満はあると言ったけど、両方ともあるってこともね……」

田中は暗く呟いた。

「それはないだろう。厭なことがあれば、我慢するなよ。今まで散々我慢してきたんだからな」

やはり喋り過ぎだ。池澤が明るく言えば言うほど田中の顔が暗くなる。

「何か心配ごとでもあるのか」

「そういうわけではないがね。オーナー企業に勤める人間には言うに言われぬ辛さがあるものさ。不満も、不安もね」

自分の境遇を気楽そうに話し過ぎたかもしれないと反省した。自分にも言うに言えない苦労がある。

「おっ、御大がご登場だ」

田中が入り口に向かって言った。

後ろを振り向くと、同期の出世頭である常務の加藤健が到着した。

「御大って言うのは加藤のことか」

頬を強張《こわば》らせて言った。

「これでようやく会が始まるよ」

「最後にご登場というわけか。相変わらず偉そうだな」

ほとんどの席が埋まったテーブルを眺めた。

「池澤にとっては不倶戴天の敵だからな?」

田中が言った。

池澤が加藤と喧嘩して銀行を辞めたということは、同期の誰もが知っていた。

「いろいろあったからな。でも今ではなんとも思っていない。だからこうして同期会にも出席したんだ」

無理に笑みを作った。

「無理するな。でも今日は加藤も大人しいんじゃないかな」

田中の顔は相変わらず暗い。

「どうして？　いつもと同じ、自慢話ばかりじゃないのか」

「今日は違うと思うよ。池澤は知らないのか」

「なにを？」

神妙な顔を田中に向けた。

田中は何かを言おうとしたが、止めた。

「乾杯だな」

田中は言った。

「教えろよ」

池澤は言った。

「おいおい分かるから。とりあえず幹事の進行に任せよう」

田中は池澤のグラスにビールを注いだ。

幹事が立ち上がっている。仕方なくビールが注がれたグラスを持って立ち上がった。

「乾杯」

幹事の声が室内に響き渡った。

2

「本当なのか」

田中の顔をまじまじと見つめた。

「挨拶で話をするんじゃないかな」

田中は加藤の方を見た。

「みんな知っているのか」

「急だったから知らない奴もいると思うよ」

田中の顔に僅かに生気が戻った。

「誰から聞いたんだ」

「オーナーだよ。昨日、オーナーに呼ばれたんだ。何を言われるかと思ったら加藤のことだった。うちのオーナーは地獄耳だからな」

田中がにんまりとした。池澤が何も知らないことに優越感を覚えているようだ。他人の知らないことを知っている。これほど心地よいことはない。田中の顔にはそういう満足感が滲んでいた。

加藤が常務を解任されたという。それも今日のことだ。正式には明日、記者発表されるらしい。

池澤が知らないのは当然だ。銀行から人事情報が流れてくる立場にないからだ。だが銀行の関係会社などに勤務している者には人事情報が流される。それは彼らの数少ない楽しみの一つだ。だから加藤の常務解任を知らない者がいたらショックを受けるに違いない。

「解任の理由は……」

田中に訊いた。いつの間にか小声になっている。周りの者たちは運ばれてくる料理を食べながら、大声で話に興じている。池澤と田中の空間だけがどんよりと曇っているように重い。

「詳しいことは聞いていないけれど、この間、十億円もの使い込み事件があっただろう？」

田中が話している事件は池澤も知っていた。

支店の営業担当がお客の預金を長年にわたって使い込み、総額が十億円にも上ったという事件だ。その営業担当は支店に長く勤務しておりそれなりに信用があった。そこでお客に対して、いい運用法があると嘘をついて私的に資金を預かっていたのだ。

「知っている。俺もOBとして新聞社からコメントを求められたからな」

「なんでもそれの管理責任を問われたらしい」

田中は顔をしかめた。

「だけど組織犯罪ではないし、あいつが責任をとることはないだろう」

池澤は言った。

「普通はそう思うけれど、金融庁はえらく厳しかったらしいよ。誰か人身御供を差し出さなくてはならないような情勢だったらしい。そこで加藤は営業担当の筆頭常務だし、何よりも最大の原因は今の頭取とうまくいってないことらしいな」

「それで切られたのか」

「そうだ。うちのオーナーなんかも加藤のことは嫌っていた。偉そうだったからね。取引先の声が頭取の耳に入っていたようなんだ」

池澤は加藤を振り返った。

加藤は幹事と笑顔でビールを呑んでいた。特に暗い顔をしていない。

加藤は自信家だった。頭取になると豪語してはばからない男だった。頭ごなしに相手を怒鳴ったりするものだから、敵も多かった。だが敵が多いということは、実力があったということの裏返しでもあった。

加藤は、今年の六月の総会では副頭取にはなるだろうと噂されていた。そのことを思うと相当悔しいだろう。

「どこに行くんだ？　どこかの社長か？」

田中に訊いた。

「関係会社の社長になるのだと思うけれどね……」

田中は首を振った。

あれほど権勢を振るっていた男が、にこにこと笑みを浮かべてビールを呑んでいる。笑顔が弱々しく見えてしまうのはこちらが勝手に弱っているだろうと思い込んでいるからだろうか。

人は誰でも挫折するものだ。ましてやサラリーマンなどは挫折に向かって日々精進しているような種族だ。加藤も常務にまで出世し、頭取候補にまで名を連ねるようになった。まさか自分の目の前に挫折の二文字がやってくるなどとは思いもよらなかったことだろう。だがそれは死神のように確実にやってくる。

突然、加藤が池澤の方に顔を向けた。笑いかけた。池澤は体を強張らせた。どういう反応をして良いか分からない。顔を伏せた。

「それでは近況報告をやってもらいます」

幹事が立ち上がって甲高く叫んだ。

「近況報告なんてくだらないぞ」

誰かが言った。

宮下亮三だ。

「まあ、そう言うなよ。みんな久しぶりに会っているのだからな」

幹事がたしなめるように言う。

「俺は代わり映えのしない中年男の近況など報告しても酒がまずくなるだけだと思ったん

だ」

宮下は相当酔っているようだ。目が据わっている。

「宮下が文句を言っているが、俺は強行するぞ」

幹事が言った。

「反対！」

宮下が叫んだ。

「反対している宮下からやれ！」

誰かが言った。

「それがいいな」

幹事が笑った。

「宮下、やれ！」

また誰かが言った。

「それでは宮下君がトップバッターで近況報告です。その後は時計回りにやってください。では宮下君どうぞ」

幹事が両手を差し出した。

「仕方がないな」

宮下は立ち上がった。顔は笑っている。まんざらでもない様子だ。

拍手が沸いた。池澤も手を叩いた。

「神奈川電工に出向していました宮下亮三です。一昨年に銀行から出て、出向という形だったのですが、今年はそれもだめでとうとう転籍になりそうです。完全に銀行を首になります」

「俺なんかとっくに首になっているぞ」

誰かがからかう。笑い声がおきる。

宮下は取り合わない。

「会社はビルなどの電気工事を請け負っています。仕事はしっかりしていますが、肝心の仕事がありません。私は執行役員営業第一部長です。肩書はたいしたものですが、部下はだれもいません」

宮下が薄く笑った。こんどは同調して笑う者はいない。全員が声をひそめていた。部下のいない肩書だけの執行役員。銀行員が一般企業へ出向する際、営業のために肩書だけは役員になる。ありがちな処遇だ。名目だけの中身のない待遇。

「私の役割は銀行関連の仕事を取ってくることですが、昔とちがって今や銀行も全てが競争入札になっています。談合はいけないってことでしょうかね」

頷いている者がいる。同じように銀行から仕事を請け負う会社に行っているのだろう。

池澤もそのまま銀行にいれば宮下と同じような会社に行ったに違いない。

銀行には支店という多くの建物がある。それには建設や修繕などの工事がつきものだ。そのため多くの建設関連会社に銀行OBが、いわば天下りして銀行からの受注獲得に鎬《しのぎ》を削っている。会社にしてみればOBを受け入れても確実に受注があれば、こんなにいいことはない。それに受注金額もOBの受け入れ状況に応じて増やされる。

ところがこうした官庁並みの建設会社との癒着も銀行の経営悪化や景気後退で許されなくなった。建設工事などに競争入札が導入されるようになったのだ。そうなると仕事を取れなくなったOBたちの肩身は狭くなった。

「一生懸命後輩の管財部長に頭を下げていますが、色よい返事をくれません。お宅は高いですからと入札前にやんわり断りさえ入れられるのですよ。会社に帰れば、なんだか役立たずと言われているようで針の筵《むしろ》です。先日、人間ドックで検査をしたら、肝臓などが悪化しているのと不整脈が見つかりました。体にもガタがきたなと……」

「宮下、湿っぽいぞ」

誰かが言った。

「だから近況なんて厭だったんだよ。どうしてもこういう話になるんだから。いろいろ言ってもしがみつくしかないものですから、皆さんよろしくお願いします」

宮下はまだ言い足りないような顔をしていたが、腰を下ろした。

「宮下が暗くなったのでパーッと明るくと、言いたいところだが、あまり明るい話題はないな。リース会社に行っている木村宏次です」

木村は審査畑だった。そのポストに相応しく、今でも厳しい顔つきのままだ。

「リース会社では各支店から上がってくる案件の審査を担当しています。肩書は部長だが、実態は担当者と同じだ」

「最近、案件は多いのか？」

誰かが訊く。

「以前は全くと言って良いほど案件がなかったが、景気が回復してきたのか増えて来ている。しかし銀行の紹介には頭に来ることが多い。加藤常務、ぜひ聞いていただきたい」

木村は加藤を見つめた。

「おお、聞いているぞ」

加藤はグラスを高く掲げた。加藤は赤ら顔に笑みを浮かべている。グラスが透明なところを見ると焼酎を呑んでいるようだ。

加藤が常務でなくなったことを木村は知らないのだろう。

「銀行の支店は、リース会社を相変わらずゴミ箱のように思っているのではないか。自分のところでとても融資できない会社ばかりをまわしてくる。これでは融資を断る役割をこちらに押し付けているようなものだ。ところが内容のいい会社は全て自分のところの融資で対応して、こっちにまわしてこない。協調という言葉を忘れてしまっていると思う。いかがなものか」

木村は憤慨したように言った。

「その通りだ。銀行のノルマがきついものだから、いい案件は自分たちで、悪い案件は他所へまわすということをするぞ」

「でもそういう悪い案件にも飛びつく我々関係会社も問題だ」

「現役の教育が悪いんじゃないのか。何とかしろよ、加藤常務殿」

誰かが皮肉混じりに言った。

「みんな知らないようだな」

池澤は田中に囁いた。

田中が小さく頷いた。

「みんな、ちょっと話がある」

加藤が声を上げた。

「お前の順番じゃないぞ」

誰かが言った。

「順番じゃないが、聞いてくれ」

加藤は、真剣な顔つきで言った。

ている。

3

加藤は皆が静まるのを待った。そして顎を上げた。片方の腕をテーブルに置き、体を支えている。

「どうした？　また演説か？」

誰かが茶化すように言った。笑いが起きた。

加藤が声のする方向を見て、薄く笑った。

「実は、今日、常務を解任になった。発表は明日だ。関東不動産会社の社長に出ることになった」

加藤はやや俯き気味に言った。関東不動産は銀行の関連会社だ。

皆が驚きの声を上げ、動揺が走った。

田中が池澤に、

「言った通りだろう」

と囁いた。

池澤は、ああ、とだけ答えた。

「本当なのか」

誰かが加藤に訊いた。

「本当だ。自分でも意外だったが、仕方がない。役員とはいえ、サラリーマンだからな。頭取の命令には逆らえない」

「理由はなんだ？」

「例の十億円横領事件の責任をとらされたことになっている」

加藤は唇を噛んだ。納得していないという顔だ。

「あんなのは加藤の責任じゃないじゃないか」

誰かが憤慨したように言った。

「ありがとう。しかし営業を所管していたからな。そこでおきた不祥事に責任をとらされるのは仕方がない」

「しかし我が同期のホープが解任されたとなるとただではすまないな」

誰かが大げさに言った。

「どう、ただではすまないというのか。誰かが責任をとらねばならないんだから仕方がないだろう」

また誰かが言った。

池澤の加藤に対するいろいろな思いからすれば、喜びの一つも湧き起こったとしてもおかしくない。だが、醒めていた。なんの感慨もなかった。逆にそれが不思議だった。

皆の声を聞いていた。それらの声には同期の中でただ一人役員として残っている加藤に対する期待と羨望と、そして嫉妬の気持ちが入り混じっていた。

「もう少し残って頑張りたかったが、こうなっては仕方がない。気持ちを切り替えるよ。みんなよろしく」

加藤は笑みを浮かべた。

池澤には無理に明るく振舞っているように見えた。

今日の加藤は、とても穏やかだ。なぜだろう。加藤も銀行を辞め、自分も辞めた。失意は誰にでも公平に訪れるものだという真理が池澤を落ち着いた気持ちにさせているのだろうか。いつもは加藤を苛々した気持ちで見ていた。今日は同じ寂しさを味わう者として、見ている。その池澤の思いが加藤を実際以上に穏やかにさせているのかもしれない。

いつもなら加藤は、他人を睥睨《へいげい》するように見下ろす。今日は、それもしない。まるでつき物が落ちたように加藤の全身を諦観が覆っている。

「加藤、これからが本当の人生だ。しっかりやろう」

池澤は思わず声をかけた。

加藤が少し驚いたように池澤を見つめた。

周りの者たちが一瞬、黙った。誰もが驚いていた。まさか池澤が加藤を励ますとは思ってもいなかったからだ。加藤と池澤の確執は有名だった。大げさに言えば、この同期会に池澤が出席すること自体が信じられないと思っている者がいるほどだ。

「池澤、ありがとう」

加藤が軽く低頭した。

「銀行を離れてみて初めて分かることも多いから、今度は気楽にやれよ」

「そうするよ。なにせ池澤は大先輩だからな。辞めてからの方が活躍しているわけだから」

「おいおい辞めてからの方が活躍しているという言い方はないだろう」

苦笑した。

「悪い、悪い。勿論、銀行でも活躍していたな」

加藤の言葉に周りから笑いが上がった。

「加藤の新しい出発に乾杯だ」

幹事がグラスを高く掲げた。

「池澤、音頭をとれよ」

幹事が言った。

「分かった」

立ち上がって、ビールの入ったグラスを掲げ、

「加藤の第二の人生に乾杯！」

と叫んだ。

今までずっと溜めていた加藤に対するわだかまりや憎しみ、怒りが自分の中で解けていくのが分かった。組織というものの壁がなくなると隠れていた人間が現れてくる。加藤の中に新たな人間を発見した喜びを感じていた。

「乾杯」

「乾杯」

加藤はうれしそうに微笑しながら何度も頭を下げた。

4

同期会が終わり、二次会に行こうと積極的に言いだす者もなく会場には池澤と加藤だけが残された。

「もう一軒付き合ってくれないか」

加藤が池澤に声をかけた。

「いいよ」

池澤は、加藤が声をかけてくることを期待していた。もしかけてこなければ、池澤の方から声をかけただろう。

「二次会に行こうという奴もいなかったな」

加藤が寂しそうに言った。

「みんな忙しいのと、懐が案外と寂しいのさ。それに酒が入ると、口をついて出てくるのは仕事、家族、健康、それぞれの愚痴ばかりだろう。なかなか若い頃のように盛り上がらない」

池澤は言った。

「そうだな……、なんだか気分が滅入るばかりだ」

加藤が呟いた。

「どこへ行く？　大銀行の常務様、もとい前常務様か。車は？」

道路を眺めて加藤が乗っているはずの黒塗りの車を探した。

「もう取り上げられたよ」

加藤は笑った。

「えっ、今日の今日だろう」

「でも常務でなくなったことは事実だから常務以上に許されていた社用車は使えないルールなんだ。でも心配するな。タクシーチケットをもらっているからどこへでも行くぞ」

加藤はポケットからタクシーチケットを一枚取り出すと、ひらひらと振った。

「哀れだな……。権力の象徴である黒塗りの社用車を取り上げられ、ひらひらとタクシーチケットを振るのか」

「そう言うな。仕方がないさ。さあ、どこへ行こうか」

「行きつけの銀座のクラブなんてのは、あるのか?」

あまり期待しないで訊いた。加藤は首を振った。

「分かった。女の子がいるところは高いから、カウンターバーに行こう。知っている店があるから」

「さすが作家だな」

「からかうなよ。そんなにたいした店じゃない」

手を挙げてタクシーを止めた。

「銀座六丁目交差点まで」

運転手に告げた。タクシーが動き出した。

「人生とは不思議だな……」

池澤はひとりごちた。

「何か言ったか」

景色を眺めていた加藤が振り返った。

「いいや」

池澤は言った。

タクシーが止まった。

加藤がタクシーチケットに金額を記入しようとした。

「加藤、待てよ。ここは俺が払っておく」

「いいよ。せっかくチケットがあるのに……」

「それは帰りに使おう。俺とお前とは途中まで帰る方向が同じだろう。その方がいい」

「お前もセコイな」

加藤が笑った。

「どっちがセコイ。こんな距離でチケットを使おうとするなんて」

池澤も笑みを浮かべて言い返した。

代金を支払い、タクシーを降りた。

「どっちだ」

加藤はビルを見上げて言った。その姿は初めて銀座に降り立ったようにさえ見えた。つい先ほどまで大銀行の役員だった威厳はない。

「すぐそこだよ」

池澤は歩き出した。並木通りに入り、多くのバーが入居するビルの六階に目指す店はあった。マンハッタンという名だ。

「ここだよ」

池澤はドアを手前に引いた。

「おお、池澤さん久しぶり」

中から声がかかった。

「ちょっと友達を連れてきたよ」

マスターに加藤を紹介しながら、カウンターに座った。客は誰もいない。

「いい雰囲気だな」

加藤がマスターの背後の棚に並んだ酒を眺めながら言った。

店はカウンターと小さなコーナー席があるだけ。お世辞にも広いとはいえないが、暗い色調で統一されていて高級感がある。

「あまり客が来ないからいいんだ」

池澤が言った。

「池澤さん、それは酷いよ」

マスターがグラスを磨きながら言った。

「気にしないでよ、マスター。ところで何を呑む？」

「池澤は？」

「俺は赤ワインをもらうよ」

「じゃあ、俺もそれにする」

「バーに来て赤ワインというのもなんだが、体に良さそうだろう」

「ああ、何よりも健康が第一だ」

「マスター、赤ワイン、ふたつ」

池澤は二本の指を立てた。

マスターが大ぶりのワイングラスをカウンターに並べて、ワインを注いだ。

「じゃあ、乾杯だ。加藤の新しい出発に向けて、乾杯」

グラスを持ち上げた。

「ありがとう」

加藤もグラスを持ち上げた。

グラスがカチリと乾いた音を立てた。

「悪かったな……」

加藤が呟くように言った。グラスの中でワインをくるくると回している。

「ああ、お前には散々苛められたからな」

ワインを口に含んだ。

「俺はあの頃、必死だった」

「俺の方は、もうくたびれていた」

「その差は大きい。俺は必死でやらない奴を軽蔑していたからな」

「俺は逆だった。なぜ必死になっているのか分からなかった。自分の保身だろうと思っていた」

「あの会議でまさか池澤から辞表を叩きつけられるとは思わなかった。あれで俺のイメージは決まった。恐ろしく仕事熱心で厳しい男とね」

加藤が笑いを零《こぼ》した。

「俺の方は、その日から職探しさ。ようやくこんな風になったがね」

加藤に向けて、ワイングラスを掲げた。

「辞めてよかったのか」

「今さら、失敗だったとは言えないさ。後悔したり、後ろを振り返ったりしないようにしている。そうしないと第二の人生は楽しくない」

「結構、強いな」

加藤はワイングラスを傾けた。

「強くなった、というのが正しいだろうな」

ワインを呑んだ。

渋みが残っている味だ。まだまだまろやかにはなっていない。池澤は渋みがあるワインを好んだ。年を経て、悟りを開いたようになるよりはいつまでも成仏できないところがいい。

「お代わり」

池澤はグラスを差し出した。

5

「悔しいものだと分かった」

加藤が二杯目のワインを呑み干した。カウンターに肘をついて背を丸めている。背中に年齢が出るというのは本当のようだ。

「人生はそういうものだ」

池澤は答えた。

「いつかは辞めるときが来ると思っていた。しかしそれは自分で決めたいと願っていた。お前みたいに……」

「俺、みたいに?」

加藤の顔を覗きこんだ。

「そうだ。羨ましい、潔いと思った」

加藤が池澤を見つめた。

「そんな恰好のいいものじゃないさ。もう出世は諦めていたから、後はいつ辞めるかしか考えていなかったのだと思う。潔くなんかないさ。できれば銀行が辞めてくれと言うまで残っていたかった」

「頭取と合わなくなったと感じ始めてからは地獄だった」

「頭取に評価されていたじゃないか。何かきっかけがあるのか？」

「分からない」

加藤は首を振った。

「何か思い出すだろう？」

池澤は言った。

「強いて言えば、俺が調子に乗っていたということだろう。頭取から信頼されていると思い込んでいたから、それが俺を増長させたに違いない。客の前で頭取に度々意見したことがあったからな……。面白くなかったのだろう」

加藤が肩を落とした。

「それだろうな。調子のいいときこそ自分を見失わないようにしなくてはならない。周りの誰もが自分より下に見えるときがあるからな。俺なんかは石川啄木と同じで周りがみんな俺より偉く見えるから大丈夫だがね」

薄く笑った。

「どうして頭取は俺を避けるのか？　俺の案をことごとく退けるのか？　考えるだけで眠れなくなった。胃がきりきりと痛み、会議では何かを言おうと思っても喉がひりひりに渇いて声が出ない。どうしようもなかった。そんなときにあの十億円横領の事件が起きた……」

「お前の責任だと言われたのか」

「最初は、ただ長い間ご苦労様でしたと言われただけだ。どうしてですかと問いかけたら、事件の責任をとってもらいますと言われた。頭取は微笑を浮かべていたよ」

「お前を解任するちょうどいい理由になったってわけだな」

池澤はグラスの口に手をかざして、ワインを注がないでいいとマスターにサインを出した。

「死にたいと思っていた。毎日ね」

加藤はマスターにグラスを差し出した。呑みすぎだなと池澤は心配になった。マスターに目で池澤の心配を伝えた。マスターは加藤のグラスに注ぐワインを減らした。

「そんなに悩んだのか」

「死にたいと自然に思ってしまうというのだろうか。朝起きるのが憂鬱で、いつまでも布団の中にぐずぐずしていてこのまま眠ったままでいたいと思うんだよ」

「今日も？」

「今日はなんとなく気分がいい。首になったからスッキリしたのかもしれない。よくても悪くても結果が出たからな。だから同期会にも出られた。お前が来ると聞いていたし、どうしても会って謝りたかった」

「俺に謝りたかった？　らしくないな」

「お前の退職を知ったときからずっとわだかまっていた。機会を作りたかったけれども勇気がなかった。自分からは言い出せなかった。言えば弱くなる、自分を否定するような気がした」

加藤はまたグラスをマスターに差し出した。

「少し呑みすぎではないですか？　ワインだって適量がありますよ」

マスターが言った。

「酒を呑みに来て注意されるとは思わなかったよ。変わった店だな」

加藤が驚いたように言った。

「マスターは商売抜きだからね。水でももらえよ」

池澤は言った。

「そうする。何事も健康第一だからな」

加藤が寂しく微笑んだ。

今日は気分がいいと言っていたが、ワインの呑み方を見ているとそうでもない。心の奥に鬱屈を溜めているようだ。

「新しい職場に早くなれることだな」

「不動産会社だよ。それも銀行の関連だ。やることがなくて退屈するかもしれない。仕事よりもそっちの方が怖い気がする」

加藤は憂鬱そうなため息を吐いた。

加藤の言うとおり銀行の関係会社は仕事を適当にやり、人生を楽しみたいと思っている人には最適な環境だ。誰もが気心の知れた先輩後輩ばかり。仕事は銀行が潰れない限り安定的に継続する。妙な工夫などをすれば、かえって親銀行から叱られてしまう。

昇給、昇格も年功序列。銀行での地位にスライドしている。

銀行での地位が低かった者がいくら頑張っても地位の高かった者を追い越すということはない。

また一般受験で入社した者たちは頑張っても課長止まり。たまに部長になる人がいるが、例外中の例外だ。彼らが役員になることなど絶対と言うほどない。

その結果、銀行から来た役員たちの地位を脅かす者は誰もいない。彼らの平和は永遠に続くことになる。

加藤はそうした関係会社で社長になるのだ。のんびりと余生を過ごすには最適のポストといえるだろう。多少の退屈ささえ我慢すれば。

「のんびりやればいいじゃないか。少し休めよ。いままで一心不乱に銀行のためにやってきたわけだから」

「一心不乱か、いい言葉だ。心を一つにして乱れず。その言葉通り働いてきたら逆に乱心になってしまった」

加藤は小さく笑って、水を飲んだ。

乱心という言葉を聞いて、池澤は佐和子と美香のことを思った。今月も彼女たちは上京してくる予定になっている。彼女たちのことを思うだけで心が乱れてくる。早く会いたい。ただそれだけを願っている。同じように彼女たちも自分に会いたいと焦がれてくれているだろうか。もっと頻繁に会いたい。会える手段はないのだろうか。そんなことばかり考えている。

「恋がしてみたいな」

加藤が呟いた。

「恋か？」

少し焦った。自分の心の中を見透かされたのではないかと思ったのだ。

「燃えるような恋。憧れるな。仕事ばかりに価値観を置いてきた。結果や答えが出なければ苛々した。恋はそういうわけにはいかない。答えを求めても求められない。何かを完成するというより何かを壊すものだ。自分自身も含めて……」

加藤は遠くを見るような目つきをしている。

「ロマンチックなことを想像してばかりいないで実際にやってみればいいじゃないか」

佐和子と美香のことを話してやりたい。俺は恋をしているぞ。そう加藤に自慢したい。

「簡単に言うなよ。女房とさえ触れ合っていない。体は年々弱ってくる。朝だってしなびたままだぞ。それに娘からもオヤジ臭いと敬遠される始末だ。池澤だって同じだろう。女房とちゃんとやっているのか」

加藤は哀しげに微笑んだ。

「女房とね……。そう言われりゃそうだな。でも恋は別だろう。女房に恋するわけじゃない」

「こうやって中年という年齢になってしまうと、若さで勝負するわけにはいかない。昔の人が四十にして惑わず、五十にして天命を知ると言ったけど、それは老いというものを自覚しろということだと思うね。いつまでも若くないから死ぬ準備を怠るなということだろう」

「恋をしろよ。恋。その心にもう一度火を灯せ。そんなに力を失っているのを見るのは辛い」

加藤の肩を叩いた。

「ちきしょう」

加藤は突然、頭を抱えた。

驚いて、マスターと顔を見合わせた。

「俺のどこが気に入らなかったんだ。俺のどこが悪かったんだ。あんなに一生懸命仕えたじゃないか。それをあっさり首にしやがって。そしてよりによって俺が最も軽蔑していた奴を引き上げた。あの頭取には人を見る目がない。何がご苦労様だ」

加藤は俯いたままカウンターに拳を打ちつけた。鈍い音が響いた。

加藤の様子を黙って眺めていた。

「なあ、そうじゃないか。なんとか言ってくれ。なぜ俺なんだ。なぜ俺が切られなくてはならないんだ」

加藤は体を起こすと、池澤の襟首を両手で握りしめた。

加藤の目には池澤の顔が自分を首にした頭取に見えているのだろうか。憎しみに満ちた目で池澤を睨んでいる。

「分かった。分かった。お前はよくやった。お前を切った頭取はいつかきっと後悔するに違いない。しかしもう諦めろ。諦めることを学ぶ年齢だ」

加藤の手を解きながら言った。

加藤は手を離した。

「悪かった。帰ろうか」

加藤はゆるゆると立ち上がった。

「マスター、じゃあ失礼するよ」

加藤の体を支えるようにしてドアに向かった。

「ここの払いはいいのか」

加藤が訊いた。

「いいよ。たいしたことない」

「悪いな。今度は俺が面倒見るよ。なにせ社長だからな。この俺に銀行の不動産を管理して一生を終われと言いやがった。あの野郎……」

「悪態はそれくらいにしておけ。行くぞ」

加藤を抱くようにしてエレベーターに乗り込んだ。

時間は十一時だ。

「タクシーをつかまえるから、乗り場まで行くぞ」

「俺は電車で帰る」

加藤が歩き始めた。

「チケットがあるぞ」

「それはお前が使え。俺は電車で帰る。明日から車はないから、練習だ」

「大丈夫か。今日はタクシーで帰ろう」

「大丈夫だ。一人で風に当たりたい。今日はありがとう。付き合ってくれて……。お前は友達だ」

加藤が池澤に背を向けて、軽く右手を上げた。

加藤は思ったよりしっかりした足取りで新橋方向に歩いて行った。

頑張るんだぞ。加藤の背中に呟いた。

6

『池澤さんのお宅ですね。池澤彬さんのお宅ですね』

池澤は電話で起こされた。眠い目を擦りながら腕時計を見ると、午前二時だ。

「どちら様ですか。こんな時間にいい加減にしてください」

不機嫌に言った。

『警視庁新宿署の者ですが、夜分おそれ入ります』

相手の男は落ち着いた様子で話した。

「警視庁？」

目が覚めた。

振り込め詐欺？　とっさにその言葉が浮かんだ。

大丈夫だ。美由紀はちゃんと眠っている。息子も確認はしていないが部屋にいるはずだ。

「こんな時間にどういうご用件でしょうか？」

『今日、緊急逮捕した男があなたの名前を告げて、ここに呼んで欲しいと言うものですから』

「逮捕した男？」

いよいよ振り込め詐欺だと確信した。なんだかわくわくしてくる。体中のアドレナリンが噴出してくるようだ。

「誰ですか？　その男は」

自然と険しい口調になる。逆探知でもしたい気分だ。ぜひとも相手の電話を確かめて捕まえてやりたい。

『加藤健と名乗っています』

「加藤？」

『はい。年齢は五十代半ば、中肉中背です。彼があなたを呼んで欲しい。そうすれば素直に取り調べに応じると言っているものですから』

焦った。なぜ加藤の名前が出たのだ。息子や妻の名前ではないのだ。

『どうかしましたか。振り込め詐欺かなにかと疑っておいでですね』

相手の男の笑いが聞こえる。

「ええ、そうでしょう。こんな電話に長く付き合えない。切りますよ」

怒って言った。

『切られるのはいいですが、なかなか立派な紳士なので、送検するにしても素直になってもらいたいと思いましてね。それで容疑者の要望を入れてお電話した次第です』

「彼は何をやったのですか」

『痴漢です』

「痴漢？　まさか」

『詳しいことは後ほどご説明いたしますので、こちらに足を運んでいただくわけにはいきませんか』

「今からですか」

『はい。申し訳ありません』

「あなた、詐欺でしょう。警察に言いますよ」

きつい調子で言った。来るのが面倒なら、朝一番で金を振り込めとでも言うのだろう。

『ご足労願う場所は新宿署です。お疑いなら新宿署に電話してみてください』

相手の男は自分の名前を言って電話を切った。

「加藤が痴漢？」

信じられなかった。つい数時間前に別れたところだ。詐欺ではないかとの疑いは晴れてはいない。だが相手は金の話を一切しなかった。

「どうしたの？　こんな時間に、誰から電話？」

美由紀が起きてきた。

「新宿署からだ」

「警察？」

美由紀の目が大きく開いた。

「加藤が捕まったらしい。私の名前を出して、来て欲しいと言っている」

美由紀を見つめた。

「それ、絶対に詐欺よ。振り込め詐欺よ」

美由紀が興奮した様子で言った。

「俺もそう思ったが、相手は金も要求しないし、新宿署に来てくれとだけ言うんだ。それに加藤の名前がどうして……」

「あなたを呼び出して誘拐して金を取ろうというんじゃないの。うちにも遂に振り込め詐欺が来たか。たいしたものね」

美由紀は楽しそうに言った。

「新宿署に確認を入れてみるよ。もし本当に加藤がそこに捕まっているなら、何とかしてやらなくてはならないからな」

新宿署の電話番号を調べて電話をかけた。先ほど名乗った警官の名前を告げた。確かに存在した。

呼び出しましょうか、と交換係が訊いた。お願いしますと頼んだ。

『池澤さんですか？　確認のお電話ですね』

「そうです」

『それでは来ていただけますね。お待ちしています』

「分かりました」

電話を切った。

「どうだった？」

美由紀が言った。

「出かけるよ。悪いけどタクシー呼んでくれないか」

池澤は緊張した顔で言った。

「こんな時間に？　嘘でしょう」

美由紀が怒った。

「どうも嘘じゃないみたいだ。加藤が痴漢をやったらしい」

「痴漢？」

「警官が言った。痴漢だって……」

「心配だから、私が送るわよ」

美由紀が真面目な顔で言った。

「悪いよ。タクシーで行くから」

「大丈夫。私が送るわ。万が一ってことがあるから、あなたのことが心配だから」

美由紀はさっさと着替えのために部屋に入って行った。

池澤は美由紀の毅然とした姿を見ていると、ふと罪悪感に捉われた。佐和子と美香のことで美由紀を裏切っているからだ。

だが、今はそんな感慨にふけっている暇はない。加藤のことが気がかりだ。

加藤が痴漢した？　こんなことがマスコミに知られたら、彼はいったいどうなるだろう。もし銀行に知られたら、彼の立場はいったい……。問題が大きくなる前に救いを求めてきたのだろうか。警察が電話をしてきたということは事件にしない可能性もあるのだろうか。

急いで着替えた。自分の経験の中に痴漢をした部下を警察に引き取りに行った事例はない。

「あなた、出かけるわよ」

美由紀が言った。背筋が伸びている。緊張しているのか、張り切っているのか。いずれにしても案外と危機に強い女かもしれない。少し見直した気分だ。

「分かった」

池澤は答えた。

第四章　ミッドライフ・クライシス

1

美由紀の運転する車を道路に止めさせ、一人で新宿警察署の夜間受付に行った。事情を話し、電話をかけてきた警官の名前を告げた。

こちらへ、と警察署の中に招き入れられ、エレベーターで四階の刑事課に行くように言われた。

身を縮めるようにして、小走りで受付を離れた。加藤は取り調べを受けているのだろうか。いったい彼に何があったのだろうか。別れるとき、やはりタクシーで帰せばよかったのだ……。後悔の念が沸々と湧き上がってくる。

刑事課のドアを開ける。がらんとした部屋を奇妙なほど乾いた蛍光灯の明りが照らしていた。足下に食べ終わった丼鉢が置いてある。飯粒が数粒ついている。明日の朝にでも出前が取りに来るのだろう。

「池澤……」

部屋の隅に、男が座っていてこちらを見ている。声はそこから聞こえてきたようだ。焦点が定まらない。顔がぼんやりとしか見えない。これは動揺している証拠だ。池澤は慎重に足を進めて、その男に近づいた。

「加藤……」

一回りも小さくなったように肩をすぼめてパイプ椅子に座っている男に声をかけた。間違いなく加藤だ。数時間前まで一緒に呑んでいたのだが、その時の姿より荒《すさ》んでしまったように見える。髪の毛はすっかり脂っけが抜けて、ぱさぱさした感じになり白髪が目立っている。逆に頬や額は皮脂と汚れでぬめぬめと照りが出ていて、不潔だった。

「ごくろうさまです」

ちょっと体を斜めにした癖のある立ち方の男が、ズボンのポケットに手を突っ込んだまま面倒臭そうな顔を池澤に向けた。

電話をかけてきた警官だろう。私服であるところを見れば刑事なのか？　背が高く、目つきは鋭い。もし警察で会わずに、どこか別の飲食店などで会えば、視線を避けてしまうようなヤクザ的な雰囲気がある。

池澤は頭を下げ、

「池澤と申します」

と言った。

「私は、新宿署刑事課の野田秀夫といいます。夜分、ご足労願いましてすみませんでした」

「いえ、こちらこそ。ご迷惑をおかけしました。ところで何があったのですか」

加藤と野田を交互に見ながら言った。

加藤が何か言いたげに顔を上げたが、言葉を呑み込んで、俯いた。

「昨夜、山手線の中で、彼が女性客の前に立って、自分の股間部分をズボンの上から執拗に揉み始めました。それだけで女性客は不快そうに顔を背けたのですが、なにせ自分のちょうど目の前で男がズボンの上からとはいえ、あの部分を揉み揉みするのですからね」

野田は笑みを浮かべて、加藤を見下ろした。加藤は相変わらず俯いたままだ。

女性客になった自分を想像した。山手線は、夜遅くても混んでいる。自分の目の前に男が立っている。背広姿の中年だ。少し酔っているようでつり革にぶら下がるようにして立っている。男が、急に股間部分に手を当てて、その部分を揉み始めた。いったい何をやっているのだろうか。ちょうど自分の目の前が男の股間部分に当たる。男の手は次第に激しくなっていく。なんとなく男の股間が膨張していくようだ……。

「ズボンの上から揉んでいるだけでは飽き足らなくなったのか、チャックに手をかけましてね」

野田はにんまりと口角を歪めた。

「チャックに？　ズボンのですか？」

驚いて訊いた。

「女性客が言うには、チャックを上げたり、下げたり……」

野田は、自分のズボンのチャックに手をかけ、手だけを上下させた。

「そりゃあ、驚きますよ。自分の目の前で男が社会の窓を開けたり、閉じたりし始めたわけですからね。女性は気が気じゃありませんわね。信じられないことに今度はチャックを下ろして、ズボンの中に手を入れて、下着の上から自分のあれを揉み始めたのですよ。気持ち良さそうにね……」

野田は軽蔑したように薄笑いを浮かべた。

自分の目の前で、見知らぬ中年の男が、いきなりズボンのチャックを下げ、そこに手を入れ、下着の上からというものの性器を揉み始めた。女性にとっては、目を背けたくなる光景だ。

「あれは出したのですか？」

池澤は訊いた。

「そこまではやりませんでした」

野田は残念そうに言った。

「加藤、刑事さんのおっしゃっていることは事実なのか」

加藤は、今にも泣きそうな顔を見せ、

「よく覚えていないいんだ」

と言った。

「いい加減にしろ！」

野田が急に怒り出し、机を叩いた。加藤は飛び跳ねるように体を起こした。池澤も驚いて、野田を見つめた。

「すみません。でも……」

加藤が頭を下げた。

「こっちには被害届が出ているんだぞ。刑務所に放り込むことだってできるんだ。正直にやったことを言え」

野田が加藤に怒りをぶつけている。

「刑事さん、お聞きしますが、加藤はどういう状況に置かれているのですか？」

「そうそう、あなたにご足労いただきましたのはですね、この男、名前しか言わないのです。持ち物から関東第一銀行に勤務していることは分かったのですがね。それで問い詰めたら、あなたを呼んでくれって懇願するものですから」

「彼は、関東第一銀行の常務です。正確には、前常務かな？」

加藤に確認を求めた。加藤は小さく頷いた。

「へえ、常務。偉いんだねえ」

野田は呆れたような声を上げた。

「昨夜は彼と呑みました。彼は痴漢をするような男ではありません」

加藤のうな垂れた様子を眺めていた。一挙に何歳も年をとったように弱り果てている。自分を苛めていた、あの頃の迫力はどこに行ってしまったのだろうか。

「でもね。被害届は出ているのですよ。強制わいせつには該当しないでしょうが、都で定めている迷惑防止条例違反にはなるでしょうな」

「彼はよく覚えていないんでしょう。トイレに行きたかっただけじゃないですか？　夢見心地だったのですよ」

「電車に乗っていることを忘れて、夢を見ていたとでも言うのかね？」

「そうですよ。きっと……」

池澤は加藤の肩を軽く叩いた。

「刑事さん、本当に覚えていないんだ。何もしていません」

加藤が悲痛な声を上げた。

「小便している夢？　そんなガキみたいな夢を見るな。いずれにしても希望通り池澤さんをお連れしたのだから、きちんと供述してくれよ」

「ところで彼はどうなるのですか？」

暗い顔で訊いた。

もしこのまま刑事罰を受けることになれば、彼の立場は相当に悪化することになる。

なんとかしなくては……。

野田の顔を必死で見つめた。

2

野田は、ポケットに手を入れたまま加藤の前の机に腰をかけた。

「すっきりと迷惑かけましたって供述して、被害者に謝れば、まあ起訴せずになんとかしてもいいかなという気はしています。なにせ関東第一銀行などという大手銀行の常務さまですからね」

「そうですか。そういうこともあるのですね。私が責任を持ちますからなんとかこのまま帰宅させてください。おい加藤、奥さんには電話したのか？」

池澤は訊いた。

「いいや。電話していない。かえって心配すると思ってな。遅くなることはしょっちゅうだったから今夜も同じとしか思っていないだろう？」

加藤は消え入りそうな声で言った。

時計を見た。もう午前三時を回っている。確かにこんな時間になってから遅くなるからと電話をすれば、かえって変に思うだろう。そうはいうものの加藤の夫婦関係の冷え込み方を垣間見た気がした。

「分かった。だったら早く迷惑をかけたことを謝って帰してもらおう」

「そう言うけれど、俺は何も覚えていないんだ。女性が一方的に痴漢だと大騒ぎして、気がついたらここに連れてこられたという具合だ。これを見てみろよ」

加藤は背広の袖の部分を摘んで見せた。ボタンがない。ほつれた糸が出ていた。

「ボタンがなくなっている。どうかしたのか?」

「どうもこうもしないさ。女性がいきなりここをひっぱり、周りの客からも揉みくしゃにされたときにむしり取られたみたいなんだ。俺はかえって被害者なんだ」

加藤は、野田に訴えるような目をした。

「さっきからこの調子なんです。さっさと謝ってしまえば、こっちも何とかしようと思っていたのですがね。被害者に向かって、ブスだのなんだの、お前なんかに痴漢する奴がいるものかなどと、もう罵詈雑言《ばりぞうごん》ってやつをどんどんですよ。被害者はすっかり怒ってしまって、極刑にしてくださいって言ってましたね」

野田は苦笑した。

「刑事さん、本当に何もしていないのです。彼女は嘘をついています」

加藤は必死な顔になった。声にはあまり力がない。

野田は、眉根を寄せた。

「野田さん、本当に謝れば起訴したりしませんか?」

池澤は野田を探るような目で見つめた。

「勿論、被害者にもきちんと謝罪をしてもらって被害届を取り下げてもらうことが前提になりますが、まあなんとかしたいとは思います。立場もありますしね……」

野田は言った。

痴漢で人生を棒に振る男たちがいる。無実を訴えて長く裁判を闘う男もいる。そんな人生を加藤に選択させたくない。

かつては加藤を憎んでいたのではなかったのか。加藤とは自分と相容れない仕事への考え方を持っていて、何かと対立した。自分が退職するきっかけも加藤が作ったようなものだ。

今、その加藤のために頭を下げている? 自分の立場を不思議に思った。嫌々ながら参加した同期会で加藤と久しぶりに会った。いつもの強気の加藤ではなかった。頭取との確執から悩んでいる姿を初めて見た。そして左遷された姿も……。

左遷といっても普通のサラリーマンなら望むことができない関係会社の社長というポストだ。池澤からしてみても羨ましいと思えるほどだ。加藤もみんなの前ではできるだけ陽気に振舞っていた。だが二人きりのときは「死にたくなった」という言葉を洩らしていた。ただひたすらに頂点を目指して頑張ってきた加藤にとっては、突然の挫折だったに違いない。

哀れな姿をさらけ出した加藤を見て、勝利の思いを抱いたのだろうか。そんな思いは微塵も湧いてこなかった。ただひたすらに加藤に同情を寄せた。同じ年代で、同じ挫折を味わった仲間として、加藤を心から哀れんでいたのだ。

「加藤、お前が何もしていないというのは、そうだと思う。俺も信じる。きっと悪い夢を見ていたんだ。だけどこういう問題は被害者の言うことが優先される。謝って、早く解決したほうがいい」

諭すように言った。

加藤は、苦しそうな顔をして、

「しかし、信じてくれ。何もしていないんだ。銀行の人を呼びましょうかといわれたので、咄嗟に池澤の名前を出した。すまなかった。お前なら俺の真面目さをよく知ってくれているはずだと思った……」

と訴えた。

「真面目なことは百も承知だよ。俺はお前を信じている。だけど被害者がいるという事実は動かせない。ここは諦めろ」

池澤は強く言った。思わず顔が歪んだ。

「俺の名誉はどうなる？　痴漢ということになるじゃないか？」

加藤の目が潤んでいる。

「たいていこうなんですよ。自分では痴漢を働きながら、やっていないと主張する。体面を重んじるサラリーマンに多いんです。諦めて、検察に送りますよ。そうなると確実に十日間は勾留されて、家に帰れませんよ」

野田が無表情に言った。

「十日間……」

加藤の顔から血の気が引いた。

「野田さんが好意で被害者との示談を勧めてくれているんだ。こんなことはない。それはお前が社会的に地位があるからだぞ。言うとおりにしろよ」

池澤は加藤の肩を力を込めて摑んだ。

「分かった……」

加藤は頭を下げた。

肩を摑んだ手を離した。

「野田さん、よろしくお願いします。被害者とは直接こちらから連絡を取ることはできるのですか？」

池澤は訊いた。

「それはできません。こちらからうまく言いますから、もしものことがあれば、弁護士さんが必要になるかもしれません」

野田は言った。

「銀行やマスコミに知られるということはありますか？」

これが一番、加藤にとっては不安な点だった。加藤も真剣な顔で野田を見つめている。

「大丈夫ですよ。警察から言うことはありません。あなた方、当事者から出ない限りはね」

野田が、いかにも皮肉そうな笑みを浮かべた。

「それは大丈夫ですよ。絶対に」

加藤と目を合わせた。加藤も頷いた。

「よろしくお願いしますね。こっちも立場に配慮して手加減したと思われてもまずいですから」

野田が真面目な顔をした。

確かに加藤の社会的立場に配慮したといえなくもない寛大な措置だ。こうした破廉恥罪は相手の社会的地位が高ければ高いほど話題になりやすい。警察とすれば無理にでも送検したい誘惑に駆られることもあるだろう。しかし野田はその選択をしなかった。

「本当にありがとうございます」

池澤は野田に深く頭を下げた。

「まだなんとも言えませんよ。被害者が納得するかどうかです。まあ、あそこに触ったり、突っ込んだりしたわけじゃないから、なんとかなると思いますけど。でも気をつけてくださいね。サラリーマンは狙われやすいですから。電車の中で寝ぼけないようにしてください」

野田は薄く笑った。

痴漢の被害を訴えて、示談金をせしめようとする女性がいるらしい。今回の事件がそれに該当するのかどうかは分からないが、警察も一方的な被害者の訴えに乗ることに慎重なところもあるのかもしれない。それが今回の寛大な措置につながったのだろうか。

「それでは調書を取りますから、もうしばらく待っていてください」

野田は言った。池澤は外の廊下で待つことにした。

携帯電話で美由紀を呼び出し、もう少し待っていてくれと告げた。

加藤は今頃、自分ではやってもいないという痴漢行為について野田が語るストーリーに従って、気のない返事を繰り返していることだろう。

チャックを上げたり、下げたりしたのか？　はい……。目の前にいた女性に淫らな気持ちを抱いたのか？　はい……。

加藤が意に染まない返事をしながら顔を歪めている様子が浮かんでくる。

「あいつ、自分の名誉はどうなるんだ？　と言っていたな」

示談にするとはいっても、警察で痴漢行為をしたことを認めたことは事実なのだ。否認を続ければ、警察、検察と勾留され、裁判になり、人生を無駄にすることは事実だ。しかし、認めることで加藤の名誉は失われることになる。そんな人生に意味などあるだろうか。

暗澹とした気持ちになった。野田に言われるまま、加藤を説得したのが間違いではなかったか。そう思うと、閉じられたドアを開け、部屋の中に飛び込んで行きたい衝動に駆られた。

止めろ！　加藤、自分がやっていないならそのままやっていないと主張しろ！

心の中で叫んだ。

後ろでドアが開く音が聞こえた。振り向くと、今にも倒れそうに疲労しきった様子で加藤が立っていた。

「早くここから出してくれ……」

加藤は、掠れた声で言った。

3

加藤は、翌朝、池澤の家から会社に出かけた。

朝、加藤は自宅に電話した。家族に言い訳をするためだ。

加藤が、池澤に受話器を渡した。彼の妻が電話に出てきた。同期会で呑みすぎたため、自分の家に泊めたこと、遅かったので連絡しなかったことなどを謝った。彼の妻は、特に心配した様子もなく、迷惑をかけたと謝罪した。少し拍子抜けをした。嘘でもいいからもう少し大げさに驚くなり、心配していたなどと言って欲しかった。

「言った通り、あまり心配していなかっただろう」

加藤が言い、寂しそうに笑った。

「うん、意外だったな」

「俺に関心がないのさ。仕事、仕事でここまで来たからね」

「そんなことはないだろう。夫に関心のない妻なんかいないんじゃないのか」

キッチンにいる美由紀に聞こえるように言った。

美由紀はどれほど池澤に関心を持っているか、つきつめて訊いたことはない。むしろ会話は少ない方かもしれない。

それに……。

佐和子と美香のことを思った。外で二人の女性と会っていることにも美由紀は気づいていない。信頼していると言えば、聞こえはいいが、関心がないのかもしれない。

「お前のところは特別だよ。昨日のような夜中に車を飛ばしてくれるなんて、なんていい奥さんなんだろうと思う。俺のところだったら、まず電話に出ないか、警察に一晩泊めておいてくださいと言われるのが落ちだ」

「それは酷い言い方じゃないか。お前が仕事熱心なのは家族のためでもあるんだから」

「全て俺の自業自得さ。これでも昔、浮気をして女房を困らせたことがあるんだがな」

加藤は笑って言った。

「お前、浮気したことがあるのか？」

「一度だけね。ちょっと気迷いでバーの女にひっかかったのさ。えらく女房に叱られたよ」

「それが原因で、いまでも奥さんが怒っているとか……」

「それはない。あれはかなり昔のことだ。そうじゃない。夫婦の金属疲労みたいなものじゃないかな。長く関係を維持していると、その維持するという努力に疲れてくるだろう？　女房は何の変化もない関係の維持に疲れたんじゃないか。俺はその間、仕事で、あれこれと変化があったから女房の金属疲労、この金属はメタルよりもサービスの方が適切だな」

加藤は、美由紀の淹れてくれたコーヒーを飲んだ。

「お前も思ったより大変だな。でも昨日はとにかくよかった……」

池澤は言った。

「まあな……。でも俺は昨夜のことを誰にも言うことができない。もしものことがあれば、俺が弁護士に頼んでなんとかするが、一生、弁明のチャンスを失ってしまった。援《たす》けてもらっておきながらこんなことを言うのは申し訳ないが、あの解決でよかったのかと砂を嚙むような思いをしている」

加藤は池澤の顔を見た。

「どういうことだ？　俺が悪かったとでも言いたいようだが……」

わずかに固い顔になった。

「誤解するな。お前には感謝している。今日、こうして銀行に行くことができるのはお前のお陰だと思っている。それはそうだが、俺はやってもいない痴漢にされてしまったのだ。そのことが悔しい」

加藤は、コーヒーカップを置くと、膝の上で拳を握り締めた。

「あまり気にするな。悪い夢だったと思えよ」

慰めになるのかどうかは分からない。しかし黙っているには耐えられない重さだった。

「刑事から、いろいろと訊かれた。常習だったのだろうとか、初めてじゃないのだろうとか、女の前で自分のものを揉んで何が楽しいんだとかね。それに反論もせずに刑事の言うとおり、はい、はいと返事をした。悪い刑事ではないと思うよ。俺の社会的立場に配慮してくれたんだからね。だけど俺は返事をしながら、自分のプライドが一枚一枚はがれ落ちていくのが分かった。もう生きていけないんじゃないかという気持ちにさえなった。もういいや、逮捕でもなんでもしてくれ、残りの人生を名誉回復のために戦うぞという気持ちになって、何度も机をひっくり返そうかと思った。でも情けないけど、何もできなかった。俺は、恥ずかしいほど勇気のない男だよ」

加藤は歪んだ顔を池澤に向けた。

「加藤、早く銀行に行けよ。お前の話を聞いていると、俺が責められているようだ。余計なことをしてしまったみたいな気になる。でも電話をしてきたのはお前だぞ」

憤慨していた。加藤の言い方をそのまま聞くと、自分の援けが、結果として彼のプライドをズタズタにしたと言っているようなものではないか。

「悪かった。そういうつもりじゃないんだ。怒らせる気はなかった。もう時間だ。銀行に行く。感謝している」

加藤は、力なく立ち上がった。

「俺も言い過ぎた。昨日の今日だからお互いに興奮しているんだ。昨日のことは忘れよう。また一緒にゴルフでもしようじゃないか」

玄関に歩いて行く加藤の背中に向かって言った。

「ああ、関東不動産に行って落ち着いたら連絡するよ。池澤も体に気をつけて頑張ってくれよ。少し以前より痩せたみたいだし……」

加藤は靴を履きながら言った。

「そうか？　メタボリックシンドロームに気をつけたいと思っているところだよ」

無理に笑った。

「奥さん、ありがとうございました」

加藤は、美由紀に声をかけた。

美由紀がキッチンから、返事をして玄関までやってきた。

「何もお構いできなくて、ごめんなさい」

美由紀は親しげに言った。

「こちらこそ、昨夜は変なことに巻き込んでしまってすみませんでした。ありがとうございます」

加藤は頭を下げた。

「おい、車、呼ぼうか？　大丈夫か？　電車に乗るのは？」

ふと心配になった。加藤が恐怖から電車に乗れなくなっているのではないかと思ったのだ。

「大丈夫だよ。病人扱いするな。もしだめならどこかで車を拾うさ。それくらいはできる」

加藤は胸を拳で叩いた。

「じゃあ、またな」

「ああ、また」

加藤は出て行った。

「なんだか辛そうね」

閉まったドアを前にして美由紀が呟いた。

加藤の後ろ姿の残像を見つめながらその場に立っていた。

「あいつ、今まで何をやってきたのかな」

池澤は呟いた。

「あなた、何か言った？」

美由紀が振り返って、訊いた。

「いいや。独り言だ」

「いやねえ、ぶつぶつ独り言を言うようになると、老化したってことよ」

美由紀は笑い声を残して、キッチンへと消えた。

加藤のことを考えた。

加藤は仕事に真面目に取り組んできた。組織の指示に忠実に生きてきた。友情も愛情も後まわしにして、組織の指示を優先して生きてきた。なぜ？　そんなことは分からない。ただ同期にも誰にも負けたくなかっただけかもしれない。

組織とは、とにかく人を走らせる。そういうものだ。目の前に決して食べられもしない人参をぶら下げ、くたびれて死んでしまうまで馬を走らせるのと同じだ。

自分も加藤とたいした違いはないと思った。同じように走り続けてきた。走ることだけが、正義であり、信じられることだった。走り続けなければ死んでしまうと止まることを怖れていた。

加藤との違いは、自分の意思で走ることを止めたことだ。死ぬかもしれないと躊躇したが、止めることを選択した。違いはその一点だけだ。

加藤は、まだ走り続けたいと願っていた。それなのに組織の力で無理やり止められてしまった。全力疾走し、いよいよ加速が増し始めた、その時に、急に手綱を締め上げられたようなものだ。馬は驚いて、自分のスピードを制御できずにもんどりうって倒れてしまうだろう。

それと同じことが加藤の身の上に起こってしまった。加藤は、自分を制御できずに倒れてしまうかもしれない。

加藤が痴漢行為を働いたかどうか。それはなんともいえない。ただ女性客に不快な思いをさせたことがあった可能性は高い。

加藤が夢を見ていたのだと本気で思っている。それも少年時代の……。だれも足を踏み入れていない広々とした雪原の真ん中に立って、ズボンのチャックを下ろし、縮こまった自分の性器を無理やり引っ張り出す。真っ白な雪のキャンバスに小便で自分の名前を書く。これほど愉快で爽快な気分になる行為はない。よくぞこの世に生まれたり、よくぞ男子に生まれたり、そう快哉を叫びたくなる。加藤の夢はきっとそんな夢だったに違いない。

「加藤、お前は自分のプライドが傷つけられたと嘆いた。しかし銀行の常務を外れたお前は、プライドが邪魔する場面にこれから度々遭遇するだろう。今回のことはそのための訓練だったと思えばいいじゃないか。俺は決して余計なことをしたとは思っていないぞ」

ドアに残った加藤の残像に、言い聞かせた。

4

「加藤さん、これからどうなるの」

美由紀がコーヒーを飲みながら池澤に訊いた。

「さあな……」

カップを両手で包むように持っていた。コーヒーの熱がカップを通じて手に伝わってくる。

「本当は変なことをしたのかしらね」

美由紀は誰に訊くともなく訊いた。

「忘れればいいんだよ」

「男の人ってどうしておかしくなるんでしょうね。あなたもそういう気持ちになるの？」

美由紀は池澤の顔をしげしげと見つめた。

「加藤が痴漢を働いた前提でものを言うなよ」

「そういうつもりじゃないわ。一般論としてよ。中年で分別もある大人が女子中学生のスカートの中を盗み撮りして逮捕されたりするわよね。あれってどう考えても割に合わないと思うんだけどな」

「割に合うとかという問題ではないんじゃないかな。ストレスから来るものだよ」

「男の人というのは、すぐにストレスに逃げてしまうのね。女だってストレスはあるのよ。男の専売特許ではないわ」

美由紀は少し怒った顔になった。池澤の存在がストレスになっていると言いたいようだ。

「男は会社という組織の中で、とにかくミスをするなという緊張感を絶えず強いられているんだ。だから時々、自分を壊したくなるのかなぁ」

「自分を壊したくなるか……。そうね、スカートの中を盗み撮りしたり、教師が自分の教え子をレイプしたり、壊れているとしか説明のしようがないわね」

「男は攻撃的な性、女は受動的な性と言われている。攻撃対象があって、攻撃を許されているときなら男は満足している。ところが攻撃を一方的に抑えられたら、その矛先をそうした幼い女性などに向ける者が現れるのかもしれない。攻撃というのは相手を壊すことだけど、結果として自分を壊すことにも通じるのだろう」

「自分を壊す代わりに、相手を壊す？　随分、身勝手ね」

「例えば仕事のストレスが嵩じたり上司との関係に行き詰まったりしたとしようか。彼はむしゃくしゃした気持ちで駅のエスカレーターに乗っていた。その時、たまたま少女のスカートの中の白い下着が彼の目に飛び込んできた。勿論、偶然の出来事だ。彼は、その時、自分の性器が瞬時にものすごい反応を示すのを感じたんだ。それまでは朝になっても何の反応もない、女房が求めてきても全く勃起しない性器が、突然、激しく律動し、脈打ち、精液を放出した。彼はエスカレーターに乗りながら、久しぶりの快感に酔いしれた。それ以来、彼はエスカレーターに乗って、少女のスカートの下を覗くようになってしまった。どこかが壊れ、歯止めが利かなくなり、盗撮に手を染めていった……」

「気持ち悪い話をしないで」

美由紀が耳を塞いだ。

「これは本当の話だよ。真面目に働いてきた者ほど、こうしてあるきっかけがあると壊れてしまうものなんだ」

「あなたもそう？」

美由紀が訊いた。

「さあな？」

曖昧な返事をした。

「私も仕事に出かけるわ。洗濯したから、干しておいてくれない？」

美由紀は、池澤の頬にわざとらしくキスをした。

「分かったよ」

「あなたの予定は？」

「光談社の宮川と夕方に会う」

「宮川さんと。すると今日は遅いわね」

「ああ」

宮川と会うのは事実だった。今度、光談社で新書を創刊するというのだ。

出版界は新書ブームだ。潮流社がその火付け役になった。解剖学者の『バカとリコウの間』が百万部を超すベストセラーになったものだから、我も我もと新書を出し始めた。

出張などに出るとき、何冊も週刊誌を買い込んで新幹線に乗りこむより、新書を一冊買う方が安上りだ。移動時間で効率よく知識欲を満足させることができる。

サラリーマンはリストラが進んだ結果、一人当たりの労働時間や密度は従来と比べようもなく濃いものになっている。その割に所得は成果主義の下で誰もが引き上げられるわけではない。少ない小遣いで、忙しい時間を割いて知識が得られる新書は、まさに時代に適合したのだ。

宮川は、池澤にも新書を出せという。そのテーマを相談しようというのだ。

新書を出すことに興味はあるが、特にテーマを持っているわけではない。新書のようなものは下手に作家が乗り出すより、編集者にまかせた方がいいに決まっている。自分には思いつかないテーマを編集者は提示してくれるかもしれない。

「行ってきます」

美由紀が玄関から声をかけた。

「気をつけて」

玄関の閉まる音が、家の中に響いた。

「ミャー」

どこからともなくクロが現れた。

「起きてきたのか？」

「ミャー」

クロは池澤たちの寝室で眠っていたのだが、美由紀が出て行ったのを知って起きてきたのだ。

美由紀より池澤の方が餌を多く提供してくれるということを知っているのだ。だからいつも池澤が一人になったころに現れる。

クロが足首に頭を擦りつける。

「分かったよ」

クロの餌が入った容器の蓋を開ける。クロが池澤の周りをうれしそうにぐるぐるまわり始める。

計量カップでキャットフードの量を測り、皿に入れる。クロは待ちかねたように皿の中に頭を突っ込んで食べはじめた。

クロの背中を撫でる。柔らかい毛を触っていると、佐和子と美香を思い出した。親子なのにあそこの毛の濃さが違う。美香の方が豊かで硬い毛だ。佐和子は薄くて柔らかい。しかしどちらも池澤の手のひらにしっとりと来る艶やかさ、みずみずしさを保っている。

今度はいつ会えるのだろうか？

佐和子にメールを送ろうと思ったが、我慢していた。追い掛け回しているように思われたくなかったからだ。彼女たちは、別れるとき、また近いうちに連絡すると言っていた。それを待たねばならない。待つという行為も必要だ。会ったときの思いが激しくなるスパイスのようなものだ。

加藤の後ろ姿を思い浮かべた。寂しくて凍えてしまいそうだ。仕事のやる気が起きない。いつまでもクロの背中を撫で続けていた。

5

「山崎でいいよ」

マスターにサントリーのシングルモルトウイスキーの銘柄を指定する。

「じゃあ、俺はマッカランにするかな」

宮川は、細い葉巻を吸いながら言った。

ザ・マッカランはスコッチを代表するシングルモルトウイスキーだ。

「お二人方《ふたかた》とも、ロックで」

マンハッタンのマスターが訊いた。

「ロックは邪道だな。俺はそのままでいいよ。ただ傍に水を一杯」

宮川が煙を吐いた。

「ロックは邪道なのか？　じゃあ、邪道の極みで水割りにして。ちょっと薄めでもいい」

池澤は言った。

「情けないな。シングルモルトはストレートで呑まなくちゃ。ウイスキーの故郷、スコットランド人に叱られますよ。昔ね、八十日間世界一周だったと思いますけど、そんな映画を観たんですよ」

宮川が、またくどくどと話し始めた。

先ほどまで銀座六丁目にある「星福《シンフー》」という中華料理店で料理を満喫していた。「星福」は薬膳中華料理で名高い。

食前酒として、体調を改善してくれる薬酒が出る。胃腸の調子が悪い、眠れない、ストレスが溜まっているなどだ。

宮川はストレスが溜まっているらしく、それを解消する酒を選んだ。池澤は、精力が増進する酒を頼んだ。

「精力増進ですか？　あそこも元気になるのかな？」

宮川がからかい気味にウエイトレスに訊いた。

彼女は、にこやかに笑って、軽く右手でオーケーサインを出した。

宮川は飛び上がるように驚いた振りをして、

「元気になるそうです」

と大きな声を上げた。

「君、大げさだよ。恥ずかしいじゃないか」

池澤は笑みを浮かべているウエイトレスを見て、苦笑いを浮かべた。

「自分で頼んでおいて恥ずかしいというのはおかしいですよ。もしその酒を呑んで、精力が増進しても、その精力の使い道がなければ、その方が恥ずかしい」

「理屈をいうなよ。増えた精力は仕事に使えばいいだろう」

「そうか……。先生が精力を女に使うはずがないですよね。なんてったって真面目な銀行員だったんですから」

宮川が笑いながらも池澤の目を覗きみるような目つきをした。宮川には、この間、パレスホテルで佐和子たちと一緒のところを見られたが、覚えているだろうか。その目撃とこの酒とが彼の頭の中で一致していないのだろうか……。

「聞いてますか」

宮川が、池澤の肩に手をかけた。

「聞いているよ。それでどうなったの?」

池澤は訊いた。さも関心があるような顔を宮川に向けた。

「その中のほんのワンシーンに老いた紳士が時代の変化を嘆くシーンがあるんですよ」

「ほう、どう嘆くの？」

「最近は、アメリカ人が幅をきかしていてウイスキーに氷を入れて呑むなどということが流行っている。実に嘆かわしいとね。面白いでしょう？」

宮川は同意を求めてきた。

「面白いね。いつの時代にもアメリカンスタンダード即ち、グローバルスタンダードは批判の的ってことかな」

「そこですよ。先生には、そのグローバルスタンダードをばっさりと切ってもらいたい」

「それって時代のブームに迎合しすぎていないかな？　現在、新書でベストセラーになっている『品格国家』もそれでしょう？　気に喰わないな」

水割りを呑んだ。芳醇な香りが優しく鼻に抜ける。水割りは誰が考え出したものだろうか。酒に弱い日本人が考え出したのだろうか。水割りにすれば、大量に呑んでくれるとでも考えたのだろうか。でも単純に水を注ぐだけでは、美味しい水割りはできない。これだけ水割りが一般的な呑み方になったのは、水とウイスキーの割合、氷の純度、いろいろな要素に工夫をこらしたからだ。しかしどんな工夫をしても水が美味しくなければなんにもならない。それを考えると水が美味しい日本流の呑み方が水割りなのかもしれないなどと思ってみたりする。

「確かにブームですよね。アンチ・グローバリズムがね。でもブームに便乗しようなどと安易な企画を考えているわけではありません。僕の問題意識として、特に人材などの分野で日本人は今や使い捨てになりつつあるような気がするのですよ」

「人材の使い捨てですか？」

「そうですよ。どこも企業の都合でアルバイト、パート、正社員を使い分けている。ということはいつでも正社員もパート、アルバイトにしてしまうということですよ。そこには労働の生産性しか考慮していない姿勢がありありだ。人材育成などという将来を見据えたものなんてないですね」

宮川はウイスキーに舌を伸ばして舐めた。

確かに宮川の言うとおりだ。

人材は使い捨てされている。

もともと日本企業は人材を大切にしてきた。日本には人材しか資源がないからだ。それが日本的雇用といわれる終身雇用制を生んだ。終身雇用制は高度経済成長という追い風があったからこそ完成した特殊な人事制度だという人がいる。確かにその側面は否定できないが、日本社会には商家に奉公に行き、そこで丁稚から苦労して手代、番頭となり、そして暖簾わけしてもらうことで一家を成すという人事制度が江戸時代には定着していた。これなども終身雇用制といえなくもない。こうした基本があるから、大企業を中心に高度成長期に終身雇用制が定着し、平社員、課長、そして役員、その後は社長になるか子会社に天下りするかという一生を会社に捧げる人生が出来上がったのだ。

ところが成長が止まった瞬間に、雇用は、在庫、負債と並んで日本経済を蝕む三つの過剰などと言われ始めた。人材が不良在庫と認識されてしまったのだ。

「企業は生身の人間、泣きもするし、笑いもする人間をまるで売れ残った家電製品みたいにリストラという名目を掲げて、破棄し始めた。その結果、企業業績が回復したと喜んでいる。ばかばかしいことですよ。個々の企業はよくなったかもしれないが、自殺者は毎年三万人以上だ。それも仕事を失った中高年が多い。ニート、フリーター問題だって、リストラされた惨めな父親を見ていれば、だれでも企業不信になりますよ。就職なんかに夢を抱くものですか。こうして大いなる平等で、勤勉に働く者が最も尊ばれたこの国は格差社会になり、勤勉が莫迦にされる社会と成り果てたのです」

宮川は、ウイスキーを喉に流し込むと、顔を思いっきりしかめた。

加藤のことを思い出した。加藤とこのマンハッタンで一緒に呑んだからだ。

「ついこの間、ここで銀行の同期と呑んだ。彼も使い捨てにされた一人かもしれないな……」

加藤のことを話し始めた。

宮川が興味深そうな顔を向けている。しまったと後悔した。宮川が『現状』担当で、ゴシップネタなどには直接関係のない部署にいるとはいえ、光談社は、『週刊タイムリー』という有力週刊誌を発行している。

「大銀行の常務がねえ」

宮川がため息を洩らした。

「内緒だよ。せっかく銀行にも秘密のまま処理できたのだからね」

手を合わせた。

「大丈夫ですよ。こう見えても口は堅いほうですからね。まさに使い捨てされたということにショックを受けて、呆然としてそういう痴漢行為に及んだのでしょうね」

「彼は否定しているけれどね。全くの濡れ衣だと言っている」

「認めたくはないでしょう。意識をしていなくても、チャックを上げ下げしたり、女性の目の前であそこを揉んだりしたことは事実なんでしょうね。その女性に加藤さんを陥れる動機が存在しませんから」

「確かに……。その女性に動機がないな。しかしなぜ彼はそんなことを無意識にしてしまっ

6

たのだろう」

「壊れたんでしょう」

宮川はウイスキーを一気に呑み干し、マスターにグラスを差し出した。

「同じものでいいですか」

マスターが訊いた。

宮川が頷いた。

「壊れた？　俺もそう思う……」

同意した。

「中高年の自殺も、痴漢も結局自分を壊すことにおいては同じことですね」

「自殺と痴漢が同じ？」

「さらに言えば、奥さんを理由もなく殺したり、もっと恐ろしいのは一家中、飼い犬まで殺したりした中年男性がいたでしょう？」

宮川は池澤の顔を食い入るように見つめた。話にのめりこんでいるときの癖だ。

「その一家全員を殺した事件は、よく覚えているよ。真面目な人だったんだろう」

顔をしかめた。この手の血なまぐさい話題はあまり得意ではない。

「そうそうこんな事件もありましたよ。マンションの高層階から子供を投げ落として殺害した中年男性……」

「いた、いた。子供の次に女性を投げようとして捕まった男だろう?」

「そうですよ。ああした他人に危害を与えるのも、自殺と同じだという人がいます」

「へえ……、それは面白いね」

「殺人には動機がありますね。恨みとか金が欲しいとか」

宮川の目が据わってきた。ウイスキーを呑むピッチが速くなる。池澤は水割りに少し口をつけただけだ。氷が溶け始めている。

「普通は相手を殺すのだから、動機くらいないと失礼だろう」

「そうなんですが、それがはっきりしないのです。勿論、警察は何らかの動機を見つけて発表しますよ。永年の家族間の確執だとかね。でも本当はそんな程度じゃ相手を殺す動機にならないのです」

「というとどういうことになるの?」

宮川のもって回った言い方に苛ついた気持ちになった。

「中高年になって、それまで真面目に暮らしていた人が、突然、何かのきっかけによって自分を壊したくなる衝動に駆られるというのです。なんでもミッドライフ・クライシスというらしいですが」

「ミッドライフ・クライシス? 中年の危機かい?」

「そうです」

宮川はまたグラスを空にして、マスターに差し出した。

彼はこんなに酒が強かったか？

「今度は先生と同じ山崎をお願いします」

宮川は言った。

マスターがちらりと池澤に視線を送った。呑ませていいのかという合図だ。先ほどの「星福」でも二人で紹興酒をまるまる一本空けたから酒量はかなりのはずだ。池澤は、親指と人差し指を合わせるようにして、少しにしてくれと頼んだ。マスターは、小さく頷いた。

「初めて聞く話だね。昔は五十にして天命を知ると言ったものだが、今は危機を知るわけだ」

「さすがにうまいことをいいますね。その通りですよ。痴漢も自殺も殺人もみんなひっくるめて中年になって一気に危機が訪れるわけですよ」

「加藤もそうかな。あいつも何かを壊したくなったのかな」

「そうじゃないかなと思います。人生って急に空しくなるじゃないですか。真面目に走ってきて、それも自分の意思かどうか分からずにとにかく走って……。気がつくと、あそこの毛にまで白髪が交じっている。若い頃はパンツの中に納めるのも苦労したいちもつが妙にうな垂れ、考え込んだままだ。そういえばこいつを小便するとき以外に使ったっけな？　なんて思うと、急に哀れになってきてね。昔、泣かした女なんかが懐かしく蘇ってきて……。ふと女房を見たら、どこの女だろうと知らない女に見える。ああ、俺はどこで人生を踏み間違えたのか？」

「おいおい実感が籠りすぎだよ。宮川さんこそクライシスじゃないの」

笑いを洩らした。

「他人事《ひと》じゃないですよ。私なんか真面目ですからね。それでも最近の人事で、出版部長に私の後輩が就任したんです。それも相当に後輩。かつて私が作家との付き合い方なんかを教授してやった奴ですよ。それが部長です」

宮川がウイスキーを呷った。

「それは悔しいね」

「たいして悔しいとかは思わなかったんですがね。それは先生がいたような大組織じゃないですから。ところがそいつに、気楽におめでとうって言ったら、ちょっと軽く無視されたんですよ。おめでとうの言葉の空振りです。少し期待していたんですかね。奴が、すっと立って、よろしくお願いしますなんて、私に頭を下げる姿をね。ところが空振り。滑っちゃったんですよ。その時、なんだか今までの疲れがどーっと天井から押し寄せる感じがして、息が詰まって、本当にその場に卒倒しそうになりました。分かります？」

宮川は池澤を食い入るように見つめた。白目の部分に赤い血管が浮き出ていた。

「分かる気がする」

「分かる気がするじゃないですよ。マスターお代わり」

宮川は、また空のグラスを差し出した。

「呑みすぎじゃないのか？」

心配そうに言った。

「構わないでください。自己責任ですから」

宮川はマスターが差し出したグラスを受け取った。そこには先ほどよりも少ない量の山崎が入っていた。宮川は量が少なくなっていることには、一向に気づく様子はない。

「加藤も、常務のポストを外された瞬間に、自分の人生を壊したいという無意識的衝動に駆られて、自分のあそこを女性の前で揉むという破廉恥な行為に出たというのだね」

「そうです。無意識か意識的かは分かりませんが。先生は、自ら安定したサラリーマン人生を壊しましたから、これもミッドライフ・クライシスの一種かもしれませんね。でも家庭も含めて、めちゃくちゃにしたいという気持ちになりませんか。私は、そんな中年の悲しい気持ちを理解していただいて中年を救う本を書いてもらいたいですね」

宮川は真面目な顔で言った。

「面白いと思うけど、殺人まで犯す気持ちは理解できないな」

おぞましさを振り払うように水割りを呑んだ。すっかり氷が溶けて、ぬるくなっていた。

「新しいのを作りましょうか」

マスターが池澤に訊いた。

「いいよ。これで」

また呑んだ。グラスに半分ほどすっかり水のように透明になった水割りが残った。

「今まで堪えに堪えてきたストレスで自分が壊れそうになると、それとバランスを取るために人を殺す。身近で、ストレスの原因となっている相手を消してしまうこともあれば、無差別に人を殺す場合もあるということです。その時、殺人者は強烈な自殺願望に襲われているようです」

「そんなものかな……。そんなことなら自分が自殺すればいいじゃないか。他人を巻き込むことはない」

「その通りでしょうね。でも無理心中みたいなものではないでしょうか。自分だけでは死に切れないという無理心中……」

宮川が虚ろな目を池澤に向けた。

「殺人者に随分、共感しているようだね。彼らの気持ちに同意できるんだな?」

池澤は訊いた。

「そういうわけではありませんが、なんとなく共感はしてしまいます」

宮川は暗い顔で俯いた。

「そんな恐ろしい話よりも、恋はどうなんだ?」

少し弾んだ声で言った。暗くなった話題を明るくしようと思ったのだ。

「恋？　恋ですか？　もっとも縁遠い話ですね。リアリティなさ過ぎってところでしょうか？　まだ私にとっては殺人の方が理解できますね」

宮川は、ウイスキーを呑んだ。

「厭な奴だな」

顔をしかめた。

「そんな話題を出すところをみれば、先生には恋の女神が舞い降りているのですか」

宮川が口角を歪めた。何かを探るような目つきをしている。

「恋の女神ね……」

薄く笑みを浮かべた。

7

「宮川さんは信じるかな？　例えば君が会社にいて、突然、机の上の電話が激しく鳴った。その電話を取り上げる。どうせ作家からの苦情か、一緒に呑もうという電話だ……」

池澤は話し始めた。

宮川が眠そうな目で、受話器を取り上げる真似をした。

＊

「もしもし……」

いつもの面倒臭そうな声で受話器に語りかけた。

『私よ、私』

受話器の向こうから明るい声が飛び込んできた。

全く聞き覚えのない声だ。

「私、って誰ですか？　名前を言ってください」

からかわれていると思い、棘のある声で言った。

『厭だ、分からないの。無理はないわね。もう二十何年も会っていないものね』

「切りますよ。こっちは忙しいんだ」

受話器を下ろそうとした。

『山崎真由美よ。忘れたの？　サークルで一緒だったでしょう』

突然、女は名前を名乗ってきた。しかし山崎真由美という名前に記憶がなかった。サークル、二十何年というと大学時代のことだ。

とっさに新手の詐欺ではないかと疑った。同時に少し電話に興味を持ち始めた。相手が大きな勘違いをしているにしても暇つぶしにはなる。それに女の声は、決して厭な声ではなく、なんとなく艶っぽさも感じられる。

「サークルって？」

『忘れたの？　ＥＳＳで一緒だったじゃないの』

女は、少し怒ったように言った。

ＥＳＳ？

なぜこの女は自分がＥＳＳという英語サークルにいたことを知っているのだ？

「あのう、山崎さんて言いました？」

『ええ、真由美よ。山崎真由美』

「どうして私がＥＳＳに入っていたことを知っているのですか？」

『知っているもなにも、一緒だったじゃないの』

「同級生ってことでしょうか？」

『厭だわ、本当に忘れてしまったの？　同級生ではありません。二級下です。宮川さんの指導で、大学対抗のディベートコンテストに出場させてもらったじゃありませんか』

女は楽しげに話した。まるで目の前で英語による討論会、ディベートが繰り広げられているようだ。

「僕が指導したのですか？」

『ええ、とても厳しい指導でしたが、とても楽しかった……』

女は弾んだ声で言った。

必死で記憶を辿った。しかし山崎真由美という名前は出てこなかった。だが、女が言うように自分は、英語サークルにおいてディベートを最も得意としていた。確かに後輩を指導して、ディベートコンテストに出場させたことがあった。そのときにこの電話の女も一緒に指導していたのだろうか？

*

「ちょっと先生、なんの話ですか？　私はそんな女は知りませんよ」

宮川がウイスキーの山崎の入ったグラスを揺らした。

「でもESSやディベートの情報はあっているだろう？」

「ええ、まあ。だけどどうしてそんなばかばかしい作り話をするのですか？」

「名前を思い出さない。それでいて妙に自分の情報を知っている女から電話や連絡があったらどうする？」

にんまりと笑みを浮かべた。

「気味が悪いですね」

宮川は睨むような目つきをした。

「それだけかい？」

池澤の問いに、宮川は黙った。

「もし、気味が悪いということでこの電話を切ってしまえば、それきりだ。しかしなんとなく惹かれるところがあるというなら、話を続けるよ」

水割りの残りを呑み干した。

「聞かせてください」

宮川は呟いた。

＊

『久しぶりにお話ししたら、お会いしたくなったわ。どこかで会えないかしら？』

女は少し鼻に抜けるような声で言った。

売春か？　と疑った。素性を調査し、誘いをかけるのだ。だが、単にセックスを求めている男を捕まえるだけなら、そんな面倒なことをする必要などない。ストレートに要求を言えばいいのだ。

女に関心が湧いてきた。だてに週刊誌記者をしていたわけではない。こうした下世話な想像を掻き立てることには心を動かされるのだ。

「言っておくけど、私はどうしてもあなたのこと思い出せないんです。それでもよければお会いしましょう。お会いすれば何かを思い出すかもしれないから」

『忘れてしまったの？　悲しいわ。でもきっと思い出す。私がこれだけ覚えているのですから。それでは明日、午後五時に銀座三越の近く、中央通り沿いにみゆき館というカフェがあるわ。銀行の支店の隣のビルよ。すぐ分かると思う。そこで待っています』

「私があなたを見分ける方法は？」

『あなたが作っていらっしゃる雑誌〈現状〉をテーブルの上に置いて待っているわ。でも私はあなたを覚えているから大丈夫よ』

背筋がうそ寒くなった。自分は全く相手を知らないのに相手は自分のことを知っている。まるで大蛇に部屋の隅に追い詰められたウサギのような気分だ。最早《もはや》、呑み込まれるしかない。

それに、この女は自分が『現状』の編集者であることも知っている。単に女のことを忘れているだけなのだろうか？

もしこれほど完璧に忘れているとすれば、なにか自分に問題があるのだろうか？　もし女が嘘をつき、自分を知っていることを演じているならなんのために？

不安に駆られたが、それよりは好奇心が勝った。またどうせ独身の気楽さということも宮川の行動を後押しした。

＊

「それで私は女と会うわけですね」

宮川は池澤に顔を近づけてきた。

「面白くなってきたかい？」

池澤は微笑んだ。

「ええ、なんとなくリアリティがあるような気がしてきましたよ」

宮川はグラスを空にした。今度はマスターにそれを差し出さなかった。

＊

みゆき館というカフェはすぐに分かった。不安な気持ちを無理に抑え込んで、ドアを開けた。店内に客はまばらだった。店内を慌てた様子で見渡した。

するとテーブルの上に『現状』が置いてある。耳に心臓の音が聞こえた。顔を徐々にテーブルから上に上げていくと、視界に女が飛び込んできた。笑みを浮かべて、宮川を見ている。

一言で言って美しい女だ。長い髪を丸く後ろで束ね、清楚な淡いブルーのスーツを着こなしている。主婦のようでも仕事を持っているようでもある。小ぶりの顔に、童顔に見えるつぶらな瞳がなんとも愛らしい。とても自分より二歳下には思えない。もっと若く見える。

女に近づいた。

「あのう、失礼ですが、山崎真由美さんですか？」

「そうです」

女は小首を傾げて、にこやかな笑みを返してきた。

「座っていいですか」

「どうぞ。宮川さん、懐かしいわ。改めてご挨拶します。山崎真由美です」

女は軽々と頭を下げた。

まだ警戒を解いていない。なぜならやはり全く見覚えのない女だからだ。

「宮川です」

ぎこちなく頭を下げた。

「本当に何年ぶりかしら？　ご活躍でなによりです」

「電話で話しましたが、どうも物忘れが激しいのか、あなたのような方のことを思い出せないのです」

「あのディベートコンテストに向けて私や小百合さんや菊枝さんや、男子では徹君たちを教えてくださったではないですか」

真由美は何人かの人の名前を挙げた。その名前は全て覚えていた。だが、どうしても真由美の名前は思い出せなかった。

真由美は楽しそうに昔の思い出を話した。どれもこれも記憶にあることだった。勿論、彼女が語るほど詳しくは覚えていないが、知っていることには違いない。

「今日はどんなご用件なのですか」

真由美は先ほどまでの笑顔を一変させ、この上ないほど暗い顔になった。

「約束を果たしてもらいたいと思って来ました」

真由美は、宮川を真剣に見つめた。宮川は焦った。なんというトラブルに巻き込まれるのだろう。いったいどんな約束を果たせというのか？

「私はどんな約束をあなたにしたのですか？」

恐る恐る訊いた。

真由美は目を伏せて、言葉を探しているようだった。しばらくして顔を上げると、

「抱いてやると約束なさいました」

意を決したように真由美は言った。真っ直ぐに視線は宮川を捉えている。どんな顔をしていいのか分からなかった。驚き、呆れ、怒った。

「いい加減にしてくれ。最初から商売で私を呼び出したのなら、こんな手の込んだことをしないで欲しい」

真由美の目はみるみる涙が溢れた。

「そうおっしゃると思いました。でもそれは全くの誤解です。ただ私は純粋にあなたに抱かれたいと思ってここへ来ました。それだけです。あなたを見て、昔とお変わりになっていないのを確認して安心しました。私はあなたとお付き合いしようというのではありません。実

は離婚をしました。先月のことです。私は、これからは思い通りに生きようと思いました。そこで一番願っていて、果たせなかったことを果たすことで、過去を吹っ切り再出発しようと考えたのです。その時、あなたのことを思い出しました。もしディベートコンテストで優秀な成績を上げたら、あなたは私に抱いてやると約束してくれました。私たちは三位に入賞しました。とても上々の成績でした。しかしあなたは私を抱いてくれなかった……」

「確かにそんな莫迦なことを言った覚えはある。でも冗談だった。みんなも笑っていたよ」

「私は冗談ではなく、本気と受け止めました。その思いを抱いたまま、時だけがいたずらに過ぎていきました」

真由美は顔を曇らせた。

「なんだか長い間、悔しい思いをさせてきたようで、すまなかった」

頭を下げた。

「思い出してくださったのね」

真由美はうれしそうに手を叩いた。その冗談は覚えている。だが彼女のことは思い出さない。だが否定するのに面倒臭くなった。彼女の思い出に付き合うのも悪くはない。そのうち何かが分かるだろう。

新宿までタクシーを飛ばし、真由美とホテルに入った。

真由美は、四十代の半ばを超えているはずなのに肌はみずみずしく、体も引き締まっていた。子供は産んだことはないと彼女は言った。そのためか真由美の一番敏感な部分も少女のようだった。指がその敏感な部分に触れるたびに泉のように愛液が流れ出してきた。彼女の臀部に触れるシーツが濡れてしまうほどの量だった。下腹部にその愛液がかかると、宮川のものは、まるで青春を取り戻したかのように硬く、強く、猛々しくなった。

猛りたったものを真由美の敏感な部分にあてがい、情熱のほとばしりを全てぶつけた。

体を快感が貫いた。

*

「それ、作り話ではないでしょう」

宮川の目が光った。

「えっ」

宮川の顔を見つめた。宮川は、池澤の動揺を見抜くような目つきをしている。

「何を言うんだ？　君のためにこんな出会いもあるかなと話してあげたのだよ。こういうことを君が信じればいいんだ」

声が震えた。宮川の目つきが鋭いからだ。

「この間、パレスホテルですれ違いましたね。あの時、先生は女と一緒だったような気がする。いや、気がするのではなく、一緒だった。あの女は誰ですか？」

宮川は池澤を睨むように見つめた。

「マスター、ストレートで」

空のグラスを差し出した。わずかに手が震えた。なんと宮川に話せばいいのだろうか。池澤にも佐和子と美香が誰なのか分からないのだから……。

第五章　疑惑

1

宮川は、真剣な顔で池澤の話に耳を傾けている。

「その女性たち、二人にたまに会っている」

佐和子と美香のことを話し終えて、肩を落とした。

目の前に置かれたストレートのウイスキーを一気に喉に流し込んだ。ものすごい勢いで体中に火が回る。喉を焦がし、胃に収まったウイスキーは一気に燃え上がったかと思うと、池澤の口から炎となって飛び出してきた。

「大丈夫ですか」

マスターが心配そうな顔で訊く。顔が、猛烈に火照っている。

「ああ、問題ない」

きつい酒を呑みたい。意味なくそういう気分になったのだ。

誰かに彼女たちのことを話したかった。自慢したいというわけではない。なぜ彼女たちと自分が付き合っているのかを、もうひとつしっくりと納得していないからだ。

奇妙な不安、とても表現する気持ち。不安は他人と共有するに限る。そうすれば不安を希薄化することができるかもしれない。

宮川は、空のグラスをくるくると回している。さも氷か何かが入っているかのようだ。

「ウイスキーは同じ、山崎でよろしいでしょうか」

マスターが訊いた。

宮川は、マスターを見ると、

「水」

とだけ言った。

マスターは、宮川の前に氷水を置いた。宮川は、それを喉を鳴らして飲んだ。

その様子をじっと見つめていた。宮川は何を言い出すつもりなのだろうか。待っている間に不安は、希薄化するどころか増幅されてきた。

「何か言ってくれ……」

宮川に言った。情けないが、懇請しているような口調だった。

「何を言えば……」

宮川は、また空のグラスを手の中でくるくると回した。

「なんでもいいよ」

独り言のように言った。マスターは、背を見せてグラスを磨いていた。

「おかしい……」

宮川が呟いた。

酔いが醒め、冷や汗が出た。

「今、なんて？」

「おかしいと言いました」

宮川は、池澤の目を食い入るように見つめた。

「何がおかしい。おかしいことなどない。これは恋だ」

反論した。声が震える。

「恋？」

宮川は、口角を無理に引き上げるようにしてあざ笑いを浮かべた。

「何を笑う？」

「だってそうじゃないですか？」

「何が？」

「突然、メールが送信されてきてですよ。会いたい、あなたを昔から好きだった、それで母と娘があなたと恋をして、濃密な肉体関係を結ぶ？　そんな現実があるなら、男、いや中年の男は全員天国に行きますよ」

宮川は少し怒った。

「嫉妬しているわけ？　ほぼ同世代として……」

おかしいと言われたときは、自分の心の核心を衝かれたような気になった。動揺しそうになったが、宮川の発言に嫉妬心を感じたので、冷静さを取り戻した。

「嫉妬？　そんなんじゃありません。こう見えても恋人くらい、探そうと思えば幾らでも……。なにせ僕は独身ですから。中年の独身ですからね」

宮川は、むっとした。宮川は数年前離婚をして今は独身だ。

「そうだったね。宮川さんは、誰にはばかることもない身なんだ」

「先日もある作家の受賞パーティに行きましたらね。立食だったので、一人でビールを飲んでいましたら、企業の広報をしている女性が来ましてね、私の空のグラスにさっとビールを注いでくれたんですよ」

宮川は、先ほどの険しい顔から一変して、にんまりとした。

「それで？」

微笑を浮かべて、聞き入る素振りを見せた。

「よく見ると、なかなかの美人じゃないですか。年齢は三十を過ぎているような落ち着きで、スタイルもいい。私は、礼を言って、彼女のグラスにもビールを注ぎました。それをきっかけに話をしたのですが、彼女、広報に来たのは初めてで、その受賞作家にPR誌に登場してもらったという縁でパーティに出席したんです。たわいもない冗談で、話が弾みましてね。私が、ちょっと出ようか？　と言ったら、いいんですか？　と聞くじゃないですか。これは脈ありと思いましてね、いいよ、いいよと彼女を誘って強引に行きつけの赤坂のバーに行きました。そこで軽くカラオケをやって、そのままなりゆきでホテルに直行ですよ」

宮川は、珍しくポケットから煙草を取り出して、火を点けた。

「煙草、止めたんじゃなかったの？」

「そうですけど、先生に余計なことを話したら、興奮してしまいました。だけどね、こういうことは普通でしょう？」

宮川は煙を吐いた。

「結構頑張っているじゃないか」

池澤の言葉に、宮川は得意そうに小鼻を膨らませた。

「私は、普通です。でも先生は異常ですよ」

「なぜ君が普通なんだよ」

「ちゃんとパーティという出会いの場があって、男と女が出会って、それで一夜限りの恋をする。これは普通も普通、きわめて常識的です。ところが先生は、記憶にない女性、それも母と娘、そして何度か逢瀬を重ねることで、抜き差しならない関係になっている。相手は先生のことを昔の恋人だと思い込んでいる。こんなことはまずありえない」

宮川は、ありえない、を強調した。

「そうかな……」

「そうかなじゃないですよ。とんでもないトラブルに巻き込まれている可能性がありますよ」

「というと？」

「そんなこと、僕に訊かれても分かりませんよ。本当にその佐和子という女性は昔の恋人ではないのですか？」

「……ありえないと思う」

「なんとなく自信なさそうですね」

「いやね、付き合っているうちに、彼女が言っていることが本当かもしれないなって思ったり……」

自信なさそうな顔をした。

「それに彼女たちは本当の母娘なんですか」

「えっ！」

「だから本当の母娘なんですか？　って聞いているんですよ。何が、えってですか？」

宮川は少し怒った。

「だって彼女たちが言ったよ」

「確かめましたか？」

宮川の問いかけに、池澤は小さく首を振った。

「なぜ？　おかしいと思いませんか」

「どうして？」

「そうじゃありませんか。佐和子の方は、先生に恋をしていたと仮定してもですよ。なぜ娘の美香が体を投げ出すのですか？」

言われてみればその通りだ。

「俺のことを、惚れて……」

池澤は呟いた。

「ありえないでしょう。失礼ですが先生は、五十過ぎたおっさんですよ。一目で好きになることなんか絶対にありえません」

宮川は、心底呆れたというように手を大きく左右に振った。

「そんなことを言うなら、君は、その広報の女性と……。君だって五十目前のおっさんだろう」

少々むきになった。

「僕は特別ですよ。なにせ独身なんだから」

宮川は、マスターに空のグラスを差し出した。

「ウイスキーですか？　水ですか？」

「ウイスキーにして」

宮川は怒ったように言った。

「マスター、俺も」

池澤もグラスを差し出した。

2

コーヒーの香りが、頭の芯を刺激する。

「あなた、朝食は？」

美由紀が訊いた。

「コーヒーだけでいい。頭が痛い」

池澤は言った。

「どうしてあんなに遅く帰ってきたの」

「仕事だよ。仕事」

「それにしては相当、飲んでたわね。よほどいい原稿料なのでしょうね」

「そういうことだ」

「期待しているわ。あなたの書斎を作りたいと思っているから」

「俺の書斎を作ってくれるの？」

「だって書類が溜まりすぎて、ちっとも片付かないのだもの」

池澤が作家になってから、書物や資料が溜まるに任せていた。もともと書斎などを作るスペースがなかったから、家のあちこちに書物が分散していた。

「いつ作ってくれるの？」

「あなたがもっと稼いでくれて、安定した収入が見込めるようになればね」

美由紀は、真面目な顔で言った。

「余計に頭が痛くなった。そんな安定した時代が来るのかな」

弱々しげに言った。

「自信なさそうね。最近順調に仕事が増えているから、しっかりしてね」

美由紀が言った。

自信をなくした様子を見せているのは、昨夜の宮川の言葉が大いに影響していた。頭が痛いのもそのせいだ。

宮川にさんざん脅かされた。佐和子と美香にはなにか「裏」があるに違いないというのだ。

純粋に恋だけで、母と娘が池澤に体を投げ出すなどということは考えられないと言う。強く否定できなかったのが情けない。

それにもう一つ、宮川は奇妙なことを言った。

「女性の顔をよく覚えていない。ただし、ちょっとぞくぞくとしたんですよ」

宮川は、真剣な顔で言った。

ホテルで池澤が佐和子と美香を連れているときに、宮川とすれ違った。彼女たちの顔を見たはずだが、よく覚えていない。しかしどうしてだか知らないが、寒気を覚えたというのだ。

「寒気などというのは、変なんじゃないの？　怒りとか嫉妬とかが相応しいと思うけどな」

「その通りですが、実際、どうも変な気持ちになってしまったのです。それは、先生の顔を見たからかもしれない」

「どういうこと？」

「今は、暗がりだからよく分かりませんが、先生の顔色が悪かったように見えました。それがぞくぞくの原因かもしれません」

「俺は、そんなに顔色が悪いか？」

「気にすることはないと思いますが、以前より土色が濃くなったような気がしますね」

そっと頬を撫でた。

「どうしたの？　ぼんやりして？」

美由紀が訊いた。

「俺、顔色、悪いかな？　いつかお前にも言われただろう？」

「誰かに言われたの？」

「宮川にね……」

美由紀は、池澤の顔を覗きこむようにじっと見た。

「気にすることはないわよ。ちょっと疲れているだけ。人間ドックを予約しておくわ」

銀行を辞めてから毎年人間ドックに行き、体の点検をしてもらっている。

「そろそろ検査に行くかな」

「気にしないことよ。あなた、昔から、そんなに顔色がいい方ではなかったから」

美由紀は、コーヒーカップを抱きかかえるようにしている。

「お前、無理に明るく言っていないか？　いいんだよ、気にしなくて。こっちは特別に体調悪くないんだから」

「顔色、悪いなと思ったことはあったけど、あまり気にすると、かえって問題よ。気にしないで。それよりも人間ドックに必ず行ってね」

美由紀は、明るく言った。

「ああ、分かった」

美由紀は顔色が悪いことを心配しているに違いない。それは自分自身も気にしているからだ。

「仕事のしすぎかな」

池澤は呟いた。

「フリーになるとどうしても頑張りすぎてしまうところがあるから」

美由紀は言った。

彼女は、妻というよりマネージャーになった気でいるのだろうか。書斎を作るなどと言い出したのもそんな気持ちから出たアイデアかもしれない。

先日の加藤の問題のときに見せた意外な強さといい、美由紀は池澤が銀行を辞める前の普通の妻の顔と違った顔を見せ始めている。

「今日は？」

「今から、原稿を書くよ。それだけだ」

「じゃあ、私は、ちょっと買い物に出るから、留守番を頼んだわね。友達と食事をしてくるから、お昼は適当に済ませて」

「買い物ってどこに行くんだ？」

「吉祥寺に行って、クロの餌を買ったり、後は小ざさの最中を買ったり……。もろもろよ」

「小ざさの最中？」

吉祥寺で有名な最中だ。羊羹はもっと有名だが、すぐに売り切れて買えない。

「お袋か？」

「田舎のお母さんが、小ざさの最中が好物なのよ」

「しょうがないな。お袋も」

「でも時々、何か、お菓子でも送っておかないとね。お母さんが元気なのが何よりのことだもの」

田舎では父と母が二人で暮らしている。もう年齢は二人とも八十歳を超えた。池澤は、一人息子なのでいずれは両親の面倒を見なくてはいけないと思っているが、今は近くに住む叔父夫婦が二人の世話をしてくれている。

池澤も五十歳を過ぎた。老々介護という悲惨な状況には陥りたくない。長く寝込んだり、認知症になったりせずに冥界へ旅立ってくれれば、何よりだと思うのだが、そううまくいくかどうかは分からない。

本当は、もっと頻繁に父母の下へ帰ってやらないといけないと思いつつ、見て見ぬ振りをしているといっていいだろう。

「お前のお母さんにも送ってあげろよ」

美由紀の母を気遣った。

美由紀の母親は実家に一人で暮らしている。夫に数年前、先立たれてから一人だ。年齢は、七十歳をとっくに超えているはずだ。どこといって悪いところはないようだが、物忘れが激しいと電話で笑って話したことがある。

「まだらボケになったみたいね」

年齢相応ですよと、一緒に笑いながらも内心はぎくりとした。

美由紀も一人娘だから、もし母親になにかあれば、池澤が協力して面倒をみることになるだろう。迷惑なことだとは思っていない。だが、暗い気持ちになるのは否めない。

近い将来、確実に自分の父母、美由紀の母、三人の老人たちの命がのしかかってくる。

少子化というのは、こういうことかと実感せざるを得ない。これは年老いた親を持つ我々世代の共通の悩みだと池澤は思った。

「いいわよ。うちの母には別に何も送らなくても」

「そういうわけにはいかないだろう。俺の方ばかりではかえって気まずい」

「小ざさの最中くらいだから、気にしないで。お母さんが喜べば、それでいいじゃないの」

「たいしたものじゃないから、問題なんだ。お母さんにも送ってくれ」

「しつこいのね」

「それはないだろう。君のお母さんに気を遣っているんだよ」

「構わないわよ」

美由紀は、ふっと薄く笑った。

「言うとおりにしろ」

思いがけなく大きな声を出した。

美由紀が不思議そうな表情で池澤を見つめている。

「悪かった。大きな声を出して」

「どうしたの。急に興奮したりして……。分かったわ。母にも買って送るから」

「ああ、そうしてくれ」

池澤は、気まずい空気を払うように立ち上がって、原稿を書くために使っている和室に入った。

「何を興奮しているんだ」

池澤は自分を叱った。

美由紀は、もう出かけたのだろうか。

妙に苛々していた。昨夜、宮川から佐和子たちのことを散々に言われてしまい、それを確かめる術《すべ》がないからかもしれない。

池澤は、うずくまるように畳の上に横になった。体を小さく縮めると落ち着く気がする。

宮川との昨夜の会話が蘇る……。

「彼女たちは何者なのだ」

自分に問いかけた。

3

「今度、いつ二人に会うのですか」

宮川が訊いた。

「分からない。向こうから一方的に連絡が来る。パソコンか携帯に……」

池澤は事実を言った。

「まるで出会い系サイトみたいじゃないですか」

「莫迦なことを言うなよ。れっきとした恋愛だ」

「れっきとした恋愛が、相手と連絡を取れないなんてことがありますか。ほら」

宮川は携帯電話の番号一覧を見せた。そこには数人の女性の名前があった。

「これは？」

「僕が付き合っている女たちですよ」

宮川は平然として言った。

「なんだって？　一、二、三……六人もいるぞ」

「これくらいは普通ですよ」

「不潔な奴だな」

池澤は軽蔑した目を宮川に向けた。

「不潔じゃありません。普通だと言ったのです。こうして連絡が取れるのがね」

宮川は、携帯を耳に当てた。携帯で女性を呼び出している。

「ああ、俺、俺」

『龍ちゃん、久しぶりね。どうしたの急に』

「なんでもない。ちょっと声を聞きたくなってね」

『変な人ね。今、どこにいるの』

「銀座」

『じゃあ、ちょっと寄ってよ』

「またね」

『待ってるからね』

宮川は、携帯をしまった。

「なんだ、バーのママか」

自分がいつの間にか宮川に嫉妬していたことに気づいた。もしその電話番号の女性たちが、女子大生のようないわゆる素人だったらと思ったのだ。

「なんだ、じゃないですよ。バーのママもいれば、ＯＬもいますよ。でも全員、定期的にセックスする仲ですからね」

宮川は言った。

地味で暗い宮川が、こんなに女性にもてるとは思わなかった。何かの間違いではないか。

「羨ましいね」

いまいましそうに言い、わずかに顔を背けた。

「僕は自慢しているわけじゃないです。何回も言いますが、なにせ独身の編集者ですからね。まめに努力すれば、なんとかなるものですよ。そんなことはどうでもいいですが、こうして連絡取れるのが普通でしょうと言っているのですよ。向こうからの連絡待ちだけじゃ、どう考えてもおかしいなぁ」

宮川の話に、頷かざるを得ない。

「どうすればいい？」

池澤は訊いた。

こんなに一方的におかしいと言われれば、おかしくなくなる方法を伝授してもらいたくなる。

「今度会うとき、僕に知らせてください」

「どうするの？」

「追跡します」

宮川が真面目な顔で言った。

「マジで？」

「マジですよ。僕の大事な担当作家をたぶらかす女狐の正体を見破ってやります」

「そんなこと言っても彼女たち関西から来るんだよ。新幹線に乗って、あるいは飛行機に乗って追跡するわけ？　できるわけない」

宮川を莫迦にしたように言った。

「どこまでやれるか分かりません。でもやってみます。写真を撮ったり、名前を調べたり……」

「君は探偵好きなの？」

「週刊誌やっていたでしょう、こういうのはお手のものですよ。調べた結果、なんの問題もなければ、思う存分楽しい夜を過ごせばいいじゃないですか」

宮川は自信ありげに微笑んだ。


池澤は、ゆっくりと体を起こした。

原稿を書かねばならない。

パソコンを立ち上げた。いつものように暗証コードを入れ、メールを確認する。

来ているだろうか？

胸が高鳴るのを覚えた。原稿の締め切りは、気になるが、もっと気になるのは、彼女たちからのメールだ。

「来ている！」

思わず声に出した。

「なに？　今日の午後零時にパレスホテルの七〇三号室に来てください」

メールを読んだだけで下半身が疼いてきた。差出人は佐和子だった。

今、何時だ？

十時半だ。すぐに着替えて出なければ……。多少、早く着くのは問題ないだろう。

もう原稿の締め切りのことは頭から離した。最近、仕事がたくさん来るようになった。今のところ締め切りはきちんと守っている。

「締め切りはたいてい何日か余裕があるものだ。今日帰ってから書けばいい」

美由紀にはなんて言い訳するつもりだ？

「構わない」

言い聞かせるように呟いた。この一言で、美由紀に対する罪悪感が払拭できるかのようだ。

美由紀は、友人とランチを食べてくると話していた。急用が入ったとテーブルに置手紙をしておけばいいだろう。

ふと、足に柔らかい何かが触れた。クロだ。

池澤の顔を見上げて、鳴いた。

餌が欲しいようだ。クロを抱き上げた。まるで軟体動物のように体が伸びる。

「クロ、パパはね、ちょっと悪いこと、いやいいことかな、してくるからね。ママに内緒にしていてくれるかな。そうすれば餌をやるよ」

優しく言った。

クロは、大きく目を見開いて、池澤を見ていたが、一声鳴いた。

「分かってくれたみたいだね」

クロを畳に下ろして、一階に降りた。クロが後ろをついてくる。

リビングの隅にクロの食事場所がある。煮干を冷蔵庫から取り出した。クロが盛んに足に体を擦り付けてくる。クロのおやつは煮干と決まっていた。朝は、魚の缶詰、夜はダイエットのキャットフード、これらをしっかり食べて、途中で煮干のおやつをもらうのだ。

頭と腸を取る。クロはこれらが苦手のようだ。頭と腸を取らずに与えると、きっちりと残している。これでは野生で暮らすわけにはいくまいと変な同情を覚えてしまう。

クロが餌を食べている間に、身支度を整える。髭をあたる。鏡に映った顔色は、決していとはいえないが、期待感に膨らんだ顔には、自然と笑みが浮かんでいる。

「どうしようもない奴だな」

一人呟く。

「いて！」

慌てすぎたのか、剃刀で顎のところを傷つけてしまったようだ。血が滲み出ている。

「まいったな」

ティッシュをつまみ出して、顎に当てた。血の赤い染みが白いティッシュの上についている。

顎を鏡の方に突き出した。そんなに深く傷つけたのではなさそうだ。最近、髭剃りで傷をつけることが、頻発している気がする。肌が弱っているのだろうか。

また血が滲み出てくる。

剃刀で切った傷は、なかなか止まらない。洗面台の引き出しを開けた。中に絆創膏が入っている。ガーゼつきのものだ。それをひとつ取り出す。

顎を鏡に突き出して、絆創膏を傷口に貼る。色は、肌色なのだが、いかにも髭剃りに失敗しましたというように存在を主張している。

顔を正面から鏡に映す。目立たない程度だが、絆創膏を貼った顔というのは、威厳がなくなるのか、年齢以上に老けて見える。顔がステテコを穿いて歩いているようにだらしない。

厭だな……。

自分の顔がひどく不潔に見えた。美由紀のいない間に盗みでも働くように、いそいそと佐和子たちに会いに行く姿を想像すればなおさらだ。

冷静さを失いそうになるほど会いたいということは事実だ。しかしこの先にいったい何が待っているというのだろうか。自分はどんな結末を望んでいるのだろうか。

自らに問いかけてみるが、鏡に映った顔は黙って、こちらを見ているだけだ。

「そうだ。宮川に連絡を入れなくてはならない」

携帯電話を握り締めた。

宮川の電話番号を検索し、表示した。後はかけるだけだ。

しかし躊躇した。もし宮川が本気だったらどうしようか。酒の席での冗談ならいいが、本気で佐和子たちのことを調査しだしたら、どうなってしまうのだろう。

彼女たちは何者だ？　この疑問に回答が得られたからといって、何かメリットがあるのだろうか。彼女たちには危害を与えようとする意図はない。少なくともそう思いたい。宮川は、それを疑っているわけだが……。

何も思い出さない。しかし記憶の深いところで、何かが引っかかりを持っているような気がしないでもない。佐和子と美香に会っていて、時折、デジャビュ（既視感）に襲われることがあるからだ。それは具体的ではない。ふとした彼女たちの笑顔、笑い声、会話に、はるか昔に同じ場面に遭遇したことがあるような、そんなおぼろげな思いがするだけだ。

4

パレスホテル七〇三号室の前に立った。

このドアの向こうには佐和子と美香がいるはずだ。ここまで来てしまったら、体の芯が興奮で疼いている。

ドアホンを押す。

誰かが、こちらを覗いている感覚がした。小さなレンズを通して、視線が鋭く突き刺さってくる。

チェーンが外される音がする。ドアが少し開く。ノブを握り締めた白い手が見える。佐和子の手だろうか？　それとも美香だろうか？

「どうぞ」

佐和子の声だ。

左右をちらりと見て、部屋に入った。

いきなり佐和子が体を預けてきた。

背後でドアが閉まった。

「どうしたの」

自分の腕を佐和子の腰に回しながら言った。佐和子は、バスローブを身に纏っていた。

「会いたかった」

佐和子が、池澤を見上げて言った。

「僕もだ」

佐和子が、池澤の腰のあたりまで左足を上げた。池澤の体にからませようとしている。バスローブが割れて、佐和子の足がむき出しになった。白い。バスローブの白さに負けないほどだ。そして艶やかだ。とても四十歳を過ぎているとは思えない張りがある。

思わず唾を飲んだ。

「あら？」

佐和子が、目を見開いて、小さな驚きを発した。

何かを発見したようだ。じっと池澤の顎のあたりを見つめている。手を伸ばした。

「いて！」

顔をしかめて顎に手を当てた。

「なに？　これ！」

「ああ、それ？　髭剃りに失敗したんだ。血、出てないかな」

顎を突き出した。

「大丈夫みたいね」

佐和子は、池澤の傷跡を見上げていたが、舌を突き出して、舐め始めた。

「くすぐったいよ。よしてくれよ」

体をよじった。

「少し、血の味がするわ。もっとたっぷり飲んでみたい……」

佐和子は、妖しげに笑みを浮かべた。

ぬめったような佐和子の瞳を見つめて、ぞくっと寒気を感じた。首を切り裂かれて、あふれ出す血を飲まれている姿を思い浮かべてしまったからだ。

「美香さんは？」

部屋の奥を見た。気配はしない。

「今日は、私、一人なの。嫌？」

「そんなことはない。美香さん、用事があったの？」

「そうよ」

佐和子は、そっけなく言った。

「仕事か何かかな？」

美香は、いつも母親の佐和子についているが、勤めに出ている様子はなかった。しかしあの年齢で働いていないのも不思議といえば、不思議だ。

「そうじゃないの」

佐和子は、質問に答えない。何かあったのだろうか。

「喧嘩でもしたの？」

「なぜ？」

「あまり美香さんに触れたがらないから」

「最初に美香のことを聞くからよ」

「嫉妬したの？」

「少し」

佐和子は、微笑した。

「莫迦だな」

佐和子の唇に自分の唇を重ねた。

佐和子は、いきなり舌を挿しいれてきた。口腔内で佐和子の舌が、うねうねと動いているのが分かる。

「会いたかった……」

唇を離して、囁いた。唾液が長く糸を引いた。

「私もよ……。行きましょう」

佐和子は、池澤から体を離すと、手を引いて、寝室へと招き入れた。

ハリウッドツインのベッドに池澤は佐和子に押し倒された。

「ジャケットくらい脱がせてくれよ」

苦笑しながら、ベッドの上で体を起こし、ジャケットを脱いで、佐和子に渡した。佐和子は、それを丁寧に畳むと、テーブルに置いた。

ジャケットの上に佐和子はバスローブを脱いで、重ねた。

佐和子の裸体が目の前に現れた。束ね、丸めていた髪を解くと、肩にかけて豊かな黒髪が揺れた。白い肌に黒髪のコントラストが鮮やかだ。

うっとりと眺めた。

「待ってて、脱がせてあげるから」

「君の裸を見ると、もう我慢できない」

ベッドの上に胡坐をかいて両手を広げた。

佐和子は、池澤に近づき、シャツのボタンを外す。

「もっと急いで」

佐和子の指がゆっくりと動くのを我慢できない。

「大人は、焦らないのよ」

佐和子はわざとじらしているのだ。

「はい、両手を上に上げて」

言われた通りに上げる。佐和子は袖をひっぱり、シャツを脱がした。またそれを畳む。

佐和子の手がベルトにかかった。ホックを外し、ズボンのチャックを下ろす。

「ちょっとお尻を上げて」

佐和子が池澤の臀部に手を当てる。腰を浮かす。俯き加減の姿勢をしている佐和子の胸の乳房が揺れている。

手を伸ばし、乳房に触れた。弾力のある乳房だ。

「だめよ」

佐和子が、池澤の手を払い除けた。

悪戯が見つかった子供のように手を引く。

佐和子が、ズボンを引いた。

「あらあら」

佐和子が呆れたように言った。彼女の視線の先は、池澤の股間だった。

佐和子は、ズボンを畳んで、テーブルの上に置きながら、

「子供、元気みたい」

と笑った。

「おいでよ」

池澤は言った。

佐和子は、両手で髪を後ろにかき上げた。少し上目遣いに池澤を見つめた。

佐和子が池澤の上に崩れてきた。その重みを感じながら、片手で、自分の下着を脱いだ。佐和子を反転させ、ベッドに仰向けにさせた。両手で、太腿を担ぎ、持ち上げた。目の前に中心部が赤く開き、妖しげにうごめいている。愛液が滴り落ち、照り輝いていた。

自分の熱く猛ったものを、有無を言わせず中心部に深く重ねた。佐和子は、息を詰まらせ、苦しそうに顎を上げた。

池澤の動きに合わせ、白いベッドシーツの上に広がった黒髪が波打つように揺れていた。

5

「今から、お楽しみですか」

宮川は、コーヒーを飲みながら言った。

「迷ったよ」

池澤は、腰を下ろすなり言った。

「なにがですか？」

「君に電話、するのをさ」

ウエイトレスが、注文をとりに来た。

「すまない。すぐ行くのでオーダーはいい」

ウエイトレスは、笑みを返すと、水を置いて去った。渇きが激しい。池澤は、その水を一気に飲み干した。

「やっぱり心配になったのですか」

「いやそういうわけじゃないさ。彼女たちに悪意があるとは思えない」

「どうして?」

「だってそうだろう。悪意のある相手に体を許すかな。そんなことをするはずがない」

「先生は、やっぱり小説は書けませんね。ノンフィクションでよかったですね」

「ずいぶん嫌味っぽいね」

尖った目で宮川を見つめた。

「僕の知り合いはね、セックスの最中に、ベッド脇においてあったポットの湯を顔にかけられて大火傷してしまいましたよ」

「君のことじゃないのか」

「僕じゃありません」

「でもその女はどうしてそんなことを……」

「それが彼にも分からなかったそうです」

「恨まれていたのか」

「恋人で、愛し合っていたそうです。少なくとも本人はそう思っていた。しかし女は何らかの理由で彼を憎んでいたんですね」

「警察に行ったのだろう？」

「当然ですよ」

「なんて彼女は供述したの？」

「彼が、通りすがりの女性を見て、きれいだと何気なく言ったことに傷ついたというのです。ものすごく不潔に感じたんだそうです」

宮川は、神妙そうに言った。

「なんだいそれ？」

「そんなものなのですよ。他人の心は分からない。何に傷つくかなんて人それぞれ……。芥川龍之介の『蜘蛛の糸』だって、自分が分からないところで善行を施していたわけです。それとは逆に、自分にも分からないところで他人に恨まれることがあり、復讐されることがある。韓国の映画で『オールド・ボーイ』ってのがありました。いい映画でした。カンヌでグランプリも獲ったくらいですからね。あの映画の主人公も他人から理由のない復讐を受けるのですが、それは主人公が高校生のときに、ある女子高生のデートを目撃したところから始まるんですよ。そのデートが姉弟の禁断のデートだったところから、噂になり、女性は自殺する。噂を振りまいたのは主人公だと疑った弟が、何十年もかけて復讐するわけです。こんなこともあるわけですね」

「その映画は知っている。いい映画だった。人は気づかぬところで他人を傷つけているものだと実感させられた。それと僕とが関係するの？」

「ひょっとしたら気づかないところで恨まれているのかもしれないと思ったわけです」

宮川は、愉快そうな笑みを浮かべた。

「そんなことはない」

「先生の気持ちは分かりますから、とりあえず電話を受けたものとしては、調査したらいいんでしょう。そして純粋に老いらく、いや違った中年の恋、ミッドライフ・ラブであることをお調べすればいいんでしょうね」

「とにかく彼女たちは何者か。それが分かればいい」

「何が出てきても受け入れる用意がありますね」

宮川は、上目遣いに、さも意味ありげに言った。

「例えば……」

池澤は訊いた。

「怖い人が後ろにいるとか」

宮川は、頬に指を当てた。

「まさか」

唇が震えた。

「まさかの坂を越えることもありますからね」

宮川は、わざとらしく暗い声で言った。

「何から始める？」

時間が気になる。もうすぐ部屋に行かなくてはならない。

「先生がお楽しみの間、ここでじっくりと考えますよ」

「ここで？」

「ええ、張り込みは、慣れていますからね」

宮川は言った。

「分かった。方法は任せる。何か分かったら教えてくれ」

池澤は立ち上がった。

「お楽しみに……。腹上死なんて惨めなことだけは気をつけてくださいね。本が売れなくなりますから。いや、売れるかな？　腹上死作家池澤彬……。いいかもしれない」

宮川は声に出して笑った。

「止めろよ。周りに聞こえるぞ」

池澤は、思いっきり顔をしかめた。

＊

まだ宮川はあそこにいるのだろうか。

窓から皇居の森を眺めながら宮川のことを思った。

「どうしたの？」

佐和子がベッドの中から言った。

「いや、なんでもない。ここからは皇居の森がよく見えるね」

バスローブの裾を合わせて、椅子に座った。

「ワインでもいかが」

「そうだね、ルームサービスを頼もうかな」

立ち上がって、電話を取ろうとした。

「邪魔されるのは厭だから、冷蔵庫に入っているワインでいいわ」

「いいのがないかもしれない」

「構わないわ」

冷蔵庫からワインを一瓶取り出して、グラスと一緒にテーブルに置いた。

佐和子は、ベッドに投げてあったバスローブを取り上げると、体に纏った。

佐和子の前のグラスにワインを注いだ。赤ワインだ。

「きれいな色ね」

佐和子はグラスを目の高さに持ち上げた。赤ワインを通して、佐和子の顔が見える。

佐和子は、グラスを窓の方に向けた。

「ねえ、こうやると皇居の森が赤く燃えているように見えるわ。夕焼けとも違う、何か情熱に焼かれているような感じ……」

「そうだね……。不思議な気がする」

「何が？」

「君とこうしてこの窓辺でワインを飲んでいる自分の姿を想像すると信じられなくてね」

「私こそ……。ずっと池澤さんとこうなることを願ってきたのだもの。少し回り道をしたけれど、幸せよ。乾杯」

佐和子は軽くグラスを上げた。

池澤も「乾杯」と言い、ワインを呑んだ。

「ずっとここにいることができたらいいわね」

佐和子が窓から外を眺めて呟いた。

黙っていた。もう佐和子や美香から離れることはできないだろう。それは体が求めるからだ。しかしずっとここにいることができるかどうかは、分からない。

「仕事が順調でね。君と美香さんのおかげじゃないかと思うんだ」

「私たちが、幸運を呼んだというのね。うれしいわ」

「締め切りに追われる始末だし、テレビにもレギュラーで出演してくれって話があるんだ」

「それはすごいわ。どこのテレビ局なの？」

「朝毎テレビの早朝番組だよ。『ズバリ!朝一番』という番組を知っているかな」

「有名じゃないの。あの有名な司会者の……」

「みかわもんた……」

「そうそう、みかわもんたが司会している番組でしょう。あの番組のレギュラーになるの？」

「来月からね」

「毎朝？」

「そう、毎朝。午前四時に起きて、スタジオに五時までに入って、打ち合わせをして六時に番組スタートだよ」

「どんどん有名になっていくのね。ちょっと寂しいかな」

「そんなことはないよ。文化人だからギャラは安いし、まあ頼まれたから出るって感じかな」

「そんな……。出たい人はいっぱいいるのに」

佐和子の顔が少し翳った。

「本当に、下品な言い方だけど、上げマンってあるんだなって思ったよ」

ワインを呑んだ。

「それなんのこと？」

佐和子は、首を傾げた。

「知らないの？」

「ええ」

「なんて言ったらいいだろう。君のあそこと関係したことで僕の運が良くなるってことだよ」

ワインを呑み干して、自分でまたグラスに注いだ。

「恥ずかしいわ」

佐和子は、本気で顔を赤らめた。

「でもそうとしか思えないくらい、君と会ってから順調なんだ」

「忙しくなっても、何があっても私を捨てたりしない？　捨てれば不幸になるってことでしょう」

佐和子の目が光った。

「捨てたりするものか」

「ねえ、お願いがあるの」

「なに？」

池澤は訊いた。

「皇居の森の中で、抱いて欲しいの」

佐和子が、唇を舌で舐めた。

「なに？　皇居の森で君を？　それは無理だよ」

「実際に皇居の森の中で抱いてなんて言わないわ」

佐和子は、バスローブをその場に脱いで立ち上がった。

下腹など少しも出ていない、均整のとれた裸が目の前に現れた。

こんないい女性が過去に勤務した銀行の支店にいたら、忘れるはずはない。

恨みなんか買っているはずがない。

「どうするの？」

「こうして欲しいの」

佐和子は、窓を背にして立った。窓の向こうには皇居の深い緑が見える。まるで緑の森の中に、裸の佐和子がいるようだ。

「美しい……」

池澤は囁いた。

佐和子は、微笑しながらくるりと体を回し、背中を向けた。そして尻を池澤に突き出すようにして上半身を折った。両手は、窓ガラスで支えている。

息を呑んだ。目の前に佐和子の白い尻、その中心部には固く閉まった肛門と長く切れ込んだ佐和子の最も敏感な部分が顕わになっている。

「お願い……」

佐和子は、支えていた片手を窓ガラスから外し、敏感な部分を指先で開いた。赤く熟れた肉襞が現れ、いやおうなく池澤の欲望を刺激してくる。

その不思議な光景に見とれてしまっていた。

皇居の深い緑を背景に、女の真っ白な尻が浮かんでいる。その中心部には、まるで意思があるかのようにその敏感な部分が赤く口を開き、もう一つの穴は固く口を閉ざしている。

「早く……」

佐和子の声がする。それは森の奥から聞こえてくるように、遠い。ゆらゆらと立ち上がった。手には、赤ワインで満たされたグラスを持ったままだ。

バスローブの紐を解いた。すでに池澤のものは、熱く、固くなっている。

「来て……」

佐和子の後ろに立った。自由な片手で佐和子の尻を撫で、最も敏感な部分を探り当てる。ゆっくりとその深部に指を差し入れると、佐和子の息遣いが徐々に荒くなる。

指を抜く。愛液で照り輝いている。口に含む。甘い香りがして、いつまでもしゃぶり続けていたい。

「我慢できない」

佐和子が、尻を突き出してくる。

「僕もだ……」

池澤は、自分のものを佐和子の敏感な部分にあてがい、力を込めて、深く挿しいれる。

佐和子の背中が反り、息を詰めた声がする。佐和子の背中にワイングラスを置いた。佐和子の背中が、一瞬、赤く染まる。

これが皇居の森の中で抱かれたいと言っていた意味か。

佐和子の言葉に納得した。佐和子は、森の中に浮かぶ白いテーブルだ。その上にワイングラスが置かれ、池澤はそれを味わっている。

体を深く入れる。背中が揺れ、赤ワインの水面が揺れる。このワインが佐和子の背中にこぼれ、血に染まったようになるのでは、と懸念する。

さらに深く入れる。池澤のものの先の雁の上部が、佐和子の深部のどこか固い部分に当たっている。

「骨でもあるのかな」

「どうしたの？」

「こうして深く入れると、僕の一番感じる雁の上部が、なにやら君の固い部分、幾分かざらついているのだけれど、そこに当たる……」

「そこをもっと、お願い……」

佐和子は苦しそうに言った。

「分かった」

佐和子の背中のグラスを取り、ワインを呑み干した。空になったグラスをベッドに放り投げる。

「激しく……」

「いくよ」

自分のものを突き入れる。やはりざらついた固い部分に当たる。それが鋭い刺激になる。

佐和子が長い悲鳴を上げる。

「感じる、感じる……」

佐和子が腰を激しく振る。振り落とされないようにしっかりと腰に手を当てる。

こんな快感は初めてだ。池澤のものは、佐和子の中に深く入るたびに、きつく締め付けられ、その先端の雁の部分の、さらに上部の最も敏感な部分だけが固い部分に当たり、激しく刺激される。

佐和子の白い体が、森を越え、宙に舞う。眼下に皇居の森が広がる。池澤は、森の中を白馬にまたがり疾走していた。

「森の中を君と一つになって走っている」

佐和子はさらに激しく動く。耐えられず、ついに果ててしまった。

佐和子の背中に自分を預ける。少しの間、疾走の余韻に浸ったが、顔を上げた。窓ガラスに宮川の笑い顔が映っている。池澤は、その顔を手で払った。

「絶対に佐和子とは離れられない」

池澤は、宮川に向かって呟いた。

「なにか言った？」

佐和子が、訊いた。

「いや、なんでもない。すごい刺激だった。いったいあの固い部分はどこになるのだろう？」

「私にも分からないわ。まだ探れる？」

「また力を回復してきたようだから、やってみるよ」

池澤のものは、休息の間に佐和子の中で力を取り戻しつつあった。それを使って慎重に佐和子の深部を探る。

「そこ、そこじゃない？」

佐和子が言う。

「そうだ。ここだ」

ぬめぬめと柔らかい中にあって、一点だけ固くざらついた部分、その不思議な感覚の部分に、何度も激しく自分のものを擦りつけた。言いようのない鋭い刺激が、脳幹を痺れさす。

佐和子の悲鳴が、再び森にこだまし始めた……。

佐和子と一体になって森の中を疾走する。出会いの度に、新しい刺激を得てしまう。いったいどこまでこの深い森に迷い込んでしまうのだろうか。それでも構わない。

第六章　苛立ち

1

「池澤さん、福井さんの村上ファンドへの投資問題は、どう思われますか。先生は、元銀行員だから、言いにくいかもしれませんが、ズバッ！　と言っちゃってください」

司会のみかわもんたが眉間に思いっきり皺を寄せて、池澤を見つめている。他のゲストたちも池澤が、どんな答えをするか、息をひそめて待っている。

日銀総裁ともあろう人物が、株のインサイダー取引で逮捕された村上世彰のファンドに一千万円も投資をして、ぼろ儲けをしていたという事実が発覚した。

村上は、ライブドアによるニッポン放送買収でインサイダー取引を働いたとして東京地検特捜部に逮捕された。

彼は阪神電鉄株などの買占めなど派手な行動で有名で、以前から時代の変革者か、それとも株を高値で売り抜ける単なるグリーンメーラーかで評価が分かれていた。ところが逮捕されてしまったものだから、一挙に評価はグリーンメーラーになってしまった。

世間の批判の的になっている村上が組成していた投資ファンドに福井総裁は「若い人を応援したかった」という理由で投資していたことが発覚した。庶民が、ゼロ金利で悔しい思いをしている裏で、こっそり高利回りを上げていたということで福井総裁に批判が集中したのだ。

みかわもんたが、自分に言ってもらいたいことは手に取るように分かる。福井総裁よ責任をとって退陣しろと厳しく言って欲しいのだ。

池澤は、みかわの厳しい表情に合わせるように、眉根を寄せた。この番組はみかわのワンマンショーのようなものだ。他の出演者は、みかわをもり立てることにその存在意義がある。みかわの意に沿うようにすることが、出演者の暗黙の了解事項のようなところがある。

池澤の頭は忙しく回転していた。

テレビにおけるコメンテーターというのは、ほとんど喋っている時間はない。よく喋っていると思っても数十秒のことだ。

しかし短いから楽だということは決してない。短い時間に、視聴者を納得させる言葉を発しないといけない。だらだらと結論を先に延ばすような言い方をしていると、時間切れになってしまう。逆にあまりに結論を急いで言ってしまうと、視聴者の誤解を招くことにもなりかねない。いわゆる言葉足らずになる。

「どうですか。池澤さん。庶民は怒っていますよ」

みかわが独特の粘っこい言い方で迫る。

「そうですね。日銀総裁としては不適切だったと思いますね」

ようやく言葉を搾り出した。テレビ的には、こんなバカな日銀総裁は首だ！　とすっとんきょうな声で言えればよかったのだが、現実的には「不適切」という単語を使うのがやっとだ。

みかわが不満そうな顔を向けた。

「不適切ということは辞めろということでしょうか」

「ええ、まあ」

「はっきりしませんねぇ。やはりご同業だと言いにくいのですか」

みかわが嘲笑した。

福井総裁の行為は、日銀総裁として相応しくないと考えていた。総裁に就任する際に、全てそうした投資は解約処理すべきだった。しかし辞めろと言い切れるかについては迷っていた。多くの福井総裁を擁護する経済人たちを知っているからだ。「福井総裁辞めろ」と発言した途端に、彼らが自分に対してどういうリアクションをするかを懸念していた。

いっそのこと、みかわの思いに反して、日銀総裁はこんなことで辞めるべきではないと発言してやろうかと考えた。いろいろと考えを巡らしているだけでそれが言葉にならない。隣のコメンテーターも少し呆れ顔で池澤を見ている。

こんなことではいけない。もっと鋭く切り込まなくてはならない。

「やはり総裁就任時に……」

池澤が話し始めたとき、スタジオにいるアシスタント・ディレクターがみかわに対して残り時間がないことを伝えてきた。十本の指を広げて、順番に九、八……と折っていく。

「福井さん、庶民は怒っていますよ。あなただけがうまい汁を吸ったんじゃないのかってね。日銀総裁の資格なし。辞めなさい。もし反論があるなら、電話でもなんでも頂戴な」

みかわは池澤を無視して、カメラに顔を向け叫ぶ。受話器を取る真似をするみかわを大写しにしたとき、ＡＤの指がちょうど、全て折り曲げられた。

「ごくろうさまでした」

みかわがコメンテーターたちに声をかけた。池澤は、軽く頭を下げ、ジャケットの襟につけたマイクを外した。

終わった。もう少しはっきりと自分の意見を言うべきだった。激しい後悔が襲ってきた。スタジオから楽屋に戻る廊下に出た。着替えを済ませた後、メイク室で顔に塗られたドーランを落とさねばならない。

「池澤先生……」

背後から呼び止められた。振り返るとチーフ・ディレクターが立っていた。いかにもテレビ人らしい男だ。ぼさぼさの頭に髭を生やし、ジーンズ生地の服を着ている。

「なんでしょうか」

「先生、ちょっとよろしいですか」

「いいですよ。楽屋に行きましょうか」

彼の表情が暗い。

「立ち話でいいですよ」

「それなら、歩きながら伺いましょうか」

彼は池澤の隣を歩きながら、小声で話し始めた。

「今日のコメントですよね」

「福井総裁のかな？」

「そうです。あれ、担当ディレクターが事前にお話ししていませんでしたか」

「なにも」

「そうですか。でも先生は経済がご専門だから、ああいう場合、もう少し結論めいたことを言っていただかないと……」

彼は、みかわから質問されたときに池澤がはっきりと自分の意見を言わなかったことに苦言を呈しているのだ。

「申し訳なかったと思います。どうも考えがはっきりしなかったものだからね」

「先生、あんな問題は、ズバッと辞めろと言ってもらっていいんですよ。そうじゃありませんか。アンケートでは七十パーセントの人間が福井総裁は辞めろと言っています。みかわも先生にそういう答えを期待していたと思うのです」

彼は、池澤をやんわりと責めた。

池澤は、立ち止まった。彼の顔を見た。

この番組にレギュラーコメンテーターとして推薦してくれたのは、プロデューサーになっている大学時代の友人だ。池澤が、多少売れっ子になったのを見て、頼んできたのだ。そのことをこのチーフ・ディレクターも知っているはずだ。だから遠慮気味に非難しているのだろう。

しかし池澤にも言い分はあった。今まで何回か放送があったが、その都度、それなりにコメントしてきたつもりだ。今回の福井総裁問題でたまたま言いよどんだからといって何もわざわざ呼び止めて注意することもないだろう。彼のむさくるしい頭髪を見ていると、むかつきを覚えた。

「あのね。僕、辞めますよ」

俯いていた彼が顔を上げた。突然の反撃に、どう対処していいかわからないといった表情だ。

「朝早くから拘束されて、文句言われたんじゃ割に合わないでしょう。辞めたらいいんでしょう。もっと相応しい人を選んだらどうですか。僕はプロデューサーに頼まれただけだ。彼にはよく言っておきますよ。僕は、番組に合わないから首になったとね」

「先生。そんなこと、一言も……」

「言ってないというのかね。君の話を聞いていると、僕は向かないから辞めろと言っているように聞こえるけどね」

「そ、そんな……」

「福井総裁辞めろと言って欲しけりゃ最初からそう言っておいてくれよ。そうすれば僕も考えたかもしれない。僕だって迷うことはあるさ。いい加減にしてくれ」

池澤は言い募った。

彼は、後ろにさがった。池澤は、彼の顔を覗きこむように迫った。

「先生……。もういいですよ。すみません」

「何が、もういいんだ」

「もうこの話は止めましょう。私が悪かった。謝ります。また来週もお願いします」

「なぜ急に態度を変えるんだ。プロデューサーを持ち出したからか？」

「そんなのじゃありません。私が言い過ぎました。そんなつもりではありませんでした。ちょっとアドバイスのつもりでした。余計なことを言いました」

彼は、踵を返すと逃げるようにその場を立ち去った。

池澤は、体がずんと重くなり、その場に立っているのがやっとの気分だった。足早に去っていく彼の後ろ姿をふらつきながら眺めていた。

自分の苛ついた気持ちを振り返った。さらに言えば、いつもなら福井総裁の問題などは、みかわもんたの意向に沿うかどうかは分からないが、タイトル通りズバリと結論を出したはずだ。それが今日はうまくいかなかった。チーフ・ディレクターから指摘されただけで、あれほど彼を怒ってしまった。素直に「以後、気をつける」とだけ言えばいいだけだ。そうすれば彼とも笑って別れることができただろう。なぜこんなにもざらざらした気持ちになったのだろうか。最近は何もかも順調なはずだったのに。

「幸人のせいか……」

一人息子の幸人の顔を思い浮かべた。

2

幸人は都内の私立大学に通う大学生だが、就職に失敗して留年してしまった。自分では、商社に入りたかったようで大手から中堅まで会社訪問に出かけていた。ところがどこもうまくいかない。内定が獲れないのだ。時々、暗い顔をした幸人を見ることがあったが、特に声はかけなかった。

それというのも彼の口から「オヤジの世話にはなりたくない」とはっきり言われてしまったからだ。なぜそれほどまで池澤の援助を拒否するのか、その理由は分からない。さほどの理由はないのかもしれない。自分の実力がどの程度なのか試してみたいと思っているのだろうというぐらいにしか考えていなかった。

しかしその結果の失敗で、留年せざるを得ないとなると話は別だった。池澤が持っているコネクションを駆使して彼の就職先を探してやらねばならない。

いつまでも就職せずに家で過ごすようなことになれば、今、社会で問題になっているニートになってしまう。

最近の就職活動は、池澤の時代のように各企業が協定を結び、大学生と面接を開始する日は、いつにするなどと決めてはいない。通年採用という形態を採用しており、いつでも大学生は企業を訪問して、採用の面接などを受けたりできる。その意味では三年生以上は、絶えず就職活動をしていなくてはならないことになる。だから街にはいつも黒いリクルートスーツを着た男女がいる。

美由紀が、以前から幸人に言ってきかせてと愚痴をこぼしていた。というのは彼が引き籠り気味だというのだ。

池澤は、驚いた。幸人の元気な姿から引き籠りという言葉は全く遠いと感じていたからだ。

「引き籠りなんてどういうことだ」

「あなたは家にいる時間が多くなったのに家の中で起きていることを何一つ知らないのね」

美由紀は、厳しい表情で言う。

「どういうことだ」

「幸人のことよ。学校も行かなければ、就職活動も再開していないのよ。一日中、部屋に閉じ籠ってゲームをしているだけ」

「大学を留年したから、取る単位が少なくて大学に通う必要がないだけじゃないのか」

幸人が、どこも出かけずに部屋に籠っていることは知っていた。しかしたいして気にはかけなかった。池澤自身の大学時代も似たようなものだったからだ。金もない、仕事もない、授業には行きたくないというとき下宿で日がな一日、眠っていたものだ。幸人も同じだろうと思っていた。

就職が決まらなかったため、留年したいと頼んできたとき、幸人に、単位は幾つ残しているのだと訊ねた。すると彼は二単位だけだと言った。二単位だと一科目だけではないか。なんと優雅な留年だと驚いたが、仕方がない。幸人に、何か他のことも身につけなさいと指導した。その時彼は、素直にはいと答えた。

ところが朝食を一緒に食べない。大学にも行っていない。単位が二単位だけだから授業がないと言えば、その通りなのだが、できるだけ勉強して欲しいと思っていたから、せめて数科目の授業をとらせればよかったのか……。

「それは本当か？　まったく就職活動をしていないのか」

美由紀は憂鬱そうな表情で池澤を見つめた。

「どうなんだ？」

「ときどきはスーツを着て出かけているようだけど、真面目に努力しているようには見えないわ。あなたからも何か言ってよ」

「何か言ってと言われてもな。俺がどこか紹介しようかと訊いても、世話になりたくないと言うだろう。もう少し様子を見るべきかな」

「何が様子を見るべきかなよ。あなたが甘やかすから、ああやって引き籠っているんじゃないの」

美由紀は苛々をそのままぶつけるように言った。

「俺がいつ甘やかした。みんな俺のせいだと言うのか」

「いいよ、いいよと何でも許してしまうからよ」

「だって仕方がないだろう。本人のやる気が大事なんだから」

「そんなこと言ってるからニートになるのよ」

「お前、幸人がニートだって言うのか」

「そうじゃないの。何もしないでゲームばかりよ。あれがニートでなくて誰がニートなのよ」

「お前には責任がないのか」

「ないわよ」

美由紀は、もはや喧嘩腰の態度だ。これ以上、言い争いをするわけにはいかない。池澤は、上目遣いに幸人の部屋を見た。

「いるのか？」

「いるわよ」

美由紀の顔は興奮で膨れている。

階段を上がり幸人の部屋の前に立った。ドアをノックする。

「入るぞ」

中からは何も返事がない。眠っているのだろうか？

ドアを開けた。むんとする空気が籠ったような臭いがして、顔をしかめた。何日も掃除をしていないのか、ゴミをそのまま放置しているようだ。美由紀は、掃除をしてやっていないのか。いくら本人の自覚を待つといっても掃除くらいしてやれと言いたくなる。部屋には布団が敷いたままになっている。

幸人は、机にうつぶせになって眠っている。頭にヘッドフォンをつけたままだ。パソコンがつけたままになっていて、ゾンビがうごめいている映像が映されていた。彼らを退治するゲームをしていたようだ。

「おい、パソコンを消すぞ」

池澤は、マウスを動かしてゲームを終了させようとした。

「待って。ダメだよ。途中なんだから」

幸人が顔を上げた。むくんだような白い顔だ。なんだか久しぶりに会った気がする。数ヶ月前、留年したいと言ってきたとき二人で話したが、それ以来、まともに顔を合わせていなかったことを思い出した。

幸人は、運動好きの若者だ。だから高校時代などは精悍な雰囲気で、それなりに女性からも人気があると聞いていた。だが目の前にいる幸人は、そんな若者らしい雰囲気をどこかに置き忘れていた。

幸人は、パソコンのキーボードを操作し始めた。目は、とろんと溶けたようだ。

「ゲーム止めないか？　話があるんだ」

「いいよ。そこで言ってよ。今、いいところだから」

「いつからやっているんだ」

「昨日の夜だよ」

「昨日の夜って、もう昼に近いんだぞ」

池澤は呆れた表情で言った。幸人は、急に笑い出し、頭につけたヘッドフォンから聞こえ

てくる声に反応して、

「どうだ。やったぞ。今の攻撃、見ていた?」

と話している。その間、絶えず雑音のようにヘッドフォンからは声が洩れている。

「お前、だれと話しているんだ」

「そんなの知らないよ」

「ゲームをやっている奴と話しているのか」

「ちょっとうるさいんだけど、大事なところだから」

「パパも大事な話だ」

「だからそこで話してって言ってるだろ。ああ! ぺちゃくちゃうるさいから、やられたじゃないか」

幸人は、口元を歪めた。

「その、ヘッドフォンを取れ!」

幸人の頭からヘッドフォンを奪い取った。

「なにすんだよう!」

幸人が手を伸ばした。しかしヘッドフォンは池澤の手の中にあった。そこからは絶え間なく声が噴き出ている。

「お前、ゲームするために留年したのか」

ヘッドフォンを高く掲げた。

「返せよ」

幸人は、手を伸ばしてヘッドフォンを奪い返そうとする。

「お前、就職活動はどうしたんだ。単位も少ないから、一生懸命やると言っていたじゃないか」

「やってるさ。だから返せよ」

「その言葉遣いは、なんだ。返してくださいだろう」

「だったら返してください」

「少し、話そう。ママも心配している。それにこの部屋、掃除しろ」

「話はいいよ。今は、大事なときだから」

「大事なのはお前の将来だろう」

幸人の腕を摑んだ。

「何するんだよ」

幸人が、勢いよく池澤の腕を払った。池澤は、痛さに摑んでいた手を離した。

「出て行ってくれよ。話すことなどないから」

幸人の顔は、今にも嚙み付かんばかりだ。

池澤は、布団の上に座った。

「ここに座れ。お前、留年するときにパパに約束しただろう。しっかりやりますから、お願いしますって。あの気持ちはどうなったんだ」

「忘れてないよ」

幸人は、まだパソコンの画面を見たままだ。

「返事をするならこっちを向け」

「うるさいな」

顔を背けて返事をする。

我慢の限界になった。黙って立ち上がり、幸人の着ていたTシャツの襟首を摑んで椅子から引き摺り下ろした。鈍い音を立てて床に幸人が転がった。

「何しやがるんだ」

「何しやがるんだとは、なんだ。もうお前は大学の五年だぞ。ガキみたいにゲームばかりやっているときじゃないだろう。勝手に留年などしやがって。もう少ししっかりしろ。フリーターやニートになりたいのか」

幸人を見下ろす形で怒鳴った。

その時、突然、幸人の拳が部屋の壁の方向に伸びた。大きな音がした。壁に幸人の拳が埋まっている。

「幸人……」

衝撃で言葉が出てこない。

「僕、僕だって一生懸命、やっているんだ。就職の面接だってたくさんやった。でもダメだった。なぜだか分かんないよ。それを莫迦だとか、だらしないとか決め付けないでよ」

幸人はゆっくりと壁から拳を抜いた。俯いて泣いていた。

「だったらパパに相談しろ」

気力を失ったように静かに言った。

「パパはいいさ。なんだってできるから。相談したって……」

「そんなことはない。これでも銀行を辞めて、必死で頑張っているんだぞ。お前に、特別偉くなってくれとか、一流企業に入らないとダメだとか言ったことがあるか」

「ないよ」

幸人は拳を撫でている。

「期待はしているけど、余計な負担をかけるほど期待をしすぎていることはないはずだ。とにかく何でも相談しろ。分かったか。それにママを心配させるな」

壁にあいた穴を見た。黒々とどこまでも続く闇のようだ。幸人の心の闇を垣間見たような気がした。

幸人は、挫折ということを知らない。受験勉強をたいしてせずに私立高校に入った。そのまま大学に進学した。いわゆるエスカレーターというものだ。今回、初めて就職ということで世間に触れた。すると自分の思っていたように反応してくれない。もっと気楽に考えていたのかもしれない。景気は回復しているし、友人たちも次々に企業の内定を取り付けていく。自分も相応しい会社が見つかり、向こうからぜひ入社して欲しいと言ってくると思っていたのだろう。しかし何も言ってこない。こんなはずではなかったと戸惑っているうちに留年を決めて、自分を守ってくれる大学に逃げ込んでしまったのだ。

やはり美由紀の言うとおり甘やかしてしまったのだろうか。後悔した。ましてや荒れる気持ちを抑えきれずに壁に穴をあけた幸人を見ればなおさらだった。しかしいずれ立ち直るに違いない。そう信じるしかないと思った。今、幸人の辛い心に塩をすり込むような厳しい言葉を言っても何も解決しない。かえって傷口を悪化させるだけだ。

「壁の穴を何かで塞いでおけよ。ママが見たら驚くぞ」

「分かった……。僕が悪かったよ」

幸人は、拳を撫でながら、真剣な表情で池澤を見つめた。

幸人の部屋を出て、大きくため息をついた。

一階のリビングに行くと、美由紀がいた。その顔に不安が翳っていた。

「どうしたの？　音がしたけど」

「幸人が壁を殴って穴をあけた」

池澤は美由紀を見つめた。

「えっ」

美由紀は、口に手を当て、絶句した。

「突然だった」

「直さなきゃ」

「何を？　幸人の心か？」

「壁をよ」

「いいよ。カレンダーでも貼っておけと言っておいた。あいつ、相当、痛んでいるな」

「心配だわ。どうにかなるんじゃないかって……」

「少しそっとしておいてやれ」

「そういってもね。いつも昼ごろ、のっそりと顔を出して、『飯』っていうだけでしょう。私、気が狂いそうよ。なんとかしてよ」

「一番苦しいのはあいつの方だ。折を見て、就職の相談に乗るから。少しゆっくりした気持ちで見てやれ」

「分かっているわ。でもね、同世代の子供たちを見ていると、なんだか遅れてしまったようで、とても気になるのよ」

美由紀は顔を曇らせた。

目の前に壁にあいた黒々とした穴が浮かんだ。それは幸人の孤独を象徴する穴のように思えた。

「あいつはあの穴に落ちてしまっているのだろう。いずれそこから引き出してやらねばならない」

池澤は呟いた。

3

「池澤です」

池澤は、配車係に名前を告げた。番組が終わると、地下の配車室に行き、名前を告げると自宅まで車を出してくれる。

いつもは出演者用の食堂に行き、朝食を食べるのだが、今日は止めた。チーフ・ディレクターとの言い争いがあったので食欲がなかったのだ。

運転手が、配車室から飛び出して行った。池澤が待っていると、黒塗りのセルシオが来た。運転手がドアを開けてくれる。後部座席にゆっくりと腰を下ろした。

目を閉じると、あのチーフ・ディレクターの顔が浮かんでくる。胸がざわつくような後悔が襲ってくる。

なぜあんな口の利き方をしたのだろう。なぜ素直に謝らなかったのか。もういいですと逃げだしてしまったが、彼は自分のことを使いにくいコメンテーターだと思うに違いない。そうすると来週もお願いしますと言ってはいたが、断りの連絡が来るかもしれない。せっかく摑んだ人気番組のコメンテーターの座を失うことになる。番組に出演したいと考えている人間は山ほどいる。あの場にいるだけでも特別なのだと考えるべきなのだ。なぜなら地上波という電波で全国の人たちに池澤彬という人間を知らせることができるのは、あの番組に出演しているからなのだ。

視聴率を十パーセントとしてみようか。日本の人口を約一億人とすれば、一パーセントが百万人だから、その十倍。一千万人の人が見ていることになる。一千万人の人たちが池澤彬という人間とテレビで触れ合うことになるのだ。全ての人が好感を持つわけではないが、中にはもっと池澤の話を聞いてみたいと思う人もいる。そうなると講演に呼ばれる機会が飛躍的に増えることになる。

テレビの出演料は、文化人相場で数万円というところだ。拘束時間などから考えると、決して割のいい仕事ではない。しかしそれでもなぜ文化人がテレビに出演するかといえば、その後の講演で稼ぐからだ。講演ともなれば数十万円の報酬になる。あるジャーナリストが池澤にアドバイスをしてくれたことがある。講演をしなければ、文筆だけでは喰えませんよ、と。

朝毎テレビの友人が、番組のコメンテーターを紹介してくれたのも、文筆だけでは喰えないと分かっているからだ。あの時、彼もアドバイスしてくれたではないか。

七十歳を過ぎてから、ブレイクした政治評論家もいるんだぞ。それまでは、そこそこという感じだったのだが、あるテレビ番組での過激なトークやコメントが視聴者に好評で、講演料や回数もうなぎのぼりだそうだ。今では、手一杯で地方講演は勘弁してくれって言っているそうだぞ。池澤もそうなれよ。

テレビの威力は大きい。友人の顔にはそう書いてあった。その点から考えると今日のコメントは失格も失格、大失格だ。これでは友人の好意も無駄になってしまう……。チーフ・ディレクターや友人の声が、頭の中で音を立てて渦巻いている。

「うまくいかないいね」

独り言のように呟いた。運転手が、声に反応して小さく頭を動かして、

「いきませんよ。先生も同じですか」

と答えた。見ると、同じくらいの年齢だ。

「運転手さんもうまくいかないのかい。どうして?」

「私ね、ロンドンで勤務したこともあるんですよ」

「ロンドン?」

意外な言葉に驚いた。

「証券会社のロンドン支店に勤めていましてね。かなり腕のいいトレーダーだったのですが

ね」

「それがどうしてハイヤーの運転手になったの」

「女房と子供がロンドンが厭だと、日本に帰ってしまいましてね。一人でロンドン暮らしも大変だなと思っていましたから、帰国要請をしていたんですよ。そうしたら会社が左前になってしまって、すぐにリストラ対象ですよ。えい！　って辞めたら、使い道なし。自分では英語もできるし、証券会社勤務ですから潰しも利くだろうと思っていたのですが、なかなかいい条件の仕事がない。女房が忙しい仕事にうんざりしていたという事情もあったのですがね。それでいろいろ探した挙句に行き着いたのが、この仕事ですよ」

「奥さんは？」

「前みたいに苛々していないから、今の方がいいって言うんですが。収入は、ガタ減りですよ」

「奥さんが前よりいいって言うのなら、いいじゃないの。うまくいっているってことだよ」

「そう言われりゃそうかもしれませんね」

運転手の後ろ姿で微笑んでいるのが分かった。彼は自分の野心を捨て、家族に合わせることを選択した。それも生き方だ。

「先生のお仕事も大変ですね」

また運転手が話しかけてきた。彼の生き方を肯定してやったのがうれしかったのかもしれない。

「朝早くからのテレビって疲れるよね」

「何時に起きるのですか」

「三時だよ。それで四時に迎えが来る」

「眠いでしょう。お休みになってください。ご自宅に到着しましたら起こして差し上げますから」

「ああ眠いね。よろしく頼むよ」

再び目を閉じた。しかし、幸人やチーフ・ディレクターや美由紀が、頭の中で騒いでいる。

携帯電話が鳴った。せっかく眠ろうとしているのにと怒りを覚えながら、携帯電話を取る。留守電にメッセージが入っていることを知らせる音だったのだ。番組の収録中に電話を入れた人間がいるようだ。

携帯電話を耳に当てた。

「池澤！　許さん！　裏切り者！」

突然、男の怒鳴り声が耳に飛び込んできた。なんだ？　これは？　誰だ？　誰からの電話？　心臓の音が聞こえるほど大きく響いてきた。

もう一度、携帯電話を耳に当てた。男の怒りが籠った激しい声。誰だ？　加藤健？　まさか！

もう一度聞く。

「加藤だ。あいつ、何を言っているんだ」

加藤が痴漢事件を起こしたのは一ヶ月以上前だ。あれから加藤は連絡してこない。急場を凌いでやったのに不義理な男だと思わないでもないが、事件が事件だっただけにできるだけ関心を持たないようにしていた。

「何が、裏切り者だ。何を怒っているのだ」

落ち着きのない声で言った。

「どうかなさいましたか」

運転手が訊いた。

「なんでもない」

池澤は言った。

何を怒っているのだろうか。裏切り者とはどういう意味だ。加藤は自分のことを裏切り者と非難している。理由が全く分からない。

加藤に電話をかけてみることにした。携帯電話で加藤を呼び出す。何回もコールするが、応答しない。

「ちきしょう！　なんて日だ」

池澤は怒鳴った。池澤の怒声に、運転手の背中がピクリと動いた。

もう一度、呼び出してみる。しかし出ない。勝手に他人を誹謗する電話をかけておきながら、こちらからの電話に出ないとはどういうことだ。

「着きました」

運転手が言った。目の前に自宅が見えた。車はスピードを落として進んでいく。

「あっ」

池澤は叫んだ。

「どうしましたか」

運転手が不安げに訊いた。

「止まってくれ」

「はい」

車は自宅に到着寸前に止まった。

自宅の先に公園があるのだが、そこに男が立っている。間違いなく加藤だ。

「降りる」

ドアに手をかけた。運転手がドアを開けるために慌てて降りようとする。

「いいよ。自分で降りるから。ちょっと待っててくれ」

車を降りた。

加藤がじっとこちらを見つめている。先ほどの伝言を思い出し、少し身震いをした。明らかに加藤の立っている周辺からは暗い怒りのような空気が漂ってくる。

「加藤？　どうしたそんなところで」

ゆっくりと近づいた。加藤は身動きしない。

「さっきの伝言は、なんだよ」

加藤の前に立ち、言った。

「裏切ったな」

加藤の目が異様に赤い。充血している。

「だから何を裏切ったというのだ。訳の分からないことを言うな」

「この間の事件のことをお前、世間に言いふらしているだろう」

加藤の顔が近づき、息がかかる。

「そんなことをするはずがないじゃないか」

「じゃあ、なぜ、会社のみんなは俺の噂をしているんだ」

加藤は声を荒《あら》らげた。周囲を見渡した。自宅に招じ入れてもいいのだが、美由紀が厭な顔をするに違いない。彼女は、加藤が帰った後、本当に何もなかったのかと疑問を抱いていた。何を疑うのだと叱ったが、女性というのは、一旦、男性に不潔感を感じたらどうしようもないものらしい。

「噂になっているのか」

「俺に面と向かって言う奴はいない。しかしみんなが笑っているように見える」

「分かった。加藤、ちょっと場所を改めよう。俺も誤解を解きたい」

池澤は後ろを振り返り、運転手に合図をした。車は静かに近づいてきた。

「車か？　豪勢だな」

「テレビ局の車だ。乗れよ。どこかファミレスにでも行ってコーヒーを飲もう」

池澤は車のドアを開けて、加藤に乗るように促した。加藤は、車に乗り込んだ。疲れているのか、背もたれに体を預けて、大きく息を吐いている。

「通り沿いにファミレスがあるから、そこで降ろしてくれ」

池澤は運転手に言った。

加藤の顔を横目で見た。目を閉じ、顔を天井に向けている。肌は脂でぬめっている。顎のところには剃り残しの髭がある。どうも全体に崩れているような印象だ。銀行関係会社の社長をしている落ち着きや威厳が感じられない。

「いったいなにがあった？」

「あいつから連絡があった」

「あいつって誰だ？」

「あの刑事だ……」

加藤が池澤に顔を向けた。加藤の目を見た。それは暗い穴があいたようだった。幸人が壁にあけた穴のように思えた。

4

コーヒーを前にして加藤は押し黙ったままだ。

「加藤、俺は事件のことを誰にも話してなんかいないぞ」

加藤を睨んだ。

「野田刑事が電話をかけてきた」

「新宿署の刑事だな」

事件当夜の少し崩れた印象のある刑事を思い出した。

「週刊誌が取材に来ている。記事を書きたいと言っていたが、抑えるように苦労しているって……」

「まさか……。どこだ？　その週刊誌は？」

「『週刊タイムリー』だ」

加藤は、顔を上げた。

「ありえない」

思わず口走った。

「タイムリー」と聞いて、すぐに宮川を考えた。そして彼に加藤の痴漢行為のことを話している場面が浮かんだ。加藤から目を離し、コーヒーに口をつけた。動揺を読まれたくないと思った。

「野田が言うには、『週刊タイムリー』の記者がしつこく俺が痴漢したことや事件にしなかった理由などを聞いてきたというのだ。その電話があってから会社に行くと、心臓がどきどきして、会議中にも脂汗が出るようになった。社員の顔がまともに見られないのだ。そのうち彼らの視線が気になりだした」

加藤はそわそわとした落ち着かない様子だ。話の通り、周囲の視線を気にしているようだ。

「どう気になりだしたんだ」

池澤は訊いた。

「彼らは、あの事件を知っているということだ。誰もが口に出さないだけで知っているんだ。そして俺が偉そうに指示を出すと、この痴漢野郎が何を言っているんだとあざ笑っているに違いない。そう思うと耐えられない。この場にいる奴らをみんな殺して、俺も死ぬという気持ちになってしまう。野田刑事は、週刊誌の記事を抑えるのに苦労していると言った。記者が社員たちに取材したのかもしれない。しかし記者がなぜ事件のことを知っているのかって考えた。するとお前が話したに違いないと思った。だってマスコミに接点があるのはお前だけだ。お前を信じていたのに……」

加藤は顔を伏せた。

「おいおい決め付けるなよ」

表情が強張った。あの宮川が週刊誌の記者に話したのだろうか。なぜあの時、宮川に話してしまったのだろう。胸の痛みが伴うような後悔の気持ちに襲われた。しかしこの場に宮川のことを持ち出すわけにはいかない。もし外部に洩れたことが事実なら、宮川を池澤自身が問い詰めねばならない。

「じゃあ、誰が話したんだよ」

加藤は、泣き顔のような顔を池澤に向けた。一見して荒れている顔だ。生気が感じられない。

「社員がお前の噂でもしているのを聞いたのか。本当に知っているのか」

「お前は、俺の妄想だというのか。彼らはみんな知っているに違いないのだ。社員食堂で、通勤電車の中で誰もが俺の噂をしている。社長は、今日、道徳について話していたぜ。何が道徳だ。痴漢で捕まったくせによ……」

「加藤、しっかりしろ。それはお前の考えすぎだ。誰もそんな話をしていない」

「なぜ分かる?」

「なぜって? あの事件を知っているのは被害者を別にすれば、俺とお前だけだ。俺は話していない」

「お前の奥さん、それに野田刑事、あのクソ女だって喋るかもしれないじゃないか」

「お前は俺の女房が話したとでも言うのか。呆れた奴だ」

「奥さんは話していないかもしれない。しかし外に洩れたことは事実なんだ」

加藤は必死の形相だ。

「なぜそう言い切れるんだ」

「野田刑事から呼び出しを受けている」

「呼び出し？　新宿署にもう一度か」

「違う。歌舞伎町の喫茶店に明日の午後六時だ」

「どういうことだ？」

「野田刑事が、そこで週刊誌の記事を抑える相談をしたいと言ってきた」

「喫茶店で？」

訊き返した。

「歌舞伎町のコマ劇場の裏あたりになるが、そこに『マンソンジュ』という喫茶店があるらしい。そこに来てくれというんだ」

「マンソンジュ？　変わった名前だな」

「フランス語で嘘という意味らしい」

「嘘？　お前、からかわれているんじゃないのか」

「なぜ野田刑事が俺をからかう必要があるんだ。彼は、記者に追いかけられて苦労している。飲ませたり、食わせたりしてなんとか記事を書かないように説得してくれている。かなり身銭を切ったようだから、その分くらいは負担してくれと言うんだ」

加藤は、真剣な表情だ。

「俺も同席していいか」

池澤は言った。

加藤の顔が明るくなった。

「一緒に行ってくれるのか」

「ああ、同席する。ここまで関わりあった以上は、最後まで責任があるからな。その代わり、俺を疑うのだけは止めてくれないか」

「分かった。俺も悪かった。お前は友達を売るようなことをする奴じゃない。疑って悪かった」

加藤は謝った。

野田の態度はおかしいと直感した。なぜ新宿署の刑事が喫茶店で加藤と会わなければならないのだ。記者を抑えるために費用を使ったので負担して欲しいというのは、刑事が金を要求していることであり、問題になる行為だ。加藤は、野田の行為がおかしいと思わないのだろうか。

「とにかく早くこの問題を終わりにしたいんだ。そのために野田刑事が金がいるなら、払ってしまってスッキリしたい。最近、眠りが浅くて仕方がない。寝汗をかいているみたいだし、ウイスキーを呑まなければ眠ることができない。うとうとはするのだけれども、すぐに起きてしまう。食欲もかなり落ちた。俺、痩せたと思わないか」

「ああ、痩せたように見えるよ」

「俺たちの年で、変に痩せると癌かって言われるものな」

加藤は薄く笑った。

池澤は訊いた。

「仕事はどうだ？」

「順調じゃないな。なんだか自信がなくなってな。それに社員たちが俺の悪い噂をしていると思うと、簡単な指示もできない。頭では分かっているんだ。AかBかの選択をしなくてはいけないことをね。それもたいした問題じゃない。答えはAに決まっているんだ。だが迷うんだ。だから時間がかかって仕方がない。苛々している部下の顔を見ると、また余計に迷ってしまう。どうしてしまったんだ。あの自信たっぷりだった加藤健はどこに行った？　と自分自身に言い聞かせるのだけれども効果はない」

「疲れているんだな……」

「そうかもしれない。でも会社は順調に回っているんだ。俺が、こんなに頭を抱えているというのにさ。おかしいね。俺なんかいてもいなくてもいいんじゃないかな。いなくなっても悲しむ奴はいないだろう。以前は、もっと役に立つ男だと思っていたのだけれども、すっかり誤解していたんだな……」

加藤は、コーヒーを飲んだ。

「加藤、自信を持って、元気だせ」

加藤の中に自分を見ているような気になった。

みかわもんたの質問に逡巡して答えられなかった。幸人の思わぬ攻撃にさらされて有効な手立てが打てなかった。チーフ・ディレクターのちょっとしたアドバイスに苛々して怒ってしまった。いったいどうしたというのだ。

最近、仕事も順調にこなしている。間違いなく自信はついてきた。仕事が多く入ってくるようになり、締め切りを守るのに必死なくらいだ。それなのにどこか不安なのだ。守りに入ってしまったとでもいうのだろうか。銀行を辞めたときは、どうにでもなれという開き直りがあった。明るい気持ちでさえあった。他人は、なぜもっと我慢して勤務しないのだと思ったかもしれない。しかしそれよりも自由を求めた。そして自由を得た。

ところが得た途端に、不安に襲われることがある。それは何もかも捨てたはずだったのに、偶然にしろ必然にしろ、別の何かを得てしまったことから来るものだろうか。それらを失いたくないと思ってしまったのだ。それが不安に繋がっているに違いない。

それに時々、心の中に砂が溢れているような虚しさを感じることがある。この思いは特に最近になって強くなった。佐和子や美香と初めて会った頃は、絶対になかった思いだ。なぜだろうと考えてみる。

宮川のせいではないだろうか。彼は、佐和子や美香と付き合うことはおかしいと言った。彼女たちを疑えと忠告した。余計なことに彼女たちを調べると宣言した。何も言ってはこないが、彼のことだから調べているのだろう。

池澤のためだと言いながら、実際は、自分の好奇心を満たすだけが目的ではないのか。そのうち摑んだ事実を週刊誌に売ろうと思っているのではないだろうか。

作家の池澤彬が付き合う不思議な女二人……。ああ、なんてことだ。週刊誌の見出しが浮かんでくる。このことが面白おかしく報道されたら、それこそとんでもないことになる。宮川から一生、強請《ゆす》られ続けることにもなりかねない。そんなことも考えずに宮川に二人の調査を頼んでしまった。ああ、なんと愚かなことをしてしまったのだ。調査を止めさせよう。

「帰るよ。明日の午後六時、頼んだぞ」

加藤が立った。

「車は返してしまったぞ」

池澤は、話が長引きそうな気がしてテレビ局に車を返したのだ。

「いいよ。外で拾うから」

「コマ劇場の裏のマンソンジュだったな」

池澤は念を押した。マンソンジュ。嘘。全てが嘘であればいい。加藤の顔にはそう書いてあった。

5

池澤が帰宅すると美由紀が真っ青な顔でリビングに座っていた。

「どうした？」

「あなた、どうしたのよ。遅かったじゃないの」

「ちょっとな。番組でトラブルがあった……」

まさか加藤と近くのファミレスで会っていたなどとは言えない。

「幸人がまた荒れたのよ」

「なぜ？　俺がきちんと言っておいたのに……」

「私がね、幸人に壁の穴を指差して、きちんと直しなさい。あなたの家じゃないのよ。本当なら弁償して欲しいところだけど、自分で修繕しておきなさいって言ったのよ。当然じゃない。もう二十二歳よ。そんなことも分からない子供に育てた覚えもないし……」

「お前の言い訳はいい。それで？」

「すると、うるさいって叫んで、また壁に穴をあけたのよ。止めなさいというと、またもう一つ。私、自分が殴られるんじゃないかと怖くなって、ここに降りてきたのよ。あなたが帰って来るのを待っていたのよ」

美由紀の目が、何度も二階と往復している。息が荒い。興奮しているのだろう。

「お前が余計なことを言うからだ」

池澤は苛立ちの表情を美由紀に向けた。

「私が悪いの？ 就職も決めず、ぶらぶらしているあの子が悪いんじゃないの？」

美由紀は強気で反論してきた。気丈なのはいいが、反省もせずに反論してくるとは思わなかった。

池澤もますます気持ちが荒み始めた。

「俺が注意しただろう。それに追い討ちをかけるからだ。幸人は苦しんでいるんだよ。俺には分かる。友達が就職を決めているのに自分だけ決まらない。なぜと聞いても答えは出てこない。自分がこんなにも世の中から期待されていないのか、俺は何もできない存在だと思ってしまうんだ。俺も就職に苦労したから、幸人の思いはよく分かるんだ」

「あなたがそんなことばかり言って甘やかすからよ」

「また俺のせいか？」

「決まっているわ。そんなことより壁がぼこぼこなの。なんとかしてよ」

美由紀はヒステリックに叫んだ。

「もういい。黙っていろ」

声を荒らげた。家庭内でこんなに大声を出すことはない。

ソファに目をやった。クロがこちらを見ていた。クロを驚かせたかもしれない。

「クロ」

クロを抱き上げた。

「ごめんね。大きな声を出してね。驚いたかな」

クロは池澤の手を一生懸命舐めている。この献身振りを見ていると、やっと気持ちが落ち着いてきた。

「幸人と話してくる……」

ソファにクロを戻しながら言った。

「部屋にいるわ」

美由紀の目がつりあがっていた。興奮が収まっていないようだ。

幸人の部屋の前に立った。ドアを叩く。

「入るぞ」

中からは何も返事がない。ドアを開けた。

布団は相変わらず敷いたままだ。その上に壁紙が粉々になって落ちている。壁には穴が三つもあき、まるで両目と口をぽかんとあけた空虚な人間の顔のようだ。

「おい」

幸人に呼びかけた。昨日の夜に見せた真面目な顔はどこかに行ってしまった。横顔からは、とても二十二歳の若者には見えない。子供のようだ。ただひたすらゲームに興じている。

「聞こえないのか」

「聞こえているよ」

「ゲームを止めろ。話がある」

「そこで言ってよ。今、止められないから」

幸人は頭にヘッドフォンをつけている。それで誰か見知らぬ相手と戦っているのだろう。お前が戦う相手は、パソコンの向こう側にいる人間ではない。人生というもっと得体の知れない大きくて不気味で悪意を持った怪物だぞ。そんなゲーム相手に勝っても人生には勝てない。なかなか手ごわいからな。しかし戦わねばならない。最初から人生を放棄してしまってはならない。

幸人に言わねばならない思いが、胸の中に膨らんできた。

「今、話したい」

「だから、ダメだ。大事なところなの」

「後、どれくらいで終わるんだ」

「一時間かな」

幸人は横を向いたままだ。池澤の顔さえ見ようとしない。

「パパと話をするのがそんなに厭なのか」

「そうじゃないよ。今、大事なところだから。何回も言わせないでよ」

幸人の話が終わるか、終わらないうちに池澤はパソコンの電源ボタンを押した。虫を押し潰したような音と共に画面が真っ黒になった。

「何、するんだよ」

いきなり幸人が飛びかかってきた。幸人は身長が百八十センチ近くあり、池澤より大きい。そのまま押し倒される形で、池澤は布団の上に仰向けになった。

「殴りたかったら殴れ。それでお前の気が済むならそうしたらいい」

幸人を見上げて言った。幸人は両手で池澤の腕を押さえている。顔は怒っているものの、戸惑いが浮かんでいる。

幸人の腕の力が緩んだ。

「起きていいか」

冷静な口調で言った。

幸人は、池澤の腕を掴んでいた手を離すと、急に泣き出した。激しくしゃくりあげ、鼻水をすすり、肩を上下させている。固く握り締め、膝の上に置いた拳を涙が濡らしている。池澤は黙って幸人を見つめていた。ようやく幸人が顔を上げた。

「何か言うことはあるのか」

池澤は言った。

「壁に穴をあけたことは謝る。すぐに直すよ」

幸人は涙を手で拭った。

「どうやって直すんだ」

「壁紙を買ってきて、貼る。スーパーに売っているだろう？」

「壁の中に木で作った枠組みはどうしようもない。お前が、まともに就職をしたら直すことにする。それまでは壁の修理跡を見て、反省しなさい」

「分かった」

「まず、ママに謝れ。それから就職については、またじっくりパパと相談しよう。それまでに自分に何が欠けていたかを考えておきなさい」

「僕はダメだよ。どこも採用なんかしてくれないさ」

「諦めて、どうするんだ。お前には才能があるさ。他の人が認めなくても、パパは評価しているさ」

「パパは僕のことを評価してくれているの？」

幸人は哀しそうな目を向けた。

「当たり前じゃないか。パパが評価しないでどうする。お前には、素晴らしい才能がある。パパなんかよりずっと才能がある。それを社会に出て、試さないのはもったいないだろう」

「本当かな？」

幸人は、表情を曇らせた。

「本当だ。パパの言うことを信じろ。自信を持つんだぞ」

先ほどまで一緒だった加藤の顔が浮かんだ。自信を持てと加藤にも言った。それほど自分の生き方に自信があるのだろうか。ふと不安になった。

「鼻水が出ているぞ」

ポケットからハンカチを取り出して、幸人に渡した。幸人はそれで鼻水を拭った。

「スーパーに行ってくるよ」

幸人は立ち上がった。微笑が戻った。

幸人の部屋を出て、リビングに行った。

「大きな音がしたけど、何かあったの？」

美由紀が不安そうに訊いた。

「なんでもない。あいつ、ママに悪いことをしたと言っていた。今から壁紙を買ってきて、壁を直すそうだ」

「そうなの？　悪いことをしただなんて口先だけじゃないの」

美由紀はまだ怒りが解けないようだ。

「どうしてそんな風に言うんだ。幸人の心を信じてやれ」

苛立ちを隠さずに言った。

「あなたは子供がいつ大きくなったか知らないでしょう。だっていつも仕事、仕事って言っていたから。いつも身勝手で自分優先だったわ。私は違うのよ。あの子のいい加減なところもいいところもみんな承知している。あの子は甘えが取れなければ、一人前にはならないわ」

美由紀は激しく言った。母親の子供に対する見方は厳しい。父親はどうしても甘くなる。それは美由紀の言う通り、接する密度の違いなのかもしれない。母親は子供に対する愛情が深いだけに、今回のように裏切られたショックも大きくなる。

しかし、もうこれ以上どうしていいか分からない。甘えの強い子供に育ったのも親の責任だ。

美由紀は、それを池澤の責任だと言うが、美由紀にも責任はあるだろう。そう思うと目の前で怒りをぶつけてくる美由紀が疎ましくなった。

「もうそれ以上何も言うな。あいつの就職は俺が責任を持つ」

強い調子で言った。玄関のドアが開く音が聞こえた。幸人が出かける音だ。

(先生、ズバッ！　と言ってくれなくちゃ！)

突然、チーフ・ディレクターの声が脅迫のように池澤の耳に響いてきた。

「俺は、他人に説教するほど自信のある人生を歩んでいない。あまり責めないでくれ」

搾り出すように言った。

「あなた……、どうしたの？　何を言っているの？」

美由紀が驚いた表情で池澤を見つめていた。

曖昧な笑みを浮かべて、その場の気まずさを紛らわせようとしたが、周りの景色が、砂山のようにさらさらと崩れていくのをじっと眺めていた。

第七章　虚実

1

歌舞伎町は最近、風俗店が撤退しているという。石原都知事のお声がかりで歌舞伎町の違法風俗の摘発を厳しくしているからだ。

世界中に「カブキチョウ」という風俗地帯の名は轟いている。この街では多種多様な風俗が現れては、消え、また現れる。その逞しさがこの街の魅力だったのだが、最近は本当の無法地帯になりつつあった。日本のヤクザが仕切っているときは、それなりの秩序があった。しかし中国、台湾、東南アジアなどのマフィアが表に出始めると、もう手がつけられなくなってきていた。そこで家族でも遊べる歌舞伎町を目指して、ヤクザやマフィアを追放することになった。

池澤は久しぶりにコマ劇場への通りを歩いていた。健全化したとは信じられないほどのけばけばしいネオンや看板が所狭しとビルを飾っている。

腕時計を見た。もうすぐ六時だ。急がなくてはいけない。通りの人たちを縫うようにして急ぎ足で歩いた。

「コマ劇場の裏手にある喫茶店だったな。名前はマンソンジュ」

周囲にはホストクラブの看板が目立つ。歌舞伎町に詳しい友人が嘆いていたことがある。最近は男性相手の風俗が減少したが、ホストクラブがやたらと増えた。おかげで明け方にホストに肩を抱きかかえられて、ふらふらになって街を歩いている中年の女性を多く見かけるようになった。女性の懐が豊かになったのかもしれないが、とても見ていられない。これだったら男性相手の風俗店が多いほうが健全なような気がする。彼は、こう言って顔を歪めた。

髪の毛が長く、細身でどこかだらしないような若者の写真が並んでいる看板を見つめていた。

自分の息子くらいの年の若者にかしずかれて高級な酒を呑まされて喜ぶ女たち。ふと美由紀のことを思った。美由紀も幸人と同年代の若者が、自分の言いなりになれば快感を味わうのだろうか。自分の息子が反抗的なだけに……。

「あった」

大きな看板の下に蔦が絡まっている古びた喫茶店を見つけた。その店の軒先で、木製の小さな看板が風に揺れている。

「Mensonge」。その看板の文字は「マンソンジュ」と読める。

店の前に立った。小さな入り口がある。ガラスをはめ込んだドアだ。手前に引いて開けるようになっている。

歌舞伎町の喧騒から、この店だけが取り残されてしまったような風情だ。ビルの一室ではなく、小さな一軒家だ。遠い昔からあるような店だが、こんな店がここにあったことは知らなかった。

ドアを開けた。カランと鐘が鳴った。ほのかな電球の明かりが内部を照らしている。カウンターの中からマスターらしき人物が見ている。挨拶はない。店は、たいした広さではない。数人が並んで座れるカウンター席と、テーブルが幾つかあるだけだ。

「おい、ここだ」

店内を眺めている池澤に声がかかった。声の方向を見ると、加藤が手を上げている。店の隅の席からこちらを見ている。

「まだ来ていないのか」

緊張した顔で野田のことを訊いた。

「まだだ。もうすぐ来るだろう」

加藤は不安げに入り口に何度も視線を送った。

痩せたというよりやつれた感じがする。どことなく背広がだらしない。かつては触ると手が切れそうなほどしっかりとついていたズボンの折り目が、膝の辺りで消えかかっている。

「疲れているな」

「たいしたことないよ」

「眠れるのか」

「あまり眠れない」

加藤は、曖昧に笑った。

「コーヒーをください。ブレンドでいいです」

カウンターのマスターに言った。ここはウエイターもいない。

「へんな店だな。注文も取りに来ない」

「お絞りも水もセルフサービスだよ」

加藤は、カウンターの端にある給水器とお絞りタオルを入れた小型の冷蔵庫を指差した。

「取ってくるよ」

池澤は、立ち上がった。

鐘が鳴り、ドアが開いた。野田が入ってきた。サングラスをかけ、上着は着ているが、ネクタイはしていない。

「その節は……」

野田に軽く低頭した。

「なんだ、あんたもか」

野田はサングラスを外し、背広の胸ポケットにしまった。

野田は、マスターに「コーヒー、いつもの」と言うと、真っ直ぐ加藤のところに歩いてきた。

池澤は、冷蔵庫からお絞りタオルを三本取り出した。水は自分の分だけをコップに入れた。野田の分も用意することはないだろう。

「お絞り」

野田の前に置いた。

「おお、ありがとう」

野田は、お絞りタオルを開き、顔に当てて、ふーっと大きく息を吐いた。音が出るほど強く顔を擦った。

夜の新宿署で会ったときには頼もしい刑事に見えたのだが、今は違う。とても刑事には見えない。先ほどまで歌舞伎町にたむろしていたチンピラのようだ。

「彼の事件が週刊誌に出るという話だが……」

池澤は切り出した。

「加藤さんから、聞いたの?」

野田はソファの背もたれに両手を広げた。

「話しました」

加藤が言った。

「マスター、水も頂戴」

野田はカウンターに声をかけた。野田にはセルフサービスでないようだ。

マスターが池澤にコーヒーを、野田にコーヒーと水を運んできた。

「困ったことになった」

野田は、コーヒーを口に運んだ。上目遣いに、加藤の様子を眺めている。

「説明してください。どこが来ているんですか。どこから情報が洩れたのですか」

加藤が焦った様子で、野田に迫った。

「これだよ」

野田は、背広の内ポケットから名刺を取り出してテーブルに並べた。

「あっ」

池澤は思わず声を上げた。

「なんだい？　知っている記者でもいるのか」

野田が疑い深そうな目を向けた。

「いや」

池澤は否定した。

「これが野田さんのところに来たという記者ですか」

加藤が訊いた。

名刺は三枚あった。全て『週刊タイムリー』のものだった。その中の一枚が宮川龍二の名刺だった。

「どこから情報を手に入れたか知らねえが、こいつらがお前さんの不祥事を記事にしたいと裏づけ取材に来たのよ。俺は、知らないと言ったし、書くなと強く言った」

「なんとかなるのでしょうか」

加藤は、すがりつくように野田に顔を向けた。

「こいつらに食わせたり、呑ませたり、結構、金がかかってな」

野田は言った。

2

野田は、痴漢行為をされたと訴えてきた女性を納得させ、事件にしないようにうまく処理をした。

ところがしばらくして電話がかかってきた。『週刊タイムリー』からだ。先方の記者が会いたいと言う。そこで野田は会った。記者は、『週刊タイムリー』の菊池と名乗った。テーブルの上に彼の名刺がある。

記者は、事件の細かいところまで知っていた。誰から聞いたのだと問い詰めても何も答えない。情報源の秘匿だと言う。野田は、事件そのものを必死で否定した。

「ありがとうございます」

加藤が、テーブルに頭を擦りつけた。

「それで記者も記事にしないと言ったのですか」

池澤は訊いた。

「そこまで簡単じゃなかった。否定はしたが、書くと言う。取材して、いずれ本人にも会うつもりだと言った」

野田は、加藤に視線を送った。

「私の会社に来るのか！　いや、来たに違いない。だから会社のみんながあんな目で俺のことを見るのだ」

加藤は怯えたように言った。

「会社にまで取材に行くのは、止めてやれと俺は言った。記者とはいろいろな話をして、意気投合したからな。ちょっと遊びに行くかと言って、馴染みのソープに連れて行き、その後少し呑ませたりしたんだ」

野田は笑って、煙草に火をつけた。

「ソープですか」

加藤が訊いた。

「結構、そいつ、好き者でね。それで俺が、これからも仲良くやろうぜと言ったら……」

野田はにんまりと口角を歪めた。

「私のことを記事にしないと言ってくれたのでしょうか」

「そう結論を焦るな。俺が時々、面白い事件のニュースを教えてやれば記事にしないと言ってくれた」

野田の言葉に加藤は、満面に笑みを浮かべて、池澤を見た。

「本当に感謝いたします」

加藤は、また深く頭を下げた。

「それで時々、そいつと呑むようになってな、この間は、エリートサラリーマンが会社の仕事で悩んで、続けて三件も鉄道自殺しやがった。また同じようにエリートサラリーマンが、路上で幼稚園児を羽交い締めにした話とかを教えてやったよ。あいつ喜んでね」

「その記事なら読んだことがあります。今週の『週刊タイムリー』に出ていました。羽交い締め事件は……」

加藤は、すっかり野田の話にのめりこんでいる。

「読んだか。あれのネタ元は俺だよ。しかしなんだな……。最近のエリートサラリーマンは壊れまくっているな」

野田は煙を池澤に向かって吐いた。

「相当、ご迷惑をおかけしました」

「いやあ、それほどでもないけどね。でも俺も生活が苦しい中、いろいろやったわけだよな。だから実費くらいは負担してもらわねえとなと思ったわけさ」

「勿論でございます」

加藤は間髪いれずに答えた。

「たいしたことねえよ」

野田は、煙草をもみ消した。まだ少ししか吸っていない。

「いかほどでございましょうか」

「十万だな」

野田は、軽く手を広げた。

「十万！」

池澤が声を出した。

野田が、唇に指を当てた。黙れという指示だ。

「分かりました。それでよろしいのでございますね」

加藤は、財布を取り出して、中を点検した。

野田が、また新しい煙草を咥えた。視線は、加藤の財布で止まっている。

「すみません。今日は、あいにく八万円しか持ち合わせがありません。おい、池澤、二万円、貸してくれないか」

加藤が言った。表情には焦りが出ていた。早くこの問題から逃げ出したいという思いが溢れていた。

「おかしい」

池澤は、加藤を見つめた。

「なんだって？」

加藤が、一万円札を握り締めた手を止めた。

「これは恐喝じゃありませんか？　いずれにしても警察官のやることじゃないでしょう」

野田に言った。

「池澤！」

加藤が焦っている。

「なんだと？」

野田が、目を大きく見開いて、怒りを顕わにしている。

「事件を抑えたからと金を要求するなど、警察官がやっていいことではないでしょう。野田さん、上の人に言えば、即刻、首になりますよ」

「なんだと。お前、俺が恐喝しているというのか。俺は実費だけをくれって言っているんだ。チクりたいなら好きにやれよ」

野田はまた煙草をもみ消した。

「池澤、いいんだ。俺の問題なんだ。何も言わずに二万円、貸してくれないか」

「これは強請りだぞ。加藤、ここにある名刺も嘘だ。この宮川は知っている記者だが、今は『週刊タイムリー』ではない。『現状』に移っている」

宮川の名刺を摘んだ。

「てめえ、俺のことを強請り呼ばわりするのか」

野田が血相を変えて、体を乗り出してきた。

「警察官はこんなことをしない。すれば犯罪だ」

「もういいよ。池澤、黙っていてくれ。野田さん、すみません、今はこれしか持ち合わせがありません。残りは振込みでもなんでもしますので、今日は勘弁してください」

加藤は、八万円を握り締めて野田に差し出した。

野田は、その手を思いっきり撥ね除けた。

「てめえ、俺の言うことは嘘だって言うのかよ」

野田が池澤に向かって叫んだ。

「彼は、私の担当だ。今は『週刊タイムリー』ではない」

「何か？　俺が古い名刺を持ち出して、小道具に使っているとでも言うんだな」

「そうだ」

池澤は大声で言い切った。

「こいつが古い名刺を持ち出して、俺に接触してきたらどうなんだ？　ははん……。てめえだな、この記者に話したな。だからこいつが来たんだよ。古い名刺を持ってな。図星だろう！」

野田が池澤の襟首を摑んだ。

池澤は、苦しい息を洩らしながら、野田の視線を避けている自分に気づいていた。

3

マンソンジュの中は、サイホンの中の湯がぶつぶつと沸騰する音だけが聞こえていた。それがかえって静けさを増しているようだった。

加藤は、テーブルに顔を埋めるようにして俯いている。かなりの長い時間、凍ってしまったかのようにピクリとも動かない。

池澤は、腕組みをしたまま加藤の薄くなった後頭部を見つめていた。

加藤が、ようやく顔を上げた。池澤を見つめる目に怒りが浮かんでいた。

「どうして野田を怒らせたんだ」

「どうしてって……」

「たかが十万じゃないか。それをくれてやれば、あいつは怒らなかった」

「だが、野田のやっていることは犯罪だ。刑事が脅して金をむしり取ろうとするなんて、言語道断だよ」

「何を正義漢ぶっているんだよ。雑誌に書かれてしまったらおしまいだろう。それで俺の人生は終わってしまうんだぞ。人生を十万円で買えれば、安いものじゃないか」

加藤は池澤を責めた。

野田が帰っていくときのことを思い出していた。野田は全身から怒りを発散させていた。加藤が、再度八万円の札を無理に野田に握らせようとした。ところが野田は、加藤の手を思いっきり撥ね除けた。

「いらねえよ。俺を強請りやたかりと同じように思っている奴から受け取れるか」

野田は大声を張り上げた。

「そんなことは思っていないです。なっ、池澤、そうだろう」

加藤は乞うような目で池澤を見つめた。

「強請りだとかは思っていないが、野田さん、あなたのやっていることは、僕が署長に言えば、確実に問題になる」

池澤は言った。

「なんだと、俺のことを署長にチクろうてのか。そんなことをしてみろ。許さねえぞ。お前、俺のことを甘く見ているな。お前にだって他人に知られたくないことの一つや二つはあるだろう。そんなことは俺の手にかかれば、すぐに暴き出してやる。覚悟してやがれ」

野田の鼻息が顔にかかった。

「野田さん、記事は、記事はどうなるのですか」

加藤は言った。

「知らねえよ。そんなもの。俺が親切でやったことだ。もうどうでもいいや」

野田は、言い放った。ドアのところまで行くと、野田は振り返った。

「池澤さんだったな……。そのコーヒー代くらいは払っておいてくれよな。まあ、せいぜい気をつけるこったな、自分の周りをね」

野田は、池澤に微笑みかけた。背筋が寒くなるのが分かった。

「もし記事が出たら、お前のせいだぞ」

加藤は言った。目がつりあがっている。

「大丈夫だよ。あれは野田の戯言《たわごと》だ」

「なぜそんなことが言えるんだ」

「野田は、間違いなく古い名刺を持ち出して、こんな記者が来ていると言っているんだ。あれは、過去に取材を受けたときにもらった名刺さ」

「でもわざと古い名刺を出すこともあるかもしれない。野田の言っていたように……」

「それはありえない。記者は自分の身分だけはしっかり名乗るものだ。そうでないと後日、騙したことが分かれば大問題になる」

落ち着いた口調で話した。加藤の動揺を抑えるためには、自信を持って断言する以外にない。

「池澤、お前、あの名刺の記者を知っているって言ったよな」

「ああ、宮川というんだ。僕の担当だ」

「本当に何も話していないな」

加藤の目が据わってきている。

「疑うのか。お前、妄想しすぎだ」

ぎこちなく笑った。

「会社のみんなが知っているのも妄想だというのか」

「事件のことは誰も知らない。誰にも知られていない」

加藤は、立ち上がった。ゆらゆらと揺れているようだった。

「大丈夫だ。自信を持つんだ」

「本当に、誰にも知られていないな」

加藤は、念を押した。

池澤は強く頷いた。

外は暗い。すっかり時間が経ってしまったようだ。一杯呑んでいこうかという誘いを断って、加藤は帰った。

池澤は、歌舞伎町の通りを新宿駅方向に歩いていた。

通りには人が溢れている。これだけの人が何を目的にして、ここに集まっているのだろうか。ここでは、酒を呑み、歌を唄い、性欲を処理することができる。昔から変わらぬ歓楽街の役割だ。

人々の顔を眺めていた。彼らの表情には孤独や焦燥感が浮き出ているような気がした。何かに繋がっていたい。それを確認したい……。

「遊びませんか」

ふいに池澤の前に手が伸びてきた。男が女性の写真のちらしが入ったティッシュを渡してきた。

「ありがとう。いいよ」

ティッシュを受け取りながら言った。

男の背後に何か気になるものが見えた気がした。慌ててもう一度、そこに視線を合わせた。

しかし何もなかった。

「いい子がいますよ」

男は、池澤が反応を示したのかと思って、食い下がってきた。

「けっこうだ」

足を速めた。

確かにあいつだ。間違いない。煙草を咥えて、鋭い目でこちらを見ていた。薄ら寒い思いがした。野田の姿が視界に黒い点のように飛び込んできたのだ。

お前にだって他人に知られたくないことの一つや二つはあるだろう……。

野田の言葉が蘇ってきた。

「俺をターゲットにしているのか」

暗く憂鬱な気分に落ち込もうとするのを必死で堪えた。

4

「お帰りなさい。あなた宮川さんが電話をくれたって」

美由紀が言った。

「宮川が？」

池澤は答えた。

「夕食は？」

「いらない」

食欲がなかった。

「何か食べてきたの？」

「そうじゃないけど、ちょっと疲れた」

ジャケットを脱いで美由紀に渡した。

「あなた歌舞伎町に行っていたの」

美由紀がジャケットをハンガーにかけながら言った。驚いた表情を美由紀に向けた。

「ああ、そうだけど。言ってなかったかな。加藤から呼び出されたって……」

緊張した声で言った。

「ここになんだかけばけばしいポケットティッシュがあるからよ」

「それは歩いていてもらっただけだ」

ティッシュを手で弄んでいる美由紀を見ていた。歌舞伎町にいたことをどうして美由紀が知っているのだろうと考えすぎてしまったようだ。

「そう、でも歌舞伎町で待ち合わせだなんて、加藤さんもセンスないわね」

「どうして？」

「だって銀行の子会社の社長さんでしょう。銀座とかにいくらでも行きつけの店があるんじゃないの」

美由紀は、ティッシュをテーブルの隅に置いた。

「そうでもないみたいだよ。どこも厳しいらしい」

美由紀は、曖昧に頷いた。ひょっとしたら加藤と二人で歌舞伎町の性風俗か何かで遊んできたと思っているのかもしれない。

「まさか……」

野田の顔を思い出した。野田が美由紀に電話をして、ありもしないことを吹き込んだとしたら……。

自分が妄想の虜になってしまったかのように思えてきた。

(暴き出してやる。覚悟してやがれ)

再び、野田の声が聞こえてくる。

野田は、どうして通りに立って、こちらを見ていたのだろうか。まさかとは思うが、自分を尾行している?

「あなた、人間ドックに行ってね。やっぱり顔色が悪い気がする。遊ぶのはいいけど、ほどほどにしてね」

美由紀は言った。声が暗い。

「俺は歌舞伎町で加藤と待ち合わせをして、相談を受けて、帰ってきただけだ。邪推するな」

思わず声を荒らげた。

「なに、興奮しているのよ」

美由紀が笑った。

「お前が、妙なことを言うからだ。風呂に入る」

「宮川さんの電話は？」

「後でいい」

怒ったように言い捨てて、風呂に入った。

湯船に体を沈める。いつもは心地よさに目を閉じるのだが、今日は不愉快さが込み上げてくる。なぜだか分かっている。加藤の相談に乗ったおかげで野田には恨まれ、加藤には疑われることになった。それに美由紀までもが、ティッシュごときで疑い深い目つきで見るようになった。

「そもそもはあいつが悪い」

池澤は、朝毎テレビのチーフ・ディレクターの顔を思い出して、呟いた。

あのチーフ・ディレクターが、まるでテレビに不向きのようなことを言い始めてからおかしくなった。もうあんな番組、こっちから願い下げにしてやろうか。

湯船に体全部を沈めた。このまま息を止めていれば、そのうち気を失って、楽になるようだ。空気がなくなるぎりぎりのところまでは苦しいが、そこを過ぎると軽くなり、ハイテンションな気分になるらしい。しかしこんなことは誰が言ったのだろう。水死した人間が、苦しいのは最初だけだ、それを我慢すれば、次に訪れるのは快感だ、などとお告げでもしたというのか……。

ぶくぶくと泡が上っていく。苦しくなってきた。ここだ。ここを我慢するのだ。そうすれば天国が待っている。

「ぷはっ」

湯の面に顔を出し、思いっきり息を吸い込んだ。

「ちきしょう。だれも彼もが、俺に悪意を抱き始めやがった」

大きな湯音を立て、湯から上がった。

濡れた体にタオルを巻いて、リビングに行く。頭から水が滴り落ちるのをハンディタオルで受け止める。

「ちゃんと拭いてよ」

美由紀がヒステリックに叫ぶ。

「ビール」

無視してビールを要求した。どうしても苛々した感情が抑えられない。

美由紀が、缶ビールとグラスをテーブルに置いた。

「幸人は？」

プルトップを引きながら訊いた。

「部屋にいるわよ」

美由紀が不機嫌そうに言った。

「就職活動には出かけていないのか」

「知らないわ。行っていないんじゃないの」

「お前、母親だろう。どうしてもっと関心を持ってやらないんだ」

「関心ないんだもの。あの子がどうなろうと、あの子の責任よ」

美由紀は突き放したように言う。

「それ、本気で言っているのか。あの子が一番苦しんでいるときに一緒に苦しんでやるのが、母親じゃないのか」

興奮を抑えるように缶ビールを口に運んだ。グラスに入れることはしなかった。

「何を苦しんでいるというのよ。あなたに怒られても、ちっとも変わりはしないわ。壁紙は貼ったけど、めちゃくちゃよ。あなたの前ではいい子の振りをしているけど、あいかわらず朝は、いつ起きるか分からない。心配して部屋を覗くと、ゴミ箱をひっくり返したような中でやっぱりゲームばかりしている。声をかけると『うるさい！』。あなたは原稿を書いたり、仕事で外に出ているからよく分からないのよ。あの子はちっとも苦しんでなんかいないわ！」

美由紀は池澤を睨むように見つめた。

「人生の岐路で苦しまない奴はいない。みんな苦しむんだ。幸人も苦しんでいるんだ。それを分かってやれ」

負けじと声を大きくした。

「だったら、あなたは家にいるんだから、もう少し幸人と接触してよ。あなたこそ部屋に閉じ籠って、自分勝手な原稿書きに逃げ込んでいるだけじゃないの」

美由紀が顔を歪めて、なじった。

「なに！」

池澤の手から缶ビールが美由紀にめがけて放たれた。それは白い泡を空中に流しながら、美由紀を狙い定めて飛んでいく。

5

「悪かった」

池澤は、リビングのフローリングの床に転がったビールの缶を拾い上げた。

美由紀は、目を大きく見開いたまま、その場に凍りついたように立っていた。

缶を握り潰し、ダストボックスに入れた。

「ふきんはどこだ？」

「そこ」

美由紀はキッチンを指差した。

ふきんを手に取ると、床を拭きはじめた。

「私がやるわ」

「いいよ。俺がしたことだ」

床に広がったビールを集めるように拭いた。ふきんはすぐにビールを吸い込んで重くなった。キッチンでふきんを絞ると、ツンとアルコールの臭いが鼻についた。

「そうそう言い忘れたわ。叔父さんから電話があったわよ」

「叔父から？　なんだって？」

「実家の維持費用の負担分を送ってこいって」

実家の両親の世話を叔父夫婦に頼んでいる。母は元気なのだが、父は少しずつ認知症が出はじめているらしく介護を必要としていた。そうした父母に関係する費用や実家の諸経費を池澤が負担し、定期的に叔父に送金していた。

「いくらだ？」

「今回も百万円よ」

美由紀は、小さな声で言った。

「送っておいてくれよ」

池澤は、床を拭きながら言った。美由紀の顔を見る勇気はなかった。嫌な顔をしているのが分かっているからだ。

「でも……」

「でもなんだ？」

池澤は僅かに棘を含んだ言い方をした。

突然、美由紀が泣き出した。

「どうしたんだ」

池澤は、ふきんを持ったまま立ち尽くした。

「だって、叔父さんが命令調で言うのよ。当然のことのように……」

「仕方がないじゃないか。いろいろと面倒を見てくれているのだから」

「あなたはいつもそう言うのね。仕方がない、仕方がない、それぱっかり」

「おいおい、缶ビールのことは謝るよ。もうそんなに突っかからないでくれ」

「でも百万円よ。うちにとっても大変なお金なの。幸人だって、あんな調子だしね。それに半年前も百万円送ったのよ」

「認知症になりはじめているから、金がかかるんだろう?」

「だったら明細をもらってよ。面倒見ている、見ているっていったって病院に任せっきりなのよ。それでお金を払うなんておかしいじゃないの」

美由紀は、激しく言い募った。涙を流したおかげで吹っ切れたように池澤に言葉を浴びせ始めた。

「叔父が両親の面倒見るから、費用は負担すると約束したんだ。もうその話はいい」

「だったら明細をもらってよ。半年に一回、百万円を取られるなんておかしいわ」

「叔父がごまかしているような言い方だな」

眉根を寄せた。

「ごまかしているとは言わないわ。はっきりさせて欲しいのよ。どれくらいかかって、うちがどれくらい負担しているのかをね。うちの父はあなたになにも迷惑かけずに死んだわ」

美由紀の父は、数年前に亡くなった。心臓発作であっという間だった。長く患うこともなかった。美由紀はそのことを言っている。

「面倒を見たくても亡くなってしまったんだから、僕の両親と比較しても仕方がないだろう。お前もお母さんに仕送りすればいいじゃないか」

「仕方がないばかり言って……。そんな余裕があるわけないじゃないの」

美由紀は怒りに顔を膨らませている。

「金で解決できているんなら、いいじゃないか。叔父も苦しいんだよ。田舎じゃ仕事もあまりないからな。今度、ちゃんと訊いておくから、今回は送ってくれ」

「今度、今度っていつも先送りじゃないの。きちんと入院の明細を訊いてくれないなら、送らないわ」

美由紀は、池澤を睨むようにして言った。

「いい加減にしろ」

右手が、美由紀の頰に飛んだ。破裂するような音がした。美由紀が、真っ赤な顔になって、頰を押さえた。

初めてだ。

池澤は、右の手のひらを見た。ほんのり赤くなっている。美由紀に手を上げるなどということは結婚以来、初めてのことだ。

美由紀を見た。美由紀は、泣いてはいない。その目には怒りも悲しみも浮かんでいない。空虚と表現すべき目だ。

「分かりました。送っておきます。もうなにも言いません。あなたがお仕事なさったお金ですものね。あなたいつまで裸でいるつもりなの」

美由紀は言った。

そのとき自分がタオルだけでいることにやっと気づいた。それまでは興奮して気づかなかった。

「ああ、着替えてくるよ」

二階の自分の部屋に服を取りに階段に足をかけた。

階段の上から幸人が見ている。

「随分、騒がしかったね」

幸人が言った。

「ああ、聞こえたか」

「まる聞こえだよ」

幸人が少し笑った。

「お前が喧嘩の原因だぞ。お前はどうしてママとうまくやれないんだ」

「分かっているよ」

幸人を連れて一度呑みに行こうと思った。

「困ったら、俺に言え。仕事をなんとしてでも見つけてやるから」

「ありがとう。相談するよ。それより早く着替えたら」

幸人は自分の部屋に消えた。

ようやく救われたような気分になったが、美由紀の怒った顔を思い浮かべると憂鬱だった。

田舎の老いた両親のことを考えた。すべてを叔父に任せている自分が悪いという負い目から、叔父の言いなりになっている。

美由紀は、そういう言いなりになっている池澤を責めるが、他にどんな選択肢があるというのだろうか。老いた両親という現実を直視しないでいるのは池澤の方だ。本来は、子としてその現実に向き合わなければならない。

それにしても多くのことが、襲ってくる。五十歳代というのは、そういう年齢なのだろう。天命を知るはずだが、これでは何もかもを天命に預けてしまって、楽になりたいという誘惑に駆られてしまいかねない。

「そうだ。宮川に電話しなくては」

急いで着替え始めた。

6

池澤は、目の前に携帯電話を置いたまま、それをじっと見つめていた。

部屋のドアは閉めた。外に声は洩れないはずだ。

宮川に電話しなくてはならないのだが、腹が決まらない。抑えようとしても次から次へと問題が噴出する。まるで今まで我慢していた土の中に眠る芽が一斉に花をつけ始めたようだ。花のように美しく心を慰めるものならいいが、それらはどれ一つとっても心を慰めるものではない。むしろざわつかせ、苛つかせる。おそらくここで宮川に電話すれば、その気持ちはさらに強くなるだろう。

「宮川が電話してきたということは、彼女たちについて何か分かったに違いない」

一人呟いた。

ここで宮川に電話すれば、新たな問題の渦中に自分を投じることになるのではないだろうか。

「なるようにしかならない」

自らに言い聞かせるようにして、携帯電話を取った。

「遅かったですね」

呼び出し音の後に、いきなり宮川の声が飛び込んできた。

「ごめん。ちょっとばたばたしていたから」

「いろいろお忙しいから」

「なんだか嫌な言い方だな」

「気にしすぎですよ。今から出て来られますか」

「えっ。今から？」

「今からですよ。まだ、八時になったところですよ。作家なら宵の口でしょ」

「もう風呂に入ってしまったよ。今からじゃないといけないの？　重要な話？」

徐々に緊張していくのが分かった。宮川は、佐和子と美香の情報を何か掴んだ。それを伝えるつもりなのだ。

「たいした話じゃありませんが、先生の耳に直接お入れした方がいいかなと思ったのです。電話では誰が耳をそばだてているか分からないでしょう」

そう言えば、宮川は一切、彼女たちの名前を口にしない。まさか盗聴を警戒しているのだろうか。

「女房が怪しまないかな。こんな時間に出かけると言ったら……」

「宮川と出かけたって怪しいと思いませんよ」

宮川は笑った。

「分かった。どこへ行けばいい？」

「どこにしましょうかね？」

「マンハッタンにしようか？　あそこならこの時間からでも静かに話せる」

「では私もこれから参りますから、九時半に……」

宮川は電話を切った。

宮川は何を話したいのだろう。会って話したいというくらいだから、かなりの情報なのか。胸騒ぎがする。

「ちょっと出かけるぞ」

階下にいる美由紀に言った。何も返事がない。聞こえないのかもしれない。今度は大きな声で言った。それでもなにも応答はない。

「むしゃくしゃするなぁ」

階段を降り、リビングに行った。

美由紀はテレビでバラエティ番組を見ていた。タレントたちの莫迦笑いの声がうるさくて、池澤の声が聞こえなかったのだ。

「出かけるぞ」

声をかけた。

美由紀は、テレビのボリュームを小さくした。

「なんですって？　出かけるの？」

「宮川が急用らしい」

「宮川さんが？　こんな時間に呼び出しって、何よ」

美由紀はあからさまに不機嫌な顔をした。

「分からないよ」

渋い顔で答えた。

「分からないってこと、ないでしょう。あなたは作家よ。その作家がこんな時間に自宅から呼び出しを受けるなんて、変よ。それでどこへ行くの」

「銀座だ」

「今から、銀座？」

美由紀は池澤の目を覗き込んでいる。

「着替え出してくれ」

「嫌よ。あなた浮気しているのね」

美由紀は、押し殺した声で言った。

「何を言い出すんだ。くだらないことを言わないで、早く着替えを出せよ」

「この間から、やたらと宮川さんと会うでしょう。おかしいなと思っているのよ」

「いい加減にしろ。早くしてくれ」

苛々を顔に出した。

「はっきりして。浮気しているのなら、そう言ってよ。私にも覚悟があるから」

美由紀の目が真剣になっている。

「疑うなら、宮川に電話してみろよ。これから、マンハッタンで会うことになっているから」

「確認は取らないわ。あなたが宮川さんと口裏を合わせていることだって考えられるものね。女房から聞かれたら、こう答えろ、などと決まっているんじゃないの？」

このままだとまた美由紀を殴ってしまうかもしれない。今日は、自分が荒んでいるのが自覚できる。興奮気味になってきた美由紀を警戒しながら見つめていた。

「もういい。勝手に着替えるから」

再び自分の部屋に入った。

「本当に、仕事なのね。後ろ暗いことはなにもないわね」

美由紀の叫ぶ声が、池澤の背中を追いかけてきた。

その声を振り払うように駆け足で階段を上った。

美由紀は、女性独特の勘というもので、佐和子や美香のことに気づいている、あるいは疑っているのだろうか。

いつもならしっかりしているはずの美由紀が、あれほど取り乱しているのは、池澤が他の女性と関係しているという証拠のようなものを見つけたのだろうか。

パソコンのメールやパレスホテルの小物類など、美由紀に何かを推測させるようなものは、全て美由紀の目に触れないように気をつけているつもりだ。落ち度はない。

「考えすぎだぞ」

自分を鼓舞するように頬を両手で叩いた。

7

「疲れていますね」

マスターが、グラスにビールを注ぎ入れながら言った。

マンハッタンに客は、池澤一人だった。

「こんな時間に家を出てきたものだから、女房とひと悶着あってね」

眉根を寄せて、ビールを呑んだ。

「それはいけませんねぇ。奥さんは大事にしないと、たたりますよ」

マスターは微笑した。

「どうして女は疑り深いのかな」

「好奇心に負けてパンドラの箱を開けてしまいましたからね」

「女は禍の元って言いたいの？」

力なく笑った。

「私も苦労していますから」

マスターも笑った。

背後でドアが開く気配がした。振り向くと、宮川がいた。重そうな紙袋を持っているところを見ると、仕事帰りのようだ。

「遅れてすみません」

宮川は言った。

「いや、俺も今着いたところだよ」

グラスを掲げた。

「僕も、ビール、もらおうかな」

宮川が言った。

マスターが、カウンターに冷えたグラスを置き、ビールを注いだ。

「まいったよ」

宮川とグラスを合わせた。

「どうしました？」

宮川が訊いた。

「女房が、こんな時間に銀座に行くなんて浮気しているんでしょうと怒り出してね」

「珍しいですね。しっかりしている奥さんなのに……。僕に電話をかけるように言ってくださればよかったのに」

「君が信用ないんだよ。電話をしても示し合わせているかもしれないからと言うんだ」

「でも疑われているうちが華ではないですか。お互いが無関心になったら、もう終わりですよ」

　宮川は、グラスのビールを呑み干した。

　言われてみれば、その通りかもしれない。美由紀から完全に無視されるのも辛い。しかし彼女の嫉妬が愛情から生まれるものか、それとも所有欲から生まれるものかは定かではない。

「ところで、わざわざ呼び出したのはなにがあったの？」

　少し警戒しながら訊いた。

「例の調査の中間報告です」

　宮川の手の中のグラスは、いつの間にかウイスキーに替わっていた。

「なにか分かったの」

「今のところは、全然、と言っておいた方がいいでしょうね」

「だったらなぜ呼び出したのさ。おかげで俺は女房と戦争だ」

　池澤もウイスキーを頼んだ。

「それは先生が、現実に浮気をしておられるわけですから、僕のせいではないでしょう」

　宮川はちらりと皮肉な視線を投げた。池澤は、黙ってグラスを空けた。

「彼女は、あの日、ホテルから出てきませんでした」

「あの日って？」

「パレスで僕が張り込んでいたときですよ」

「佐和子と会っていた日だな」

池澤は、皇居の森を窓越しに眺めながら、佐和子を背後から抱いたことを思い出した。自分のものが、佐和子の深いところで、固い何かに鋭く刺激された。その快感が思わず蘇ってくる。

「あの日、かなり遅くまでホテルのロビーで監視していましたが、一度も彼女たち、佐和子も美香も見ませんでした」

「泊まったのか」

「そうかもしれませんが、泊まり客に山本佐和子、あるいは旧姓の香川佐和子という名はありませんでした」

「偽名を使っているのかな」

「それはまだ分かりません。先生の話だと、よくパレスホテルを使っているという話でしたね」

宮川は横目で池澤を見た。

「ああ、定宿にしていると言っていた」

池澤は答えた。

宮川は、メモを取り出して、何かを書いた。

「何、書いたの？」

「気のついたことや、やらなくてはならないことを書いています」

「でも偽名なんか使うのかな」

嫌な気分になった。ますます分からなくなってきたからだ。山本佐和子、美香が本名であれば、その名前がホテルの宿泊者リストになければ、偽名で宿泊しているということになる。しかし池澤が知っている名前そのものが偽名だったら、本名で泊まっているのかもしれない。

「さあ、分かりません。いずれにしてもなんとか手を尽くして聞きだしたところ、山本佐和子、美香という宿泊客はいないということです」

池澤は、ウイスキーを呑み干し、グラスをマスターに差し出した。

「なあ、宮川……」

重々しい口調で言った。カウンターには、ウイスキーを注がれた新しいグラスが置かれた。

「なんですか？」

宮川が池澤に振り向いた。

「この調査、中止しないか」

池澤は呟いた。

「なぜですか？」

宮川は戸惑った様子を見せた。

「何も意味がないように思えるんだ。俺は佐和子と美香との関係を続けたいし、大事にしたい。向こうだって悪意があるようには思えない」

「今のところは、ですね」

宮川は皮肉っぽく言った。

「君は、いずれ悪意が現れるというのか」

「そんなこと分かりません。だから調べるんじゃないですか。担当編集者として先生が変なスキャンダルに襲われないように万全を期すのみです」

宮川は、おどけた調子で、敬礼をした。

「彼女たちを疑えと君に言われてから、あまり調子よくないんだよ。正直言ってね。疑わないで流れに身を任せていたほうがいいような気がしてきたんだ」

「弱気になりましたね。真実を見つめる勇気を持たないと、道が拓けませんよ。ねえ、マスター」

宮川は、笑みを浮かべながらマスターに声をかけた。

マスターは曖昧に微笑した。

「そうかもしれない。弱気でもなんでもいい。俺のことは構わないで欲しい」

宮川を見つめた。もし了解してくれるならば、頭を下げるつもりだった。

宮川は、真剣な目で池澤を見つめ返した。

「もう引き返せません。僕自身が興味を持ち始めていますし、何も分からないところがいい。まるで二人は幽霊みたいですよ。存在しているのに存在していない。存在していないのに存在している」

宮川は淡々と言った。

幽霊と聞いて、背筋がむず痒くなった。

「どうしてそんなことが言えるんだ？　幽霊みたいなんて……」

不愉快そうな表情を浮かべた。

「これですよ」

宮川は、鞄の中を探り始めた。

池澤は、宮川が何を取り出すのか、不安げに宮川の手元を覗いていた。

宮川がテーブルの上にコピーの束を置いた。

「これは？」

「電話帳のコピーですよ」

「電話帳？　なんだいそれ？」

「苦労しましたよ。本当は、大阪支店の名簿が何年分かあればよかったのですが……」

「佐和子が、大阪支店時代の後輩だったと言っているからか？」

「その通りです。先生より後から佐和子は大阪支店に配属になったと話していますね。そこで先生が大阪支店におられた昭和四十七年から昭和五十一年、そしてそれ以降数年間の名簿を探したのです」

宮川は得意そうに言った。池澤は驚いた。そんなものが存在するはずがない。調べるだけ無駄だ。でも目の前にはコピーの束が存在を主張している。

「そんな名簿はないよ。緊急連絡網くらいだし、人事部に今さら頼んでも出してくれるはずがない。ましてや個人情報保護法に触れてしまう」

「その通りですよ。名簿が無理なら何かないかと思いましてね」

宮川は、コピーの束を叩いた。

「電話帳ならあったというのかい？」

「苦労しました。名簿図書館からその他、我が光談社のあらゆるルートを駆使して動きました。そして遂に大阪支店の電話帳を探しだしたのです。たいしたものでしょう」

銀行では支店内専用の電話帳があった。各自の机の上に置かれ、外部からの電話を取り次いだり、支店内で連絡したりするときに使っていた。

「よくあったね……」

「これを見てください。ここに融資係がありますが、池澤とあるでしょう。これが先生ですよ」

宮川が指差した。そこには池澤という名があった。昭和四十九年の電話帳だ。初めて融資係に配属された年だ。それまでは入行以来、ずっと預金事務ばかりをやらされていた。いい加減に営業をやらせてもらえないかと思っていた矢先の配属だったので、非常にうれしかったのを覚えている。

記憶している名前が並んでいる。課長、次席など、世話になった人ばかりだ。今頃、みんなどうしているのだろうか。すっかり年をとったことだろう。

「懐かしいですか」

「懐かしいね。この頃は若かったし、真面目に働いていたんだよ」

「この中にも旧姓香川佐和子という名前はありませんでした」

宮川は、ぽつりと言った。池澤の喜びように水を差した。

「なんだって……」

「ここには五十四年までの電話帳があります。そこに旧姓香川佐和子の名前を探しましたが、見つかりませんでした」

「ということは？」

「少なくとも調査期間内には存在しなかったということです。または別の期間にいるかもしれませんが、先生から伺っている佐和子の年齢からして、これくらいあれば十分かと思いましたので……」

宮川の強気が翳った。

「もっと別の期間を当たってみますが、現状は困難を極めていますね」

「俺と同じ時期に勤務していないと美香が言った。五十五年以降なのかな……」

「ええ、その可能性はありますが……」

「本当に正体不明なのか」

ウイスキーを呑んだ。

「この電話帳のコピーをお渡ししますから、一度、自宅でじっくりと眺めてくれませんか。何か思い出すことがあるかもしれません」

宮川は、コピーの束を池澤の目の前までカウンターを滑らせた。

池澤は、その束を見つめた。

「彼女たちは幽霊ですよ。きっと間違いないです。存在の形跡がないのですからね」

宮川は暗い顔で言った。

「おどかすなよ。分かった。その紙袋に入れて持って帰ればいいのだな」

「ちゃんと見てください。人間の記憶というのは、都合よくできていますから、思い出したくないことは、本当に忘れるようにメカニズムが働きますから」

宮川は、またグラスを差し出した。

「それにしてもどうやってこんなものを手に入れたの？」

池澤は訊いた。

「蛇の道は、蛇です。企業秘密ですよ」

宮川は笑った。

「君は、『週刊タイムリー』にいたよね。今でもその頃の名刺を使うことはある？」

野田が持っていた名刺を思い出していた。

「時々ありますよ。その方が、便利なときにはね」

「新宿署の野田って刑事を知っているか」

「新宿署？　野田？」

宮川は、一瞬、目をそらした。

「ちょっと崩れた感じの奴だよ」

「ああ、あの野田秀夫ね。知っていますよ。時々情報交換しますから。でもなぜ？」

宮川は軽い口調で言った。

「最近は？」

「最近ねぇ。そういえば半月ほど前に新宿署を訪ねたな」

「半月前か……。まさか俺の調査で、野田刑事を煩わせているようなことはないよな」

真剣な表情で訊いた。

「ありませんよ」

宮川はきっぱりと否定した。

「絶対だね」

「勿論ですが、野田刑事になにかありましたか?」

宮川は訊いた。

「なんでもない。とにかく俺の希望は調査を中断してくれということだ」

「分かりました。考えてみます。でもこの電話帳で何かを思い出したら、必ず話してくださいよ」

「約束する」

「そうそう、僕から野田刑事を煩わすことはないですが、先生のことを彼は訊いていましたね」

宮川はさりげなく言った。

「なんだって?」

ウイスキーのグラスを落としそうになった。

「僕が作家を担当していると言ったら、池澤彬って知っているかって……。それだけですよ」

「なんて答えたのだ?」

「知っているよって……」

宮川は言った。

急に寒気がし始めた。宮川は野田から自分のことを訊かれていた。なんのためだ。最初から池澤を陥れようと野田は考えていたのではないかという疑問が、ふと過《よ》ぎる。

宮川の顔をまじまじと見つめた。この男を信じていいのだろうかと頭の中で何かが囁いていた。

第八章　敵意

1

「見て、レインボーブリッジがあんなに輝いているわ」

美香がはしゃいでいる。

「本当にきれいだわ」

佐和子はワインに顔を火照らせている。

佐和子の呑んでいるワインは、このホテルが特別に仕入れたものだ。「ランクロ・ガレン」というらしい。

「らしい」というのは、残念ながら池澤はワインの知識に暗い。ありていに言えば呑めればなんだって構わないという部類だ。

「ランクロ・ガレン」はフランスのボルドーで代々女性が経営を継承してきたというシャト

ー・メールのオーナーであるマダム・コリン・ボーンが丹精込めて造ったワインだ。

「八千本のみ生産されたものでございます」

ソムリエが池澤のグラスにワインを注ぎ入れながら言った。

「へえ、たった八千本、それでこのホテル日航東京はどれくらい仕入れたの？」

「はい、三千本です」

「すごいね。世界に八千本しかないワインを三千本、もって来ちゃったの？」

「マダム・コリンが、偶然、当ホテルをご利用になりまして、いたくお気に入りいただいたのです。そこでこのホテルに合うようなワインを提供しましょうということになったわけでございます」

ソムリエは淡々とワインの由来を説明した。

「すてきな話じゃない」

佐和子が言った。

「この夜景にぴったり合うわ。とても充実した恋をしているという赤ワインよね」

美香がワイングラスを目の前にかざした。

「こうしてワインを通してみる東京湾の景色も素晴らしいわね」

美香がうっとりとした目つきになった。

「ホテル日航東京のテラス・レストランって、すてきなところだと聞いていたけれど、こんなにいいところだと思わなかったわ」

佐和子が池澤を見つめた。

いつも二人が利用するのはパレスホテルだ。佐和子から会いたいというメールが来たとき、とっさにホテル日航東京で会おうということを伝えた。

違う場所で会えば、違う二人が見えるかもしれない。池澤はそう思った。

このホテルの総支配人は池澤の大学時代の友人だ。彼はＪＡＬに入ったが、ホテルなどの関連事業部門を歩いた。そして東京に多くの外資系ホテルが進出し、ホテル戦争が勃発したとき、総支配人すなわち社長になった。ＪＡＬ系列の旗艦ホテルとして戦争に勝てという指令だったのだろう。

池澤は彼からホテルを使って欲しいと言われていたので、ときどきレストランを利用していた。ホテル内の数あるレストランで一番好きなのがこのテラス・レストランだ。

ここはテラス・オン・ザ・ベイといいまるで東京湾に浮かんでいるようにテラスが広がっている。ここでゆっくりと紅茶を飲めば、心の底からリラックスする。

池澤は、今、何かがおかしくなり始めていると感じていた。順調だった仕事がうまくいかない。テレビ出演も楽しくない。原稿も遅れ気味だ。それになによりも家庭が煩わしさを増している。息子の幸人が引き籠り気味であることや実家の父親の看病……。

何もかも捨ててしまいたいという気持ちになることがあるが、それを思いとどまらせているのが佐和子と美香だ。この二人との甘美な恋が辛うじて池澤のバランスを保っていた。ところがそのバランスが崩れようとしていた。それは池澤が宮川に二人の調査を許してしまったことだ。

確かに二人、佐和子と美香は何者なのかと知りたい気持ちはある。しかし知ってしまったからといってどうなるのか。もしそれによって別れることにでもなればその方が辛い。耐えられないかもしれない。それよりかは知らないで、このまま時を経ることを選択したい。なんでも全て知ったから幸せになるわけではない。

そう思って宮川に調査を止めて欲しいと言った。宮川は一応、了解してくれたものの、大阪支店時代の行内電話帳をどこからともなく手に入れてきた。さすがに週刊誌でスキャンダルを追いかけていた編集者だ。

それは銀行の支店内で使用していたもので、池澤が入行した昭和四十七年から昭和五十四年までのものだった。

懐かしい名前があった。ところがそこに佐和子の名前はなかったのだ。佐和子は池澤と同じ時期に大阪支店に勤務していたと言ったが、それは佐和子の思い込みであると美香は否定した。しかし後輩であることは否定していない。それではいつ彼女は香川佐和子の名前で勤務していたのだろうか。昭和五十五年以降ということになるのだろうか。

そもそも佐和子はいったい何歳で、どこの生まれなのだろうか。卒業した学校は？　結婚していうるのだろうか。癌が進行して、もう未来がないと言ったが、その話は本当か？　佐和子ばかり問題にしているが、美香についての情報も皆無だ。二人は本当に親子なのだろうか。

夜景に見とれている佐和子と美香を見つめていた。

「このお肉美味しい」

美香がメインの仙台牛のフィレステーキを頬張っている。

「新様とこうして夜景を見ながら、食事ができるなんて本当に幸せね」

佐和子はワインで酔っているようだ。目が虚ろになっている。

「母さん、もうワインを止めて、少しお水を飲んだら……」

「新様のお顔を見ながらだと、水でも酔ってしまうから、ワインでも同じよ」

佐和子が目を細めて池澤を見つめた。唇を赤い舌が舐めた。

「佐和子さん」

池澤の呼びかけに佐和子は少し目を開いた。

「なんですか？　新様……」

「その新様はよしてくれないかな。もうそんな年でもないからね」

苦い表情をした。

「そんな……、年だなんて……、新様はいつまでも新様……」

佐和子の目の焦点が合っていない。

「ところで佐和子さんはいつ頃、大阪支店に勤務されていたのですか」

いささか緊張していたかもしれない。しかしさりげなくという言葉を何度も繰り返した。いまさらという質問だからだ。

佐和子の目に急に力が戻った。

「そんなことをなぜ今頃、お訊きになるの？」

「ちょっと気になったから」

自分の視線が泳ぐのが分かった。

「新様と一緒に仕事をしたじゃありませんか。これほどの夜景ではなかったですが、丸ビルの最上階のレストランで食事をしました。お忘れなの？」

「忘れたということはないが……。僕は昭和四十七年から昭和五十一年まで大阪支店だった……」

「嫌だわ、ねえ、美香。新様は私がいつ頃、大阪支店に勤務していたかですって……」

佐和子は美香に顔を向けた。

「先生……、意地悪……」

美香がワイングラスを目の高さに掲げた。池澤はワイングラスを通して美香の顔を見た。グラスの曲線に美香の顔は奇妙に歪められた。

「昭和四十九年に入行して、その時、新様は融資係だった。私はそのアシスタントをしたじゃありませんか……」

佐和子の目が眠るように閉じられた。

「美香さん、あなたは佐和子さんは、僕と一緒に働いたと思い込んでいるだけだと言いましたよね」

美香に訊いた。

「美香、そんなことを言ったの？」

佐和子がきつい口調で言った。

「先生、私そんなことを言いました？」

美香が微笑みながら首を傾げた。

「言ったよ。佐和子さんの思い違いだとね」

「知りませんわ。そんなこと」

美香はワインを呑んだ。

「とぼけないでくれ！」

テーブルを強く叩いた。大きな音を立てて、ナイフが下に落ちた。

ウエイターが慌てて、池澤の席に来て、ナイフを拾い上げた。

「すぐに代わりをお持ちします」

ウエイターが頭を下げた。

「すまない」

池澤は謝った。

「新様、どうなすったの？　怖い顔をして……」

佐和子は声を上げて笑った。池澤の耳には、今までにない乾いた笑い声に聞こえた。

美香は、口に手を当てて、含み笑いをしている。

「怒った先生もすてき……」

美香が呟いた。

湧き起こる疑問が口から飛び出そうとするのを必死で抑えていた。しかし抑えきれなかった。

「君は、大阪支店にはいなかっただろう」

すぐに後悔したが遅かった。佐和子の顔はみるみるうちに崩れ、泣き始めた。

「悪かった……」

池澤は意味もなく謝った。なぜ佐和子を責めるような言葉が出て、その後すぐに謝るのか自分でも理解できない。

「私が嘘をついているとでも言うの……」

佐和子は、隣に座る美香に体を預けた。支えがないと床に崩れ落ちそうな気配だ。

「そうじゃない。ただ調べたら、君の名前が大阪支店にないんだ」

「お調べになったの……。なぜ、なぜお疑いになるの」

佐和子の目が池澤を睨んだ。

「先生、母は先生と一緒に勤務していたんですよ。それをどうして疑うのですか」

「なぜ佐和子さんが僕のところに現れたのか知りたかった。君が何者かを……」

「何者か？　なんてことでしょう。私は香川佐和子です。新様を慕って、慕って、こうして会いに来ています。新様も私のことをよく分かっていたからこそ、情けをかけて抱いてくださったのでしょう？」

佐和子の目がますますきつくなる。

「僕はどうしても君を思い出せないんだ……」

佐和子に言った。

「なんて酷いことを……。私のことを思い出せないなんて。また私を裏切るのね。そうやって裏切った相手のことはすっかり忘れてしまう……」

「また裏切る？　僕が君を以前、裏切った？」

思いがけないことを言われて動揺した。

「美香、新様は自分に都合の悪いことは全て忘れてしまわれたようだわ」

「先生、今日は母の具合がよくありません。これで失礼いたします」

美香は立ち上がると、佐和子を抱いた。

「行きましょう。今日の先生はおかしい。いつもの優しい先生じゃない」

美香は池澤に聞こえるように言った。

「君たちを疑ったわけじゃない。ただ本当のことを知りたかっただけだ」

美香に言った。佐和子はまるで意識を失ったかのように美香に寄りかかっている。

「本当のこと？　それは母と先生が愛し合って、私が生まれたことよ」

美香は池澤を睨んだ。

「まさか……。美香さん、なんてことを……」

池澤は自分が今、どこにいるかも分からなくなった。呆然として意識が遠のくような気がした。

美香が自分の子供？　それは佐和子の思い込みだと言っていたではないか？　美香を抱いた。美香から求めてきたからだ。いや自分から求めたのか？　自分の娘を抱いたことになるのか？

「今、言ったことが真実なら先生、どうします？　本当のことって何？　母をただ愛してくだされば、それでいいのよ」

美香が言った。

「今の話は嘘だろう？」

「今の話って？」

「君は僕の娘ってこと……」

「自分の胸に手を当てて考えてみてください」

美香は佐和子を抱えて、去っていこうとした。

「待ってくれ……。僕はどうすればいいんだ。もう、もう連絡をくれないのか」

何よりも二人を失うことが恐ろしかった。

「私も母も先生のこと、本当に愛しています。けっして離れるようなことはありません。でも今日は、母のショックが大きいようですので失礼します。またご連絡します」

美香は、佐和子にしっかりするように言い、去って行った。

「水をくれないか」

ウエイターに言った。

ウエイターは、すぐに池澤のグラスに水を注いだ。

「お連れ様は？」

「帰ったようだ」

「そうでございますか」

「美味しい料理と素晴らしい景色を台無しにしてしまったね」

池澤はウエイターに謝った。

佐和子と美香のいなくなった空間を見つめた。そこだけ闇が深くなっていた。

2

「あなた、これは何？」

美由紀が仕事から帰ってくるなり、大きな声を上げた。

「なんだ？　いきなり。今、原稿を書いているところだぞ」

池澤も反論した。はっきり言って苛々していた。原稿が一向に進まないのだ。宮川から頼まれていた「小泉政治が経済格差を生んだか」というテーマの三十枚の原稿が書けない。

結論が出せないのだ。正解とかいうのではない。自分なりの結論だ。書くスタンスとでも言っていいかもしれない。こうした原稿を書く場合、自分をどの位置に立たせるかによって全く見える景色が違ってくる。小泉側に立てば、格差はないとか問題にする状況ではないとか言わねばならない。反対に格差を感じている年収二百万円程度の側に立つと競争激化経済政策が格差を生み、その格差を克服できないということになる。

迷ってしまう。頭の中にいろいろな声が渦巻いている。なぜだろう。順調に仕事をこなしているときは迷うなどということはなかった。ところがほんの少しリズムが狂い始めたと感じた途端に、あれこれと余計なことに思いを巡らせるようになった。

答えを出すのに不安を感じるようになったのだ。

「最悪だ」

パソコンのキーボードを両手で叩いた。

「何が最悪よ」

美由紀が怒った。

「さっきから何を怒っているんだ。邪魔しないでくれ」

「邪魔なんかするつもりはないわよ。これが郵便受けに入っていたわよ」

美由紀が床に封筒を投げた。

「なんだ？　これ？」

「こっちが訊きたいわよ。中身を見て御覧なさい」

美由紀はただならぬ気配を漂わせている。池澤は床に手を伸ばし、その封筒を手に取った。

普通の事務用の封筒だ。宛名も差出人名もない。

「誰からだ？」

「郵便受けに入っていたわ。そんなことより早く中身を見てよ」

美由紀は言った。

「何を怒っているんだ」

封筒を逆さにした。中から出てきたのは写真だった。一瞬、足下が凍ったかと思うほど痺れが来た。写真は、池澤の手に捕まるのを拒むように床に落ちた。

「こんなのは知らないぞ」

床にまかれたように広がった二枚の写真を見た。

一枚は、佐和子と美香がワイングラスを手に持って笑みを浮かべている。ほぼ正面に近いところから撮影されている。もう一枚は池澤がワイングラスに口をつけている場面だ。これもほぼ正面からだ。

「この女性は誰よ」

美由紀の顔が怒りで歪んでいる。

「知らない」

「知らないはずはないじゃない。一緒に楽しそうに食事をしているじゃない。あなたの後ろに写っているのは、レインボーブリッジよ。お台場？」

「俺は知らない」

強く否定した。確かに自分が写っている。しかし三人一緒のスナップショットではない。これは別々の場所で盗み撮りされた写真だと言い張ることにしたのだ。とっさの思いつきだが、それ以外の言い逃れは思いつかなかった。

「止めてよ。嘘をつくのは。だって一緒に食事をしていて、知らないと言うのはおかしいわよ」

「これは別々だ。こんな女性と食事をしたことはない」

「あなたこの頃、少しおかしいと思っていたけど、やっぱり浮気をしていたのね。こんな二人の女性と……」

美由紀の視線が池澤の皮膚の中にまで食い込んでくる。痛いほどだ。嘘を剝ぎ取ろうとする視線だ。

「考えてもみろ。浮気というのは、一人の女性とするものだろう。それなのに二人が写っているのはおかしいじゃないか。これは俺を陥れようとする何者かの仕業だ」

冷静な口調で言った。逃げては嘘がばれると思い、視線は美由紀から動かさなかった。

美由紀は黙った。二人の女性というのに反応したのだ。確かに浮気なら一人の女性とこっそり会うものだ。それが二人というのは、もし一緒に食事をしていても浮気にはならないのではないか。まさか二人の女性とホテルに行くなどということはないだろう……。

美由紀の沈黙は、おそらくこういうことだろう。

誰かの格言を思いだした。家庭が乱れそうになったら、外に敵をつくれというものだ。まるで内政に失敗した王様が他国に戦争を仕掛けるようなものだ。

ここで一気にその格言通りの行動をとらねばならない。

「誰だ、誰がいったい、俺を陥れようとしているのだ」

写真を手に取って、叫んだ。

「あなたを陥れようとしている人がいるの？」

美由紀が反応してきた。目の光が落ち着きを取り戻している感じがする。

「そうでなければこんな写真を匿名で郵便受けに入れるものか。そうだろう。根も葉もないことをでっち上げて、家庭を乱そうとしているんだ」

「あなた誰かに恨まれているの？」

「誰から恨まれているか分かれば簡単だ。しかしテレビに出たり、本を出したりしていれば、派手なことをしていると思われて嫉妬ややっかみを受けているかもしれない」

もう一度写真をしげしげと見つめた。間違いなくホテル日航東京のテラス・レストランで食事をしたときの自分が写真の中にいる。これはそれぞれをほぼ正面から撮っているが、あのときカメラを構えた不審な人間がいただろうか。

「怖い……」

美由紀が言った。両手を肩に回して、凍えるようにしてその場にしゃがみこんだ。急に小さくなってしまったように見えた。美由紀を裏切って悪いことをしているという罪悪感が襲ってきた。

美由紀は幸人のこと、母親のこと、そして安定したサラリーマンから作家という不安定な生活に転じてしまった池澤のこと、自分ではどうにもコントロールできないありとあらゆることに取り囲まれている。このうちの一つでも自分の意のままになればストレスも溜まらないのだろうが、どれ一つをとっても現状の把握さえできないことばかりだ。

この上に信じている池澤までもが、他の女性の下に走り、コントロール不能となったら……。美由紀の精神はもはや普通ではなくなるだろう。池澤は縮こまった美由紀に謝罪したい気持ちで一杯になった。

「美由紀……。大丈夫だ。心配するな」

「警察に言わなくてもいいかしら」

「警察……」

「もしあなたが危害でも加えられたら、私、どうしたらいいの」

「心配するな。もしこの後も何かあれば警察に相談しよう。それよりこの二人の女性が何者か突き止める」

美由紀を両手で支えるようにして立たせた。頬に軽く唇で触れた。

「あまり危ない真似はしないでね」

「これは宮川とお台場のホテル日航東京で食事をした時だと思う。宮川に訊いてみるよ。こんな女性が食事をしていたか、どうか。そしてこの女性が何か俺と関係があるのか……」

池澤は言いながら宮川と一緒だったという以外は全て自分自身の本当の気持ちだと思った。

いったい誰が、自分を陥れようとしているのだろう。それを突き止めねばならない。そのためには彼女たちが何者で、自分とどういう関係があるのか……。

「あなた、信じていいのね」

美由紀は池澤を見つめた。

「ああ、お前を悲しませるようなことはしない」

池澤は美由紀を強く抱きしめた。

3

池澤は、マンハッタンに宮川を呼び出した。

マスターがグラスにビールを注いでくれた。

「調子がいまいちだよ」

苦い顔でグラスに口をつけた。

「どうされたのですか」

「家庭に仕事に……」

「それにこれ、ですか」

マスターが小指を立てた。

「まあ、そんなところかな」

一気にグラスを空けた。

「羨ましい」

マスターは微笑もせずに言った。

「羨ましいなんてことがあるものか。どこかへ逃げ出したい心境だよ」

背後でドアを開ける音がした。

「いらっしゃいませ」

マスターが声をかけた。

「もう来ていたのですか。ちょっと会議がありましてね。遅れて申し訳ありません」

宮川の声だ。

「こちらこそ急に呼び出して悪かったな」

宮川に振り向いた。

「ビール、くれる？」

宮川は池澤の隣に座るなり、マスターに言った。

「これ、見てくれ」

池澤は送られてきた二枚の写真をカウンターに置いた。

「よく撮れていますね」

宮川は眺めて言った。

「よく撮れているな、じゃない。これ自宅にポスティングされたんだぞ。女房との間で大変なトラブルだったよ」

「これ、ホテル日航東京のテラス・レストランですね」

「よく分かるな」

「レインボーブリッジですよ。これだけきれいに見える場所は、あそこしかない。僕も時々利用しますからね」

「君は独身だからいいよ。俺は妻帯者だよ。この写真を見て、女房がどう思う？」

「当然やましいことをしていると疑いますよ」

宮川はビールを呑んで、軽くゲップをした。

「誰だろう？　こんなことをする奴は？」

「心当たりはあるんですか？」

「ないこともない……」

野田のことを思い浮かべていた。

「誰ですか？」

「新宿署の野田だよ。君も知っている……」

宮川の反応を見た。

「あの刑事がね……」

宮川のグラスにマスターがビールを注いだ。

「誰にでも一つや二つ、他人に言えないことがある。そんなことはすぐに調べ上げると俺を脅したからね」

池澤は、煙草に火をつけた。

「あれ？　煙草吸いました？」

「もういろいろなことが起きて、煙草でも吸わないと、落ち着かなくなった。禁煙していたんだけどね……」

紫煙を深く吸い込んだ。

「ところでこの写真を見ると、二人に会ったのですね」

宮川が眉根を寄せて、池澤を見た。

「会ったよ。会ってくれと連絡があったし、会いたくなったからね」

マスターが「山崎」の水割りを池澤の前に置いた。

「訊きました？」

「何を？」

「君は誰なのかって？　昭和四十七年から五十四年までの大阪支店の名簿に香川佐和子の名前はないと……」

「訊いた。訊いたよ」

池澤は水割りを口に含んだ。少しの間、口の中を洗った後、呑みこんだ。そして煙草を吸った。口の中でウイスキーと煙草の香りがブレンドされていく。香りの記憶が刺激された。

「どうでした？」

宮川が勢い込んだ。

「最悪だった。その疑問を口に出した途端に佐和子が気分を悪くしてね。そのまま二人で帰ってしまった。美香でさえ、初めて会ったときに母の思い込みだと言っていたのに、それも否定する始末だ」

「そうですか……。やっぱりはぐらかされましたか」

宮川はさも残念そうに言い、マスターに赤ワインを注文した。

「やっぱり答えられないのかな。俺には演技とは思えないほどショックを受けていたように見えたけどね」

池澤は、また新しい煙草に火をつけた。禁煙を破ったからといって、すぐにヘビースモーカーに戻るわけにはいかない。しかしニコチンが脳の襞の隅々にまで染み渡っていくのを実感すると、気持ちが冴え冴えとしてくる。

「あの後も知り合いに張り込みをさせていました」

「調査しているのか」

「今さら、中止するわけにはいきませんよ」

「それでなにか分かったのか」

「調査はするなとおっしゃいましたが……」

「意地悪言うな。分かったことは教えてくれよ」

「パレスホテルから出てくるところを数回見かけたという報告がありました。あのホテルを定宿にしていることは間違いないようです。ただし先生の知っている山本、あるいは香川姓ではない。偽名で泊まっているのか、あるいは先生に対して偽名なのか……」

「それだけか？」

「それだけかって、十分怪しいでしょう」

「別れた方がいいな……」

消え入りそうな声で呟いた。

「今、何て言いました」

「別れようかな、と言ったんだよ」

腹を立てたような口調で言った。

「それがいい。それがいいですよ。いくら肉体が良くても、怪しい女とは付き合ってはいけません」

宮川は何度も頷いて言った。

「そこまで言うな。俺にとっては恋なんだ。それも結構、命懸けでね」

「恋だなんて莫迦なことを言わないでください。今、先生の大阪支店時代の人に、この女を知らないか聞いていますから。また何か分かったら教えますよ」

「大阪支店時代の連中に？　余計なことをするなよ」

「怒らないで……。先生の名前なんかこれっぽっちも出していませんから。それに芋ヅル式に聞いていますからそんなに怪しまれないと思いますけどね……」

「なんだいその芋ヅルというのは？」

「大阪支店時代の人を一人見つけて、その人の友達の友達という方法ですよ」

宮川は、得意そうに笑みを浮かべた。

「芋ヅルでもなんでもいいが、僕にとっては本当に恋なんだから。今、別れようかなと口に出しただけで無性に寂しい」

また新しい煙草に火をつけた。灰皿には短いままで押し潰された数本の吸殻が横たわっていた。

「五十歳の坂を越えて六十歳が見え始めると、改めてそういう気持ちになるんですかね」

宮川が頷いた。

「自分の何もかもが魅力的でなくなり、体からは老人臭が漂い始める。自分では若いと思っているが、周りから見ると決してそうではない。今、何をしたいかと問われれば、仕事も一応決着がつきつつあるし、出世の先も見えてきた。この心の隙間を埋めてくれるものは……。それは家族でもない。もう一度身を焦がすような恋だ。そう思わないか」

池澤は思いっきり宮川の手を握った。

「痛いですよ。その思いは分かります。死が現実のものとして近づき始めると、動物は燃え尽きるようなセックスをするといいますからね。でもね、それは永遠の夢。今回のことはこれ以上深みにはまらない方がいいと思います」

宮川が手をさすりながら言った。

「ところであの写真は誰が撮って、誰がポスティングしたのだろう？　まさか君じゃないよね」

疑わしそうに宮川を見た。

「なんで僕が、そんなことをするんですか」

宮川は大げさに言った。

「佐和子や美香と別れろと熱心に言ってくれるし、女房の奴がね、どうも女がいるのではないかと疑っているみたいなんだ。女房にそんな情報を入れられるのは君しかいないからね」

「嫌ですよ。第一、僕がこの写真を撮れば、その場でばれるじゃないですか。誰か不審な奴はいなかったのですか」

宮川の問いかけに池澤は、あの日のテラス・レストランの様子を思い出そうとした。

どのテーブルも客で埋まっていた。あの中に誰か池澤に悪意を抱く人間がいたかどうかは分からない。どのテーブルも賑やかだったから、写真くらいは撮っていただろう。ましてや最近は携帯電話で簡単に写真を撮ることができる。別の景色を撮る様子を見せながら、池澤のテーブルに焦点を当てたとも考えられる。

でもいったい誰が？

「こんなことをするのは、やっぱり野田刑事かな」

池澤は言った。

「野田ねぇ。野田はどうしてまた先生を恨んだりしているんですか」

宮川は訊いた。

「以前、話したことがあるだろう。友人が痴漢で捕まったことを」

「ええ」

「そのことで野田が友人を強請ったんだよ」

池澤は宮川の反応を注意深く見ていた。宮川は、「強請る」という言葉に、目を剝いた。

「刑事が民間人を強請ったんですか」

「十万円寄越せと言った。その理由は『週刊タイムリー』の宮川記者に記事を書かせないためだ。そう言って君の名刺を見せられたよ」

宮川の顔の動きをじっくりと見つめた。

「僕のですか？　それは最悪だな。それで先生は僕を少し疑っているんだ」

「少しじゃない。相当疑っているよ」

「こまったな。どうしたら疑いが晴れますか」

「俺を本気で守ってくれよ」

池澤は言った。

しかしその言葉に宮川は何も反応しない。

周りにいる人間が全て自分に悪意を持っているのではないだろうか。ふとそんな気がしてきた。

隣で穏やかにグラスを空けている宮川は私を守るために佐和子と美香のことを調査すると言う。本当にそうなのだろうか。単なる好奇心で調べ始めたら、面白くてその調査にのめりこんでいるというのが実態ではないのか。また私が慄《おのの》くのを見たくて、美由紀に写真を届けるくらいのことをするかもしれない。なぜそんなことをするのか？　それは調べ始めたら、それがどんどん面白くなったという理由しかない。

野田はどうだろうか。野田ははっきりと私を潰してやるといった。野田を強請り、たかり呼ばわりしたのは事実だ。それに対する怒りがあるのだろう。また警察幹部に自分の強請りを密告されないために俺を脅しておく必要があるかもしれない。

加藤は？　加藤は私に悪意を持っているのだろうか。頼りにこそしていても悪意などは持っていないに違いない。いやそれはどうかわからない。野田の一件にしても私の対応に不満を抱いたようだ……。

チーフ・ディレクターは？　美由紀は？　まさか佐和子や美香が？

池澤は、頭を抱えた。

「どうしましたか」

宮川が心配そうに覗き込んだ。

「なんだか訳が分からなくなった。こんな写真が投げ込まれるからだ」

池澤は顔を上げた。

「元気出しましょうよ。人間、誰に恨まれているかは分かりませんからね。なにか思い出したら言ってください。ところで野田は僕の名刺を持っていたようですが、他の記者の名前は言っていましたか？」

宮川は訊いた。

「菊池とか言っていたような気がする」

「菊池ですか？」

「知っているのか？」

「ちょっとすぐには思い出しません。『タイムリー』も相当数のフリーの記者を雇っていますからね。調べてみます」

宮川はそう言ってカウンターの上の写真をポケットに仕舞いこんだ。

「持って帰るの？」

「先生がいりますか?」

「いらないよ。そんなもの」

池澤は頭を振った。

「歯車が狂い始めると、なんだか止まりませんね」

宮川がぽつりと呟いた。

池澤は、空になった煙草の箱を押し潰した。苛々が収まらない。

4

「あなた新宿署の野田さんていう人から電話よ」

美由紀が受話器を持って池澤のベッドまで来た。

眠い目を擦った。

「今、何時だ?」

「もう十時よ。遅く帰って来るからよ」

美由紀の怒りの籠った声に体を起こすと、ベッドから、クロが飛び降りた。足下で眠っていたようだ。

「受話器……」

手を伸ばした。

美由紀は、送話口に手を当てて、

「なんだか相当怒っているわよ」

と言った。

受話器を耳に当てた。

『おい、お前のせいだぞ』

いきなり怒鳴り声が耳に入ってきた。

驚いて眼を剝いた。

「なんだ、いきなり」

辛うじて反論した。

『お前が俺を強請り呼ばわりするからだ』

「だからなんだと言うんだ。お前が加藤を脅かそうとしたのは事実ではないか。もしこんな失礼な電話をするなら、本当に新宿署の君の上司に言うぞ」

『ああ、言ったらいいじゃないか。そんなことをすればどうなるか分かっているだろうな。今回のことをみれば、俺の力が分かるだろう』

先ほどから微妙に野田との話がずれる。今回のことというのは何を指しているのだろうか。新宿での彼との諍いのことではなさそうだ。

『なんだ。俺の力を思い知ったのか』

「悪いけど、何を言っているのか私にはさっぱり分からない。いい加減にしろ。電話を切るぞ」

池澤は怒った。目の前に立っている美由紀が不安そうに池澤を見つめている。クロはいつの間にかどこかへ行ってしまった。

『ちょっと待て。お前見ていないのか』

「何をだ？　私は今、起きたところだ」

突然、野田が激しく笑い出した。

「どうした？　気味が悪いな」

〈てっきりマスコミで仕事をしている奴は新聞という新聞を全て読んでいるものと思っていた。勘違いだった。今すぐ、コンビニでも行って『スポーツサンマイ』を買ってこい。目が覚めるから〉

「何が載っているんだ」

『まあ、読めよ。ところで加藤からは電話はなかったのか？』

「加藤がどうした？　野田刑事、お前、まさかあの事件のことを……」

全身が冷たくなって行く気がした。また野田の笑い声が聞こえてきた。

『まあゆっくり新聞を読むことだな。みんなお前が悪いんだぞ。お前の責任だ。それだけはよく覚えておけ』

「ちょっと待て！　君が写真を私に送ったのか！」

『写真？　なんの写真だ？　先生と女がいいことをしている写真ならいっぱいあるよ。それは後日のお楽しみだ』

「おい！　野田！　写真はお前か！」

池澤は叫んだ。美由紀が震えてうずくまっている。池澤の顔が変わってしまったからだ。電話は切れた。

「あなた大丈夫？」

美由紀が不安そうに池澤を見つめた。

「コンビニに行ってくる」

着替えを急いだ。

「突然、どうしたの？」

「説明は後だ。もし加藤から電話があったらこちらからかけ直すと言ってくれ」

ジャージ姿になった。

「あなた、写真、写真って叫んでいたけど、あの写真のこと？」

美由紀の顔に疑いが浮かんでいる。

「まあ、そうだ」

曖昧に返事をして部屋から出ようとした。

美由紀が池澤の腕を摑んだ。

「何をするんだ」

「あなたはあの写真の女性を知らないと言ったわね。知らない写真をなぜ警察の人が送ってくるのよ」

美由紀の声がヒステリックに高まり始めた。

「知らない。離せよ」

苛ついて顔を歪めた。

「説明して。なぜあなたが知らないと言い張った女性の写真を警察の人が……」

美由紀の声が上ずってきた。

「離せ！」

美由紀の体を押した。美由紀は小さく悲鳴を上げて、腰から床に落ちた。

「大丈夫か？　すまない。すぐ帰ってくる」

美由紀を置いて、部屋を出た。後ろで美由紀のすすり泣きが聞こえていた。

5

「『スポーツサンマイ』はあるか」

池澤は、独り言を言いながらコンビニで目当ての新聞を探した。

「これだ」

すぐにそれを大きく広げた。

「お客さん、すみません。立ち読みはしないでください」

コンビニの店員が難しそうな顔をしている。

「すまない」

新聞をたたみ、レジに差し出した。

代金を払い、外に出て急いで新聞を広げた。気持ちが逸る。どこだ？　どこに加藤のことが出ているんだ？

池澤は足下から崩れそうになった。それはあまりに大きすぎて目に入らないくらいだった。社会面に大きな見出しを見つけた。

「エリート銀行役員、痴漢で逮捕」

その見出しの下に加藤の名前を見つけたときは、全身から血の気が引き、冷たくなってしまった。

記事は加藤の事件のことを詳しく書き、逮捕と見出しを打っているものの処分のことは何も書いていない。実際は野田の手で示談になったようなものだからだ。

加藤のことをすぐに思った。連絡をしなくてはならない。この記事のことは当然に知っているだろう。加藤が気づかなかったとしても野田が連絡しているはずだ。

「とにかく急いで加藤に連絡しよう」

池澤は早足で自宅に戻った。

「おい、加藤が大変だ」

美由紀に声をかけた。玄関にはクロが迎えに来ている。部屋の中からは何もかえってこない。

「美由紀、いないのか」

新聞を脇に挟んで、クロを抱いた。

リビングでは幸人が新聞を読んでいた。

「幸人、ママは？」

「知らないよ。どこかに出かけたんじゃないの」

幸人は顔も上げないで答える。

「メモか何かないのか」

池澤の手からクロが飛び降りた。

「何もないよ。どうしたの変な顔して……」

幸人が顔を上げて、池澤を見た。

「変な顔をしているのか？　パパが」

「なんだか顔が青いし、髪の毛もぼさぼさだし……。スポーツ新聞買ってきたの？　読ませてよ」

幸人が池澤から新聞を奪い、テーブルに広げた。

「あれ？　これパパの銀行のことが出ているよ」

幸人が加藤の記事を読んでいる。

「本当にママはどこに行ったのだろう？」

先ほどの美由紀のすすり泣きが耳に残っていた。

「買い物にでも行ったんじゃないの」

「何も言わずに？」

「そんなことより、この加藤っていう人、莫迦だね。こんなことしたら人生真っ暗じゃゃん？」

「もういいだろう。返せ」

幸人から新聞を取り返した。

「捨てないでね。まだスポーツ欄は読んでないから」

幸人は名残惜しそうに言った。

幸人の声を無視して自分の部屋に入った。テーブルに新聞を置き、携帯電話を取り上げ、加藤を呼び出した。

「何しているんだ。電話に出ろよ」

呼び出してはいるが、一向に加藤が出てくる気配がない。

苛々し始めた。美由紀のことも気がかりだった。

「もう、みんなどうしたって言うんだよ」

一旦、電話を切った。続いて加藤の会社にかけた。女性が出てきた。加藤の秘書だろうか。

「もしもし、池澤と申しますが、加藤社長はおられますか」

息せき切って言った。

「加藤でございますね。まだ出勤しておりませんが……」

女性は声の調子を落とし気味に言った。

「まだですか？　連絡は取れますか？　携帯にも出ないみたいですから」

「当方では連絡を取りかねますが」

「それじゃあ、出勤したら池澤にすぐ電話しろと伝えてください」

携帯電話を切った。

加藤はこの記事のことを当然知っているのだろう。そうなると出勤してこないかもしれない。プライドの高い男だから……。

「まさか……」

頭の中に自殺の文字が浮かび、慌てて消した。

「加藤のこともだが、美由紀はどこへ行ったのだ」

携帯電話から美由紀を呼び出した。応答はない。仕方なくメールを打った。連絡して来いと。まるで美由紀が家出したかのようだ。いや、本当に家出をしてしまったのだろうか。

「記事も何もかも野田のせいだ。あの写真も野田に違いない。いくらなんでもやりすぎだ」

野田に対する怒りがこみ上げてきた。電話をすることにした。他にやるべきことが思いつかない。彼の携帯電話番号を知らない。新宿署にかける以外にない。

「新宿署です」

交換台の女性が出た。

「刑事課の野田さんを呼んでください」

「あいにく野田はおりません。どちら様でしょうか」

「池澤から電話があったことを伝えてください。必ずかけなおしてくるようにと……」

「承知いたしました」

受話器を置いた。

加藤もいない。野田もいない。美由紀もいない。みんないない。池澤の体も心も深々と冷えていく。

リビングに行く。まだ幸人が新聞を読んでいた。

「おい、就職活動はどうした？」

何か積極的な言葉に飢えていた。

「やってるよ」

幸人は怠惰な声で言った。

「でもお前、部屋に籠ったきりじゃないか。就職活動っていうのは、外でやるものじゃないのか。パパとちゃんと自信を持ってやるって約束したんじゃないのか」

「だからちゃんとやっているって。パソコンでエントリーして面接予定日が決まらなければ、どこにも行けないんだよ」

幸人は力のない目で微笑《わら》った。その目の中で野田が嘲笑している姿を見つけた。たちまち怒りが沸騰した。幸人に摑みかかった。

「なにするんだよ」

「みんなお前のせいだ。お前の……」

「パパ、苦しいよ。止めてよ」

「お前に俺の家庭を壊す権利があるのか」

野田の幻影を捉《つかま》えて叫んでいた。

幸人が、池澤をつき離した。池澤は床に倒れた。

「パパ、いい加減にしてくれよ。俺なりにやっているんだから」

「なんだ？　なんのことだ？」

仰向けになったまま言った。

「俺の首を絞めたじゃないか」

幸人が見下ろしている。池澤の目にうっすらと涙が流れ始めた。

「そうだったのか。それは悪いことをした。パパはどうかしていたよ」

涙を拭った。

「パパ、疲れているの？」

幸人が心配そうな顔をした。

「ちょっとな。幸人、起こしてくれ」

手を伸ばした。その手を幸人が握った。温かい手だ。血が通っている。幸人が力を込める。

池澤はその力に合わせて体を起こした。

「あまり心配かけないようにするからさ」

幸人が言った。

「頼むよ。あまり期待しないで待っている」

池澤は微笑んだ。幸人の手の温もりを確認できただけでも気持ちが少し落ち着いた。

「母さんから何も連絡がないか」

「あったよ」

幸人はあっさりと言った。

「なんだって?」

身を乗りだした。

「新宿で買い物をしてから帰るって」

幸人は言った。

池澤は大きくため息をついた。

「買い物か……」

「どうしたの? 最近、よく言い争いするね。おかしいよ」

「心配かけて悪いな。サラリーマンをやっている方がよかったかな。ママもパパの仕事が不安定になったから、ちょっと疲れ気味なんじゃないかな」

池澤は力なく言った。

「あっ、そうだ。この人が電話をくれって」

幸人がメモを渡した。そこには野田の名前と携帯電話の番号が書かれていた。

6

野田の携帯番号を書いたメモを机の上に置いた。携帯電話もある。しかしじっと番号を見つめたままだ。

どうだ？　俺の力を思い知ったか？　記者に俺が書かせたんだぞ。お前が俺を強請り呼ばわりするからだ。次はお前だ。お前のことを書かせる。記者は喜ぶぞ。テレビコメンテーターの秘密暴露だ。

そんなもの誰が喜ぶものか。それよりも加藤だ。加藤はこれを読んでどれほどショックを受けると思っているんだ。

ショックを受けるだろうぜ。会社には行けなくなるだろう。しかしそれもこれもみんなお前のせいだ。加藤は俺を恨む前にお前を恨むだろう。誰も彼もがお前を恨むんだ。お前の女房だって、俺の写真に驚いただろう。

やっぱりあの写真はお前か？　お前が撮ったのか？

誰が撮ろうといいじゃないか。俺はいつでもお前の行動を監視している。お前のような偽善者が俺は許せねえんだ。真綿で首を絞めるように追い込んでやる。世界の悪意にお前が包まれるまで……。

携帯電話が激しく鳴った。電話ではない。メールだ。携帯電話を取り上げると、加藤からのメールを受信したことを教えていた。ショートメールで送ってきたのだ。同じNTTドコモであれば、メールアドレスなしで短文のメールを送ることができるサービスだ。

不安な気持ちになった。メールを読むのが怖い。指が躊躇している。なかなか受信メールの表示を押そうとしない。目をつむった。指が触れた。目を開けた。

携帯電話が手から落ちた。机の上で無機質な音がした。

『ゆるさない』

メールの内容はたったこれだけだった。嫌な汗が滲みだすのが分かった。

加藤に電話すべきか、あるいはメールを返すべきか迷った。しかし迷うだけで判断がつかなかった。加藤が言っている「ゆるさない」という言葉の意味は十分に分かった。

野田が言っていた通りだ。加藤は、自分自身が犯したかもしれない犯罪を恨むべきだ。また加藤を強請ろうと考えていた野田を恨むべきだ。しかしそれらを恨みの対象とせずに池澤を恨んできたのだ。一番具体的で恨みやすい対象だからだ。

あの時、新宿の喫茶店で野田の企みを打ち砕いたのは池澤だ。打ち砕かなかったら、加藤はどうなっていたのだろう。野田に食い尽くされ、しゃぶりつくされてしまったかもしれない。あるいはそうならずにあれっきりのことで終わったかもしれない。それは歴史に「イフ」が禁物であるように、もう戻れないことだ。

『スポーツサンマイ』の記事も野田が仕掛けたものかどうかは分からない。偶然かもしれない。それが証拠に野田は取材に来ているのは『週刊タイムリー』の菊池だと言った。『スポーツサンマイ』の記者の名前は出さなかった。

野田がわざわざ『スポーツサンマイ』の記者に事件のことを記事にしろと言ったのだろうか。

宮川は菊池という記者が『週刊タイムリー』にいるかどうかということを調べてみると言った。宮川は野田と時々会うと言った。彼らがみんな仲間だとしたらどうなるだろうか。野田の意向を受けた宮川が菊池を使って『スポーツサンマイ』に記事を書かせたとは考えられないか。はたしてその目的は？　野田は池澤に対する恨みだが、宮川はどうだろうか？　宮川は言ったことがある。人間は誰でも自分の知らないところで恨みを買っているものです……。

知らないところで恨みを買うなどということがあるだろうか。

宮川から預かった大阪支店時代の電話帳のコピーの束を机の上に置いた。

何か気づくことがあったら教えてください。宮川がそう言って渡してくれた。昭和四十七年から一枚ずつページを繰り始めた。

支店長、次長、課長……と懐かしい名前が続く。この人には随分逆らったことがある。この人とは成績を競って言い争った。この先輩女性は憧れの対象だった。名前をキーに記憶が蘇ってくる。それは時代が遠いほど鮮明だ。

彼らから恨まれていることがあるだろうか？　それほど深刻な対立になったことはない。知らないうちに恨まれていることはないか？　なぜ宮川はそんな疑問を投げかけたのだろうか。それは佐和子と美香が池澤に恋をしているのではなく、復讐のために近づいてきているのではないかと疑ったためではないだろうか。

池澤は気が抜けたように笑った。それはありえない。あれほど濃厚な夜の営みが復讐のためであるはずがない。

しかし、と宮川は言うだろう。あの二人に心を奪われてからの池澤は、以前の池澤でなくなっているではないかと。それは復讐として成立しているのではないかと。

「疲れた……」

机の上の携帯電話が鳴った。手に取った。液晶画面には、机の上に置いたメモの電話番号が表示されている。野田だ。

「池澤だけど……」

『おう先生？　新聞を読んだか？』

「読んだ」

『どうだい、お前が莫迦なことをしなければこんな記事を抑えるのは屁でもなかった』

「なにが言いたいんだ。これはお前の仕業なのか。たまたまじゃないのか」

『たまたまでこんな詳しい記事が出るかよ。最近、有名な大学の先生が痴漢で捕まったりするから、この手の話題がないかって記者が来たのよ。それで話してやったら、喜んでいたよ。すぐ飛びついたね』

「もしお前の仕業だとして加藤がどれだけ傷つくか分からないのか」

池澤は怒りを込めた。

野田が激しく笑った。

「なにがおかしい！」

池澤は叫んだ。

『そんなことは百も承知さ。あの痴漢野郎は、この記事に驚いたんだろうな。もう二度と会えない世界に行っちまったよ』

野田の笑い声が激しくなる。

心臓が、ぴたりと鼓動を止めた。同時に周囲の空気の流れも時間も凍てついたようになった。

野田の笑い声だけが暗い闇に響いている。

「お前の言っている意味が分からない」

『死んだのさ。自殺だよ』

野田は笑いを堪えるのに苦しそうだった。

「今、何て言った？」

『奴は死んだ。自殺したのさ。つい先ほどの時間だ。十一時三十分頃じゃないか』

「本当か」

覚めた口調で訊いた。心臓の鼓動が耳にうるさいほど大きく聞こえる。

『嘘だと思うなら新宿駅に問い合わせてみろ。いや、あいつの会社に聞いてみてもいいな。俺も驚いたよ。あいつが新宿駅で死ぬとは思ってもいなかった』

野田は相変わらず笑っていた。

『おいどうした？　何か言えよ。お前は友人を殺したんだぞ』

「嘘だ。嘘だ！」

池澤は叫んだ。

野田がまた激しく笑い出した。

「嘘だと言え！　貴様！」

携帯電話が切れた。それでもまだ野田の笑い声が響いている。池澤は椅子から崩れ落ちた。周囲が真っ暗になった。そして全てが敵意を持って迫ってくるように思えた。その敵意にまず加藤が呑みこまれた。

次は間違いなく自分だ。

池澤は震えを抑えるように自らを抱きしめた。

第九章　罠《わな》

1

喪服姿の美由紀は普段より、暗く、厳しい。頰の辺りは青ざめてさえ見える。ファミリーレストランの大振りのコーヒーカップを持つ手が痩せている。今まで気づかなかったが、こうしてあらためて美由紀の顔をじっくりと見ると、窶《やつ》れが目立つ。ついこの間までは気づかなかったのに、大きな屈託を抱えているようだ。

「あっけないわね」

美由紀が俯いたまま言った。

「莫迦な奴だ。死ぬことはない」

池澤は、いましがた終わった加藤の葬儀を思い浮かべた。死因が自殺だけに参会者も沈痛な中にもわだかまりがあるような複雑な空気を漂わせていた。

銀行時代の同僚も多く駆けつけていた。しかし誰も懐かしそうに声を掛け合う者はいない。視線で相手の顔をお互いが確認するだけだ。お清めの場も設けてあったが、立ち寄る者は少ない。池澤も焼香を終えると、まるで後を振り返るのを恐れるように美由紀を連れて会場を後にした。

「でもあれだけ派手に書かれたら外を歩けないわね」

「確かにそうだが、あんなものはすぐに忘れるし、それに誰もが読んじゃいない」

「そうでもないわ。記事が出たことをみんなが知っていると思ってしまうのよ」

「強迫観念って奴かな」

「そうよ。何かに追いつめられ、追いかけられて、捕まって、突き落とされてしまった。気がついたら死んでいた……」

美由紀が顔を上げた。暗い目だ。

「気がついたら死んでいたなんてないだろう。死んだら気がつかない」

池澤は苦笑した。

美由紀との間に流れる重苦しい空気、それは緊張の一種と表現してもいいだろうが、それを苦笑によって払いのけられるような気がしていた。

「そうでもないらしいわよ。死んだ人に聞いたわけではないけど、例えば高速道路で腕を出して、走っていて、対向車とすれ違った瞬間に、空気がかみそりのようになってその人の腕を切り落とす事故があるわね」

「ああ、かまいたちっていう現象だ」

「あれって痛くも何ともなくて、しばらくしてから腕がないことに気づくそうよ。そうして初めて痛みが来るの。気がつかなければ痛くないらしいわ」

「そんな莫迦な……」

池澤はまた笑った。

「嘘じゃないわ。何事も気づかなければ痛くないのよ」

美由紀の目が、一層、暗さを増した。

自分の足元が揺れるのを感じた。何事も気づかなければ……。美由紀の言葉が、池澤を貫いた。美由紀は何かに気づいている。その何かというのは、当然のことだが、佐和子と美香のことだ。いや、それは考えすぎだ。気づくはずなどない。誰かが、美由紀に吹き込まなければ……。誰かが吹き込むことがあるだろうか。ないとはっきり言いたいが、その自信はない。野田の顔が、浮かんできた。まさか……。

「行こうか?」

気まずさから逃れるように立ち上がろうとした。

「ねえ、ところであの新聞記事は誰が書かせたの?」

美由紀は立ち上がろうとしない。池澤は、再び座った。

「それは新宿署の刑事の野田って奴だよ。話さなかったか？　あいつ、加藤から金を脅し取ろうとしていた。ひどい奴だ」

「だったら、あなた加藤さんの友達なら、その刑事をやっつけたらいいじゃないの。新宿署に訴え出たら？」

美由紀が挑発するように言う。真剣にというより、どこかからかっている。

「いいよ。今さら」

「今さらだなんて、加藤さんはその刑事に殺されたのも同然でしょう？　だったらせめて加藤さんの奥さんに伝えたらいいじゃないの？」

「そんなことをしても加藤が帰ってくるわけじゃない。加藤もあの事件を終わりにしたいから死んだわけだし……」

「終わりにしたかったかどうかわからないわ。恨みを持って死んだかもしれない。あなた、その刑事をやっつけてよ」

美由紀の目が赤い。興奮が目を赤く染めている。

「いいよ、もう、その話は……」

「よくないわ。あなた友達でしょう」

美由紀が興奮した口調で言った。

「止めよう」

立ち上がった。池澤の腕を美由紀が捕まえた。

その腕を振り切ろうと美由紀の顔を見た。足がすくみ、途端に震えが襲ってきた。恐ろしさに顔が引きつり、目が飛び出すかと思われた。

「加藤……」

その場にへたり込んだ。

加藤が怒りに顔を引きつらせて池澤を睨んでいる。

(お前が記事を書かせたのか)

「そんなことをするわけがないじゃないか」

息を詰まらせた。気を失いそうになるのをようやく耐えた。

「あなた……、大丈夫?」

美由紀が言った。

「大丈夫だ」

額に手を当てた。汗が滲んでいた。

「だからその刑事が、本当に記事を書かせたのなら、訴えるべきよ。それをしないのは卑怯だわ」

「もうその話はいい。止めろ」

怒って言った。

なぜ加藤の幻覚などを見たのだ。あいつは私を恨んでいるのか。私が記事を書かせるわけがないじゃないか。なんの意味がある。

「あなたは加藤さんを恨んでいたわね。銀行を辞めるきっかけも加藤さんとの争いが原因なわけだから。加藤さんがあなたを苛めなければあなたは今も銀行員だったかもしれない……」

「なにが言いたい？　加藤を恨んでいたのは昔の話だ」

「あなたは加藤さんが死んで、本当はいい気味だと思っているのじゃないの？」

「そんなことを思っているはずがない！　いい加減にしろ」

「あなたは変わったわ。銀行員の時の方がずっとよかった。今はまったく別の人よ。卑怯で、嘘つきで、逃げてばかり」

「もうやめろ」

「私、知っているのよ。莫迦なことはやめて」

美由紀は池澤を見据えた。

「何を知っていると言うんだ」

「あの写真の女性のことよ」

「写真？」

「あの時、あなたは写真の女性のことは何も知らない、あなたを陥れようとする誰かの仕業だ、って言ったわね」

「ああ」

「まだその言い訳をするつもりなの？」

美由紀の視線の強さに池澤は耐えられなくなっていた。

「何が言いたい？」

美由紀を睨みつけた。強気な口調で言いながら、どうやってこの場を切り抜けるか、それだけが頭の中を駆け巡っている。

「マンソンジュ。嘘」

美由紀は憎んでいるような視線になった。

なぜマンソンジュの名前を知っているんだ？

「顔が変わっているわよ。この名前に覚えがあるでしょう。あなたに相応しいフランス語だわ」

「知らない。何が言いたい」

「この名前は歌舞伎町の喫茶店よ。あなたってひどい人ね。痴漢事件で、加藤さんを脅したのね。なぜ脅したかと言うと、加藤さんがあなたの浮気のことを知っていたから。あの写真の女性は、あなたの浮気相手。不潔よ。二人の女性と浮気するなんて信じられない！」

美由紀は激しくかぶりを振った。

「何を言っているのかさっぱり分からない」

「あなたは浮気をしている。それを加藤さんに注意された。あなたは加藤さんを喫茶店に呼び出して、脅した。痴漢のことを記事にするぞってね。本当に卑怯ね。加藤さんが精神的に追い詰められたところを見計らって、記事を書かせた。今のあなたの立場なら、そんなこと、お手のものだものね」

美由紀は、冷たく笑みを洩らした。

「くだらない妄想はよせ」

池澤は強く言った。自分の動揺を悟られないためにも口調は激しくなった。

「妄想ではないわ。妄想だと言うなら、証拠を出して完全に否定してみなさいよ」

美由紀の目は憎しみに満ちていた。

「俺が加藤を脅したなどというストーリーを誰が君に吹き込んだのだ。彼から相談されたが、脅したことなどない」

「浮気のことはどうなのよ」

佐和子や美香のことは、池澤にしてみれば、恋という言葉で表現したい。しかしこの言葉は、妻帯者に相応しくない。もし美由紀に浮気ではない、恋だと言えば、どうなるのだろう。もっと悲しむだろうか。それとも軽蔑するだろうか。

「この話は止めよう」

池澤は言った。

「逃げるのね。あなたはいつもそうだわ」

「どう思われてもいい。今のお前は俺の言うことを何も信じない顔をしている。こんなときに話しても言い訳になるだけだ。もう帰ろう」

池澤は立ち上がった。

美由紀は、池澤を見上げ、ふいに泣き出した。テーブルに顔を伏せ、肩を激しく上下させている。

美由紀の疑いを晴らすためには、佐和子と美香と別れるしかない。何もかもなかったことにして初めて美由紀の怒りと悲しみが終わるのだろう。

2

池澤は、美由紀をタクシーに乗せ、自宅に帰った。

タクシーの中で、美由紀は何も喋らなかった。

リビングで上着を脱いだ。美由紀は喪服のまま、ソファに深く座っていた。

「コーヒー淹れようか」

池澤は訊いた。

美由紀は何も答えない。キッチンに入った。コーヒーメーカーでコーヒーを淹れ始める。コーヒーメーカーに挽いたコーヒー豆と水を入れさえすれば、後は自動的にコーヒーが出来上がる。

立ったまま美由紀を眺めながら、コーヒーメーカーの湯が沸騰する音を聞いていた。

コーヒーが出来上がった。食器棚からマグカップを二つ、取り出した。コーヒーをカップに注ぎいれた。

「できたよ」

美由紀の前にカップを置いた。

美由紀の前に座ってコーヒーを飲み始めた。

「誰から、あなたが浮気をしていることや加藤さんを脅したって聞いたか知りたい?」

「いいよ。そんなこと……」

「逃げないでよ。聞かせてあげるわ」

「分かったよ。そういう莫迦なことをお前に吹き込む奴は誰だ?」

無理に笑みを作った。

「宮川さんよ」

美由紀は言った。

カップを落としそうになった。このままでは床を汚してしまうと思い、カップをテーブルに置いた。

「驚いたようね。誰だと思っていたの？」

「誰のことも思っていないよ」

「嘘ばっかりね。あの新宿署の刑事だと思ったでしょう？　あなた写真を送ったのは、お前か！　ってあの刑事に怒鳴っていたものね」

美由紀が薄く笑った。池澤の心が冷たくなるような笑みだ。

「まさか……。なぜ宮川が……」

絞りだすように言った。

「宮川さんに呼び出されたのよ。新宿のマンソンジュにね。そこであなたは加藤さんを脅したのよね」

「何を言う」

「あの日、あなたは歌舞伎町から帰ってきたわ。派手な絵のティッシュがあったもの。宮川さんは言った。池澤先生が妙な女と関わりを持っています。言いにくいが相当に深い関係になっているようだ。このままだと池澤先生の仕事にも社会的地位にも影響する可能性がある。奥さんから、別れるように説得してくれってね」

「あの男……」

自分の体が冷たくなっていくのを感じていた。どうして宮川はそんな余計なことをしたのだ。それに加藤を脅したなどという作り話まで美由紀に吹き込んだのはどういうことだ。あれは野田が脅していたと宮川にも話したではないか。

「宮川さんは、いい編集者ね。あなたのことを真剣に心配していたわ。でも私のことは気にかけていない。あなたがどこかの女にうつつを抜かしていると聞かされて、はい、分かりました、別れさせましょうと礼を言う妻なんていると思っているのかしら。私はあの宮川っていう人は、どこか嫌いよ。独身でしょう。私の気持ちなんて何も考えていない」

美由紀は、カップを両手で抱えてコーヒーを飲んだ。

「お前は宮川の言うことを全て信じたのか」

「信じたのかもなにもないわ。あなたの行動を見ていると信じざるを得ないじゃないの。もう認めたらどうなの。浮気も、加藤さんを脅して、死に追いやったことも」

美由紀はカップをテーブルに置いた。硬い音がリビングに響いた。

「どれもこれもみんな嘘だ」

池澤は言い放った。

今の状況を切り抜けるには、言い張るしかない。少しでも美由紀の言うことを認めるようなことがあれば、かえって関係悪化は決定的になるに違いない。

「嘘、嘘は止めて！」

「嘘じゃない。加藤を脅してもいなければ、あの写真の女性たちのことも知らない」

額に嫌な汗が滲むのを感じていた。

「私は、あなたが浮気をしていてもいい。何をしていてもいい。でも嘘だけは嫌なの。それは許せないの。嘘であることを信じて、それを頼りに暮らしていくことはできない」

「だから信じてくれって言っているだろう。お前に嘘はついていない」

「あの写真に写っていた場所は、ホテル日航東京のテラス・レストラン……。宮川さんはこっそりと客になりすまして写真を撮ったのよ。あなたはあの女たちと食事を楽しみ、ホテルの中に消えていった」

「嘘だ！」

「嘘だって片付けないで。私は、本当のことが知りたいだけよ」

美由紀が立ち上がって叫んだ。

本当のことを知りたい？　この言葉をどこかで聞いたことがある。記憶を探った。

自分が言った言葉だと気づいた。あの日、佐和子と美香に本当のことを教えてくれと言ったのだ。

二人に何者かと訊いた。佐和子はその言葉に気分を悪くした。美香は、怒った。佐和子は池澤のことを愛しているだけだ。そして美香は池澤と佐和子の間にできた子だと。

最初に出会ったときに、美香は、全ては佐和子の思い込みだと言った。それがいつの間にか微妙に変化して、佐和子が池澤と働いていたこと、二人の間に深い関係があったこと、これらをさも真実であるかのように言い始めた。

それはまるで美香は、池澤を誘いこむために佐和子の思い込みだと言ったかのようだ。思わず美香に叫んだ。本当のことが知りたいだけだ。今の美由紀と同じ言葉だ。

「どれもこれも嘘が混じっている」

池澤は呟いた。

美由紀の言っていることにも少しずつ嘘が混じっている。浮気のことは本当だとしても、加藤を脅したことはない。確かにあの写真が撮られたのは、ホテル日航東京のテラス・レストランだ。しかしあの後、佐和子や美香とホテルに入った事実はない。

なぜ嘘が混じっているのだ。

美由紀が嘘をついているとは思えない。それでは宮川が嘘の情報を美由紀に与えたというのか？　何のために？

まさか……？

加藤を脅したのだろうか。佐和子や美香とホテルに入ったのだろうか。

池澤自身が思い込んでいるだけで、美由紀が話していることが真実なのかもしれない。

「どれもこれも嘘が混じっているというのではなくて、どれとどれが嘘なんだと説明してくれない？　そこから本当のことが分かるかもしれないじゃないの」

美由紀は、冷静さを取り戻した顔になっている。

「少し時間をくれないか」

「時間？」

「そうだ。時間だ」

「おかしいことを言うわね。自分のことを説明するだけよ。それにどうして時間が必要なのよ。私が訊いていることの、どことどこが嘘で、どことどこが真実なのか細かく分析して説明してくれればいいだけだわ」

美由紀は、勝ち誇ったように言った。

「お前の言うことは正しい。でも分からなくなった。どれが正しくて、どれが正しくないのか……」

「あなたどうかしているのじゃないの。自分が何をしているのか、何をしたのか説明がつかないの」

美由紀は笑った。それは乾いた笑いで、池澤を不安にした。

美由紀を見上げた。この笑っている女は誰だ？　ふとそんな思いが浮かんだ。彼女は、美由紀と名乗り妻だと言い、当然の権利のようにして自分を責め立てる。本当にそうなのか。彼女は妻なのか？　彼女は自分を責める権利を持っているというのか？

「時間をくれ」

頭を下げた。

「いったいどれくらいの時間があればいいのよ」

「分からない。なにもかも分からなくなった。みんなが俺に嘘をついている」

「ばかばかしい。あなたが嘘ばかりつくからよ」

美由紀は言った。

お前は誰だ？　喉元まで、その言葉が飛び出しそうになった。

3

宮川はどこだ？　どこにいる？

池澤は、護国寺の駅を降り、光談社の本社ビルに飛び込んだ。

光談社の本社ビルにはめったに足を運ばないが、壮麗で威圧感がある大理石のビルだ。出版社でこれほどのビルを本社として構えているところはない。

受付に駆け寄り、宮川を呼び出してくれと頼んだ。事前に連絡はしなかった。彼は、だいたい午後には本社にいることが多い。その可能性にかけた。もし電話をすれば、そこで怒鳴ってしまい、話にならないだろう。

「宮川を呼んでくれ」

池澤は体を乗り出した。荒い息が受付の女性にかかる。顔をしかめている。

「何部の宮川でしょうか?」

冷静さを保ちながら彼女が訊く。

「何部? あのさ? 何人も宮川っているわけ? 池澤彬が来ているといえばいいよ」

「何部かおっしゃっていただかないとお取次ぎいたしかねます」

彼女は無理に笑みを浮かべた。

「『現状』の編集部だよ。宮川龍二だ」

「わかりました。現状編集部ですね」

彼女は社員リストのページを繰り始めた。

「いいよ、もう。僕が携帯で呼び出すから」

携帯電話を取り出した。まるで彼女と競っているようだ。彼女は、池澤の言うことが聞こえないような振りをして電話を取った。

「池澤彬様がお見えです」

彼女が言った。

携帯電話をスーツの内ポケットにしまった。

「池澤様」

彼女が呼んでいる。

受付に近づく。彼女が受話器を差し出す。

「今から会議があるようなのです。ちょっと代わるようにと申しております」

受話器を取った。

「もしもし……」

『すみません。ちょっと会議が……』

「どれくらい待てばいいの？」

『一時間くらいで終わると思いますが……』

「一時間も待てば、俺は弁護士を使って君を訴えるよ」

『また冗談ばっかり』

「今回ばかりは本当だ。俺は君を見損なった。文句を言いに来たんだ。いや、文句じゃない。君の言い訳を聞きにね」

興奮した口調で言った。

『荒れていますね』

宮川は言った。

「荒れるように仕向けたのは君だよ」

宮川の落ち着き振りをなじった。

『分かりました。七階に喫茶がありますから、そこで待っていてください。会議に出ないで、そちらに行きますから。僕も先生に話さなくてはならないこともありますから……』

「なに？　話さなくてはならないことって？」

『会ってからお話ししますよ。それでは』

宮川は電話を切った。

彼女に受話器を返した。

「七階の喫茶で待っているように言われた」

「これをおつけください」

彼女は、来客用のネームプレートを池澤に渡した。

「話したいことって何かな？」

ネームプレートをつけながら呟いた。

4

エレベーターのドアが開いた。

「いらっしゃい」

宮川が笑みを浮かべて立っている。

「ああ、そんなににこにこする気分じゃないけどね」

不機嫌な顔を宮川に向けた。

「どうされたのですか。嫌だな……。何かしたかな？　覚えがないけどな」

宮川は、池澤の前を歩きながら言った。

俯いたまま歩いた。自分の顔が暗く、重苦しく見えているかを意識していた。宮川に全身で不機嫌、不愉快、不信という気持ちを伝えなければならない。

「どうぞ」

宮川は、外の景色がよく眺められる席を池澤に勧めた。

無言で座った。宮川も最初の笑みは消え、硬い顔になっている。

宮川の背中越しに見える森を眺めていた。緑がどこまでも続いている。

宮川が後ろを振り返った。

「いい景色でしょう。護国寺の緑が、なんとも言えません。東京って不思議ですよね。人を圧倒するようなビルがあるかと思うと、その傍には豊かな緑が広がっている。どこを見るかによって、冷たい大都会だったり、優しい街だったりするわけですから」

「そうだね。見るところによって違う……」

宮川の後ろ姿を見ていた。この男も見るところによって違うのか。敵か味方か……。

「ところで急いでおられたのはどういうわけですか」

宮川が訊いた。

「君は最近、女房と話したか？」

厳しい目で睨んだ。

「奥さんとですか。しょっちゅう電話しますよ。最近ねぇ……」

宮川は視線を上に向けた。

「話したのか?」

「話しましたね」

「何を?」

「先生、怖いな。忘れましたよ。たいしたことじゃないから」

宮川は軽い笑いを洩らした。

「たいしたことない? 君が女房に言った嘘で僕はえらい迷惑というか、絶体絶命にまで追い詰められているんだ」

唇を震わせた。

「オーバーですね」

「オーバーじゃない。僕は君を味方だと信じていた。それなのにどうして……」

「僕は味方ですよ。今回の問題だって、ずっと心配しているんですから」

「分かっているよ。それならどうして僕が加藤を脅したとか、浮気をしているとか、女房に悪し様に吹き込むんだ!」

池澤は声を荒らげた。

「先生！」

宮川が、両手で制した。周りの客がこちらを見ている。

「悪かった。つい興奮した」

大きく息を吐いた。

「おかしいな……」

宮川は首を傾げた。

「何がおかしい？　女房は君のいうことを全て信じ込んで半狂乱なんだからな」

「だって言うはずないじゃないですか。先生が加藤さんを脅したなどと言うはずがない。なんのメリットがあるのですか。それに浮気の話もそうです。僕が奥さんに告げ口をする必要がありますか。なんて莫迦莫迦しいんだろう。よく考えれば全て分かるでしょう」

宮川は勝ち誇ったように言った。

「君は僕が佐和子や美香と別れないので、女房に告げ口をしたのじゃないか」

「どうかしていますよ。なんなら今から奥さんに会って、対決してもいいですよ」

「本当なのか？」

「嫌だな？　どうして僕が先生を陥れるような嘘を言うのですか」

宮川は呆れたような顔をした。

「女房が嘘をついたというのか？」

宮川を見つめた。

「そうじゃないですか」

「どうして？」

「知りませんよ。奥さんに聞いてください」

宮川の答えを聞いて、池澤は頭を抱えてテーブルに伏せた。

「もう誰が本当のことを言って、誰が嘘を言っているのか分からない」

声がテーブルに反響して、割れた。

「疲れていませんか」

「疲れもするさ。周りが信じられない。君が嘘をついてないとすれば、女房が嘘をついているということになる。なぜ、女房は嘘をつく必要があるのだ」

池澤は、髪の毛を激しくかきむしり始めた。

「混乱されているときにこんなことを言っていいですか」

宮川が訊いた。

池澤は顔を上げた。

「先生の銀行員時代、そう大阪支店の頃、誰か自殺した人はいませんか」

「自殺？」

「ええ、自殺です。女性で……」

「なぜそんなことを？」

「理由はともかく思い出してくださいよ」

宮川は言った。

「自殺ねえ？」

遠い記憶を探るように目を閉じた。

いったい宮川は何を摑んだのだろうか。そしてなぜ美由紀は嘘を？　いやまだ彼女が嘘をついたのか、宮川が嘘をついたのかは分からない。

周りの全てが自分に襲いかかってくる。心臓が止まってしまうように苦しくなった。

5

携帯電話が鳴った。記憶を手繰る作業が中断させられた。

「女房からだ」

嫌な感じがした。

「奥さんからですか？」

宮川が訊いた。

「そうみたいだ。なんだろう？」

池澤の不安を映して、宮川の顔も暗い。

「どうした？」

『あなた！　帰ってきてよ！』

美由紀がヒステリックに叫んでいる。

「いったいどうしたというんだ！」

『いいから帰ってきて！』

「今、宮川のところにいるんだ。お前は宮川から加藤のことや浮気のことを聞いたと言ったが……」

『いいから、帰ってきてよ。そんなことはいいから。でないと私が家を出るわよ』

「だけど……」

『もう嫌！　帰ってきて、どうなっても知らないわよ！』

美由紀は携帯電話を切った。

「帰るよ。何かが起きたようだ。思い出すのは車の中でもするから」

池澤はテーブルを離れた。

幸人が荒れているのだろうか。それが一番心配だった。美由紀と殴り合いでも始めていたら……。最近、息子が母親を刺殺する事件が頻発する。それが他人事ではない。

「必ず思い出してください。あの二人の女性に絡んでいるかもしれないのです」

宮川は暗い顔で言った。

「佐和子と美香に？」

首を傾げた。

「全くの僕の想像ですから、詳しくは思い出されてからにしましょう。急いでください」

宮川は、池澤に早く帰るように促した。宮川の想像を聞いてみたいと思ったが、今は時間がない。宮川は何を摑んだというのだろうか？　こんなときに緊急電話をかけてくる美由紀を恨んだ。

「これだけ確認させてくれ。女房に変なことを吹き込んだのは君じゃないな」

「絶対に違います。僕は先生の味方ですよ」

宮川は、口角を引き上げるように笑みを作った。

宮川の笑みを確認すると急ぎ足で喫茶ルームから出た。エレベーターに飛び乗り、一階に降りた。光談社から飛び出すと、すぐにタクシーに飛び乗った。

自宅の住所を運転手に告げ、目を閉じた。

首を左右に揺らす。重い。何かが棲みついて増殖しているようだ。

どこで狂い始めたのだろうか。野田に恨まれた時？　ディレクターに注意された時？　そうではない。身の程知らずにも、佐和子と美香などという魅力的な女性と親密になった時から、人生に歪みが出始めたのが本当だ。

彼女たちが悪いのではない。自分が悪い。自分自身を完全に見失っている。周りが全て、悪意を持って攻撃していると思うこと自体が、尋常ではない。

冷静になろう。落ち着こう。そして佐和子と美香と別れるのだ。このままだと全てを失ってしまう。美由紀も何もかもだ。美由紀を失うことは、今までの人生を否定することだ。彼女たちは魅力的だが、美由紀を捨ててまで関係するわけにはいかない。それは彼女たちも望んではいないだろう。

望んではいない？　なぜそんなことを言うことができる。それこそ希望的観測だ……。

「おい、池澤」

誰かが呼んでいる。

「なんだ？　加藤か？　どうした？」

なぜ加藤がここにいるのだ。

「久住が死んだぞ」

久住？　死んだのはお前じゃないのか。おかしい。夢でも見ているのか。池澤は、頬を摘んでみる。痛い。ということは夢ではない。体がだるい。あまり深く考えられない。

「久住を覚えていないのか」

加藤が怒っている。

「知らない」

池澤は答えた。

「組合学校に行っただろう?」

「夏の組合学校のことか?」

銀行の組合は新入行員などを集めて、夏に避暑地で一泊の合宿を行う。それを組合学校といい、娯楽のなかった若手行員の楽しみであり、また出会いの場だった。

「そうだよ。六甲山の銀行の寮で行われたやつだよ。彼女、そこにいたんだ。思い出したか?」

加藤は眉根を寄せた。怒っている。なぜ、みんな怒るんだ?

「知らないな」

首を傾げた。

「お前は冷たい奴だな」

「何が冷たい。もう半年も前の話だよ。忘れて当然だ」

「お前の周りで、ちょこちょこ動き回っていた小柄なかわいい子がいただろう。久住愛子という子だ」

「僕の周りを……。ああ、あの子か。目のくりっとした。思い出したよ」

組合学校でよく話しかけてきた少女のような女性を思い出した。

「その程度か?」

加藤の目が暗い。

「その程度かってなんだ。意味ありげに言うなよ」

「あの子、お前のことを好きだったようだ。お前もまんざらでもない様子だったじゃないか」

加藤が暗い目で笑った。

「俺のことを好きだって？　いい加減なことを言うなよ」

自殺した女性が自分のことを好きだとは、嫌な気持ちだ。

「お前が親切にしていたじゃないか。フォークダンスの時もいつも一緒だったし、食事の時も……」

「それはたまたまだよ」

「たまたまには見えなかったがな」

「お前こそ彼女が好きだったんじゃないのか。そんなに気になっていたのなら」

反論するように加藤に訊いた。

「俺は好みだったけどね。でも彼女、お前のことが好きだった」

加藤は、ふっと息を洩らした。

「なぜそんなことが分かる？」

「俺が、直接、彼女から聞いた。お前のことを好きだって……」

加藤は目を伏せた。

池澤が話しかけようとすると加藤の顔が崩れていく。

「お客さん、着きましたよ」

誰かが呼びかける。

「お客さん！　もうしょうがないな。お客さん！」

池澤は目を開けた。

「すみません。眠ってしまったようです」

瞼が重い。

「着きましたよ」

運転手は言った。

財布から金を取り出して、運転手に渡した。

「忘れ物ないようにしてください」

運転手は、決まりきった注意を促すと、ドアを開けた。

外に出た。

頭が重い。思い出さねばならないという気持ちが強く残っている。

いったい何を思い出すというのだ。加藤の夢を見たようだ。加藤とはいろいろと確執もあったが、長い付き合いだった。あいつが死んだなどということは信じられない。加藤が何か言っていた。とても大事なことだ。思い出せ……。

自宅のドアを開けた。

「お帰り」

幸人が目の前に現れた。

池澤は気を失いそうに驚いた。幸人は手には何も持っていない。血の滴るナイフか包丁を持っていたら、と思ってしまったのだ。

「ママは？」

頭が重い。首筋から上にかけて、何かが張り付いたように感じる。それに先ほどの夢で加藤が言ったことを思い出そうとするのだが、どうも出て来ない。

「リビングにいるよ」

「リビング？　何かあったか？」

池澤の目の前で、美由紀を組み伏せ、包丁を振り上げている幸人が見えた。

「荒れていたよ。こちらこそ何かあったの、って訊きたいくらいだ」

幸人は玄関に下りていこうとした。

「どこへ行くんだ？」

「コンビニだよ」

幸人は外へ出ようとした。

「ちょっと、待て」

幸人の腕を摑んだ。

血まみれでリビングに横たわる美由紀の姿がはっきりと見えた。

「お前、ママに何かしたのか。ママから緊急の連絡があったから帰ってきたんだ」

幸人を睨んだ。

幸人は、軽く首を傾げて、不思議そうな顔をしている。

「何も？」

「何もしていないな」

「嫌だな……。パパは僕がママと喧嘩ばかりしているから、ママを包丁で刺したとでも思っているの？」

幸人は笑った。

「そういうわけでは……。ママがあまり緊急の電話をしてきたから、てっきりお前と喧嘩したのかと思ったんだ」

「心配しないで。もしママを殺すなら、パパの目の前で、パパの頼みで殺ってやるから」

幸人は軽くウインクをした。

「ば、莫迦なことを言うな」

幸人の手を離した。

「僕は行くよ。ママはパパのことでめちゃくちゃに暴れていた。僕より、むしろパパの方がママに危害を与えているみたいだよ」

幸人は、ドアを開けて出て行った。

「俺のことで……」

足が震えた。美由紀を怒らす何があったのだ。幸人が出て行ったドアを見つめた。あのドアから逃げ出したいと本気で思った。

リビングに視線を向けた。テーブルの一点をじっと見つめている美由紀の姿を想像した。それは家の中に鬼が棲んでいる姿だった。

6

池澤は、靴を脱ぎ、廊下を歩く。他人の家に踏み入れたかのように、忍び足だ。

リビングのドアを開けた。まだ日も高い日中なのに暗くて冷え冷えとした空気に満ちている。

美由紀がいた。テーブルに倒れこむようにうつぶせになっている。

「美由紀……」

美由紀が体を起こした。

「どうした？　美由紀、何があった？」

恐る恐る声をかけた。

美由紀が振り向いた。つりあがった目が池澤に迫ってきた。それは池澤の心臓を槍で貫くように鋭い。

「帰ってきたのね」

美由紀の声は、別人のように低い。

「そりゃあ、帰って来るさ。お前が、あんなにヒステリックに電話をしてくればね」

苦しそうに笑みを作った。そしてゆっくりと美由紀に近づいて行った。

「これを見てよ」

美由紀は、テーブルの上に散乱した写真を指差した。

その場に立っていられないほどの衝撃を受けた。手を震わせながら、そのうちの一枚を手に取った。急に周囲が暗くなり、何も見えなくなった。

「それあなたよね。もう言い訳は許さない。嘘もつかないで」

美由紀は落ち着いている。あの電話の声とのギャップに驚かざるを得ない。

周りを見渡した。リビングに飾ってあった各種の人形がフローリングの床に転がっている。中には粉々に砕かれたものがある。美由紀とかつて旅行したスペインで買ってきたリアドロだ。長い飛行中で壊れないように、抱きかかえてきた大切な二人の記念品だ。それが形もない。

「これはどこから……」

「そんなことより答えて。この写真は全てあなたね」

美由紀の視線は相変わらず鋭い。

もう一枚の写真を取り上げた。それにはさらに衝撃を受けた。

一枚目の写真は、池澤がベッドで裸で眠っている姿、もう一枚は明らかに美香と分かる女性とベッドで抱き合っている。池澤が上から美香に覆いかぶさっている。腰から下はシーツに隠されているが、美香の表情から推察すると池澤と深く結びついていることは明らかだ。

池澤は黙っていた。

テーブルにはまだ写真が二枚残っている。池澤はそれらを手に取る勇気はない。それらには佐和子が映っていた。一枚は池澤は佐和子の腰に手を回し、立ったままで彼女の潤い部分と繋がっていた。もう一枚は、後ろから佐和子を攻めようとしている池澤の姿だ。池澤の顔は映っていない。背中だけだ。佐和子の白い臀部が写真の半分を占めるほど大きく写っており、まさに池澤はその柔らかい部分に自分の猛った物を挿し入れようとしている。

「なんとか言ったらどうなの？　幸人が止めてくれなかったら、この家に火をつけて、自殺していたところよ」

「いったいどこでこれを……」

「そんなことよりこの写真はあなただって認めるのね。合成だなんだと言わないわよね」

「ああ、言わない」

美由紀の目が真っ赤に充血していた。

「認めるのね」

「認める。でも……」

観念した。

「もう何も聞きたくない。今すぐ出て行って。もうあなたの顔なんか見たくない」

「説明させてくれ。彼女たちとはもう別れるから」

美由紀の前に座って、美由紀の手を掴んだ。美由紀は、その手を撥ね除けた。

「触らないで。不潔だわ。この写真、どこから来たか教えてあげようか。これよ」

美由紀は、白い封筒を投げ出した。

「朝毎テレビ?」

その封筒には朝毎テレビの名前が記入されており、番組のプロデューサー宛になっていた。

「朝毎テレビの『ズバリ!朝一番』のプロデューサーよ。わざわざメール便で届けてくれたわ。開封してしまいましたって、お詫びをつけてね」

「テレビ局に送られたのか!」

「それだけじゃないわ。当然、うちにも来たわよ。見たい?」

美由紀は、別の封筒をテーブルの上に投げた。鈍い音がした。開封されている。

「中身は同じよ。これで説明はいい。あなたの反論は？」

「お前、どうして嘘をついた？」

美由紀の顔がみるみる険しくなった。

「私が、嘘？　嘘はあなたでしょ。この写真はなんなのよ」

美由紀は声を荒らげた。

「この写真は俺だ。間違いない、説明する。その前に、なぜ宮川に聞いたなどという嘘をついたのだ。宮川はお前に何も言っていないと言ったぞ」

極力平静さを保った。

「私は嘘なんかついていない。宮川さんが嘘をついているのよ。あなたは私より宮川さんを信じるの」

「宮川は俺を陥れるメリットがない。だから嘘をつく必要がない」

「メリットがあるから嘘をつく、メリットがないから嘘をつかないなどということはないわ。それはあなたの勝手な思い込みよ。私はあくまで宮川さんに聞いた。それでいいじゃないの」

「お前、あの刑事から聞いた？　いや刑事に会ったんじゃないか」

美由紀は、視線を揺らした。

「刑事なんかにどうして私が会わねばならないの」

美由紀の目を凝視していた。わずかだが動揺している。

美由紀は野田と接触しているに違いない。でもどうして、野田なんかと……。

「私のことより、この写真はなによ。けがらわしい」

美由紀は、写真を破り始めた。

「これは香川佐和子、美香という女性だ」

「誰なの？」

信じられないだろうと前置きし、彼女たちとの出会いを説明した。

美由紀の表情は凍りついたように動かない。どんな感情の動きも見せまいとしているようだ。

「あなた、彼女たちはあなたの銀行に勤めていた女性で、あなたに憧れていたっていうの。それも母と娘。あなたは母と娘に関係したの。信じられない！」

美由紀はテーブルを叩いた。

「別れる。必ず別れる」

強く言った。

「別れたとしても、私があなたを許すかどうかは別よ」

美由紀は強く言った。

「それは分かっている。許してもらおうとは思っていない。彼女たちといると、最初は何もかも忘れられるほど楽しいと思ったが、今となってはもはや辛いだけだ」

「いい気なものね。でもあなたは別れられないわ、きっと」

美由紀は冷たい笑いを洩らした。

「なぜ？　そう思うんだ」

「あなたは恨まれているのよ」

「どういうことだ」

「あなたの推察どおり、私にいろいろなことを教えてくれたのは、あの刑事よ。あの人はあなたを潰すと言っていた。強烈に恨んでいたわ」

「やはり、会ったのか？」

「会ってはいない。電話をかけてきて、あなたの行動を私に知らせてくれる。細かくね」

「なんてことだ。この写真も、前の写真もみんなあいつの仕業だ」

「それはどうかしら？　写真はその場にいないと撮れない。これらの写真は、部屋の中にいた誰かが撮ったのに違いないわ」

これらの写真を野田が撮ろうとすれば、現場で隠れていて、シャッターチャンスを待っている以外にない。しかしあの部屋には野田はいない。池澤と、佐和子、美香だけだ。時には、佐和子だけ、美香だけということもあった。では誰が撮影し、誰が送ってきたというのだろうか。

　まさか……。

　野田でないとすれば、彼女たち以外にない。なぜ……。

「どう考えてもこの写真は、この女性が送ってきたとしか考えられないじゃないの」

「でもどうして？」

「この写真を送ってきたということに、あなたに対して抱いている強烈な恨みを感じる。あなたを潰したいと思う気持ちが溢れている。そうでなければテレビ局になど送るかしら」

　美由紀は、薄く笑った。

「なぜ笑う」

「いい気味だからよ。遊んでいたら、恨まれていたなんてあなたらしい」

「お前も恨んでいるのか。俺のことを……」

「あなたが嘘つきだと分かっただけでも収穫だわ。私もあなたを信じられない。勝手にやればいいわ」

　美由紀は池澤を睨んだ。

「彼女たちとは別れる。信じてくれ」

　頭を下げた。

「別れればいい。できるものなら、おやりなさい。期待しないで待っているわ」

美由紀は言った。

突然、テーブルに置かれた電話が鳴った。

受話器を取った。

「もしもし」

『朝毎テレビです』

テレビ番組でのコメントを注意したチーフ・ディレクターだ。

「なにか？」

『先生、まことに言いにくいのですが……』

「なんだよ。改まって」

『番組へのご出演の件ですが』

「断るつもりなんでしょう？　いいよ。もう出ないから」

『そうはっきりおっしゃられると、恐縮します』

「恐縮することはないだろう。もう行かないから、気にするな」

『申し訳ありません。これからもよろしくお願いします』

彼は受話器を置いた。

「なんだったの？」

美由紀が訊いた。

「朝毎テレビが出演を断ってきたよ」

「例の写真のせいかしら」

「そうだよ、きっとね」

池澤は肩を落とした。

「あなたも、もうおしまいね。私にはどうしてあげることもできないけど」

美由紀は言った。

何もかもが悪く回り始めた。佐和子にこちらからメールを送り、会わねばならない。そして別れるのだ。彼女たちと出会う前の時代に戻らねばならない。何もかもが順調に回っていたときまで。

それにしてもこれらの写真を送りつけたのが、佐和子や美香だとすれば、なぜ恨まれなくてはならないのか。全く分からない。

自殺した人はいませんか。

宮川が奇妙な問いかけをしたのを思い出した。

「久住愛子……」

少女のような透明な笑顔……。

7

池澤は、佐和子と美香に会うためにパレスホテルに向かった。

彼女たちは池澤に一方的に連絡してくるのだが、パソコンには佐和子からのメールが届いていた。

佐和子は、自分の愛情の真実を分かってもらいたいと訴えていた。またホテル日航東京で池澤を怒らせてしまったのではないかと心配していた。せつせつとした内容に心が動いた。

しかし池澤は美由紀との約束を守らねばならない。別れるのだと言い聞かせた。それに彼女たちと付き合い始めてからというもの、最初は順調だと思えたことも今では全てが悪く回転している。何もかもが悪意を持って迫ってきた。これを元に戻すには、彼女たちと別れるしかない。

佐和子に指定されたパレスホテルの七階のスイートルームに行った。

千代田の間だ。和風のアレンジが素晴らしい。ここで何度も佐和子を抱き、美香と睦んだ。それを思い出しただけで、狂おしくなる。

ドアを叩く。中からは何の反応もない。ノブに手をかけた。鍵がかかっていない。池澤が来るのを予測しているのだろう。部屋の中には香が焚かれていた。甘く、切ない香りが満ちていた。

「池澤です」

奇妙なほど静かだ。誰もいないのか。

ベッドルームの方に向かった。カーテンが閉められているため、部屋は暗い。

ベッド脇の応接セットに二つの人影があった。

「いたんじゃないですか。返事してくださいよ」

戸惑い気味に言った。

「お待ちしていました」

佐和子の声だ。

メールで恋情を訴えていたにしては、興奮のない声に聞こえる。いつもとは少し雰囲気が違う。いつもなら彼女たちのうちのどちらかが、池澤にすがりついてくる。今日はそれもない。

「暗いですね。明かりをつけましょう」

ベッドの近くまで行き、明かりのスイッチを入れた。

「あっ」

思わず声を上げた。

ソファには素裸で佐和子と美香が座っていた。ソファに腰を下ろし、太腿に手を揃えている。その体は、蛍光灯の明かりに照らされて異様なほど白く輝いていた。

「どうされました」

池澤は息を呑んだ。圧倒されたのだ。

「新様に疑われたのが辛くて、このように裸を晒しております。私たちの思いが真摯であることをご理解いただきたいと思っております」

佐和子は池澤に視線を据えたまま、重々しく言った。まるで呪術使いが神の言葉を告げているようだ。

美香も池澤を見つめている。

この場を逃げ出したい。この異様さ、不気味さは尋常ではない。

あなたは恨まれているのよ。

美由紀が言った言葉が思い出される。恨まれているのか、愛されすぎているのか、それは分からない。しかし恨みも愛も紙一重だといわれれば、納得する。

「今日は、お話があってまいりました。どうぞ服を着てください」

「このままでお伺いします」

「そうだ、ガウンを取ってきますよ」

ワードローブの引き出しを開けた。そこには木綿地の浴衣《ゆかた》が二枚入っていた。

浴衣を佐和子と美香の肩からかけた。彼女たちはそれぞれの浴衣に袖を通し、再び居住まいを正した。表情は和らいでいない。

「お話というのは、私たちをお捨てになるということでしょうか」

佐和子は言った。

「捨てるだなんて……」

佐和子の顔があまりに真剣なことに恐怖を覚えていた。

「他にどんな表現が適切でしょうか。私たちから離れようとされることは、すなわち私たちをお捨てになるということでしょう」

佐和子の声は暗い。美香は何も言わない。

「そんなに真剣にならなくてもいいでしょう」

苦笑しながら言った。なんとかこの場の空気を和ませねばならない。

「私たちは真剣です。新様と別れることなど考えもしておりません」

「だってそもそもあなたが会いたいと言って来て始まった交際だ。とくに僕が求めたわけじゃない」

佐和子と視線を合わさないようにして言った。

「何をおっしゃいます。あなたが求められたから、私たちが現れたのです。あなたとはずっと昔から一緒でした。私たちはあなたと離れることなどありません」

佐和子は落ち着いた口調で言った。ぞくぞくとした寒気に襲われた。

佐和子からの懐かしいから会いたいというメールに誘われただけだ。彼女たちは池澤を知っているが、池澤は彼女たちを知らない。それも面白いと思い、関係を深めてきた。はっきりいって彼女たちの肉体の魅力に取り込まれたのも事実だ。中年の恋だと気取ってはみたものの結局は仕事も家庭も友人関係も何もかもが脆くも崩れ去るような結果を招こうとしている。

何事も器用にこなすことのできない男が、器用に恋のゲームなどできるはずがない。器用であればもっと平穏無事なサラリーマン生活を送ることができたはずだ。

佐和子から受ける圧力にも似た恐怖に耐えられなくなってきた。

目の前に座る二人の女性は、魅力的で離れがたい。しかし今は怖い。ただひたすら怖い。池澤の心を支配しているのは、それだけだ。

今まで守ってきたものを彼女たちに全て壊されてしまう。その後には荒涼たる風景しか残されていない。

「頼む。もう関係を解消したい。お願いだ」

池澤は言った。

「やはり先生は私たちをお捨てになるつもりですよ。母さん」

美香が初めて口を開いた。

「哀しい。悔しい。なぜ私たちを愛し続けてくださらないのかしら」

佐和子が答えた。

「妻も家庭も、僕にとっては大事なんだ。分かって欲しい。君たちも最初から本気でなかったはずだ」

「何をおっしゃいます。私たちは新様を本気で愛しております。それに妻も家庭もとおっしゃいますが、守るほどのものでございますか。もはやとっくに新様から心は離れておいでしょう。奥様は特に……」

佐和子が薄く笑った。

「やはり佐和子さん、君があの写真を送ったのか？　なんて酷いことをする。あれで妻はもう僕を信頼しなくなった」

「写真のことなど知りません。何が写っていた写真かは存じませんが、写真如きで壊れるものをどうして後生大事にされるのですか。そんなものは最初から壊れているのですから、新様が無理に守ることなどないのです」

「なんということを……」

「そうでございましょう。仕事も家庭も何もかも幻想です。ものを書かれる、テレビで発言される、奥様とお子様とお暮らしになる、何もかもどれほどの価値があることでしょうか。私たちとともに過ごされれば、仕事もしなくていい、愛があり、心と体で睦みあうことができる毎日を過ごせるのです」

佐和子は少し語気を強めた。

「頼む。君は、甘い言葉とその肉体で僕を破壊しようとしているのか」

今にも叫びだしそうになった。それは佐和子の言うことは正しいと思ったからだ。だから叫びたくなった。

自分が守っていたと思っていた家庭は、すでに池澤を必要としていない。仕事はどうか。テレビ番組も一本の電話で出演を断ってきた。この程度の価値しかないのだと思い知らされた。池澤の代わりなどいくらでもいるということだ。では評論などは、まだ余人をもって代えがたいのではないか。宮川は親しくしてくれるが、注文は間違いなく細ってきた。それよりも締め切りに遅れがちになっている。それを彼女たちと関係を深めたせいだと思ってはいるが、そもそも何を書くべきか、池澤の中にテーマが失せている。

友達はどうか？　それも加藤の悩みさえまともに聞いてやれなかったではないか。あいつの死を傍観していただけという結果になってしまった。

「哀しいことばかりおっしゃいます。美香は泣きたくなります」

美香は、暗い顔で言った。

「泣きたいのはこっちだよ。君たちと出会って、最初は有頂天だった。しかし関係が深まるにつれ、僕の生活が全ておかしくなった」

「全て私たちのせいにされるのですか。私たちは新様をひたすらに慕っているだけでございます。それが生活を壊すなどと言われては、とても哀しい」

「美香、泣くのは止めなさい。新様はどうかなされておいでなのだよ。いろいろなことがおありだから。あまり泣くとお腹のややに障ります」

佐和子は、美香のガウンを広げ彼女の腹をさすった。

池澤は目を見張った。

「お腹のやや？　赤ちゃんができたのか？」

「はい」

美香は池澤を見て笑みを浮かべた。

「新様の御子です」

佐和子も笑みを浮かべた。

「私の？　私の子だというのか！」

悲鳴を上げた。

「私はもう長くはありません。それに子供を授かることができない体になっています。どうしても新様の子供を欲しいと願っておりました。美香がその願いを聞き入れてくれました。本当に親孝行な娘でございます」

佐和子は真剣な顔で言った。

「嘘だ。嘘だ。ありえない」

声をひきつらせた。

「新様もお慶《よろこ》びください。本来は私が産まなくてはなりませんが、代わりに美香が産んでくれます。生まれてくる子は私と新様の子も同然です」

「止めてくれ。頼む。金は出す。おろしてくれ」

膝を床につき、頭を下げた。

「なんと冷たいことを。新様はいつもそうやって逃げるのですね。昔もそうだった。昔も逃げた。だから私は悲しい運命になった。こんどこそは逃げられません。逃がしません」

佐和子の目が怒りにつりあがった。

「先生。もうすぐ、ややが、お腹を蹴るようになるでしょう」

美香が浴衣の前を広げて腹をむき出しにした。美香の腹が丸みを帯びて見えるのは池澤の目の錯覚だろうか。池澤は放心したように口を開け、美香の腹をいつまでも見つめていた。

第十章　復讐

1

「何でもする。許してくれ」

床に頭を擦りつけた。

「何を謝るのですか。何でもなさるのであれば、いい父親になってください」

佐和子の声が池澤の頭上に響く。

顔を上げた。

「それだけはかんべんして欲しい。僕には家庭も仕事もある。美香さんの子供を認知できる立場ではない。分かって欲しい」

池澤の訴えに美香が首を傾げた。その顔は憂いに満ちていた。

「それはなりません。やっと新様の御子を授かったのですから」

佐和子が言った。重々しい口調はまるで巫女のようだ。

「本当に子供ができたのか？　そうやって私を脅しているだけではないのか」

居直り気味に言った。こう言わなくては耐えられない。

佐和子が立ち上がった。裸体の白さが池澤の目を射る。

「お疑いなさるのですか。なんという浅ましさ！」

佐和子が叫んだ。

美香がすすり泣き始めた。

「この子は美香の腹を借りてはおりますが、私と新様の御子です。それをお忘れになってはいけません。私はもうそれほど先は長くないと医者に聞いております。それまでに新様との思いを遂げられてうれしくてたまりません。新様、私たちから離れようなどとは、ゆめゆめ思わぬようにお願いいたします。私と新様の御子さえこの世にのこれば、ともに黄泉路に旅立つことも厭わぬように……」

佐和子の声が、まるで舞台の台詞のように流れていく。

「帰らせてくれ」

池澤は立ち上がった。体が揺れる。

「帰らせません。このまま私たちと一緒にいてください。もう離れてはなりません」

佐和子が池澤の腕を摑んだ。意外なほど力が強い。

「頼む。冷静になってくれ。私が悪かった。安易な気持ちで君たちと付き合ったのがいけなかった。責任は取るから、許してくれ」

佐和子の指を一本一本、自分の腕から引き離した。佐和子の荒い息遣いと一緒に美香のすすり泣きが聞こえる。

佐和子の指が離れた。池澤は佐和子の胸を両手で突いた。柔らかい胸の肉に池澤の手が埋もれた。佐和子は小さく声を上げ、床に崩れた。

「ひどい」

佐和子は池澤を見上げ、睨んだ。

池澤の体に電流のような刺激が走った。脳幹が痺れる。何かが記憶の奥から浮かび上がろうともがいている。それは何か分からない。

「ひどい？」

佐和子を見た。佐和子の目は、しっかりと池澤を捉えている。

「その目……」

佐和子の怒りに満ちた目に覚えがあるような気がしてならない。霞のようなものが脳にかかっている。それを払い除けようとするが、うまくいかない。

「新様、逃げないで、私たちを捨てないで……」

佐和子の声で池澤は我に返った。

「このまま帰らせてくれ」

ドアの方に早足《はやあし》で歩いた。

「逃がしません」

佐和子が床を這いながら池澤に近づき、ズボンの裾を摑もうと手を伸ばす。大蛇が地面を這い、大きな口を開けて獲物を飲み込むように見えた。恐ろしくて、後退りに逃げた。

「許してくれ……。こんなことになるとは思っていなかった」

「こんなこととはどういうことですか。男と女が愛し合えば当然の帰結でしょう。それを認めないのは卑怯というものです」

佐和子は暗い声で言い、さらに手を伸ばす。池澤はその手を足で蹴った。

「ひえ！」

佐和子はもう一方の手で、蹴られた手を抱くように握り締めながら、のけ反らせた。

池澤はドアを開けた。そこに体を滑り込ませた。やっと右足が廊下を踏み、半身が外に出た。もう半身を外に出そうと試みたが、動かない。振り向き、下を見ると、ドアの間に佐和子の顔が半分だけ覗いている。その目は赤く充血し、恨みが充満しているように見えた。彼女は床に這い蹲りながら、池澤のもう一方の足を捕まえている。

「離せ！　離してくれ！」

池澤は部屋の中に残した足を思いっきり引き上げた。佐和子の手が離れた。全身が廊下に出た。ドアの隙間から白い腕が伸びている。佐和子の腕だ。必死で池澤を摑もうとしている。五本の指がまるでそれだけで単独の生き物のようにうごめき、腕は何処までも伸びてくる。

池澤は目をつぶってドアを閉めた。動物が車に轢かれたときのような悲鳴が空気を引き裂いた。

2

池澤はパレスホテルのロビーに立っていた。佐和子からは逃げ出してきたものの今から何処へ行けばいいのだろうか。美由紀のもとに帰って許しを乞うのが、今、やるべきことなのか。

「あの目……」

背筋に寒気が走り、一瞬、体を震わせた。あの目に覚えがあるが、まだ形にならない。

「先生……」

背後から声がかかる。男の声だ。池澤の足下に翳りができている。緊張で硬くなる。

「池澤先生……」

男が再び呼びかける。池澤は大きく息を吐き、振り向いた。

「野田……」

池澤は大きく目を見開いた。

「えへへへ……。先生、随分、顔、青ざめてますよ。なにかあったんですか」

野田が大柄な体を少し曲げるようにして池澤を見た。人を嘲るような笑みを浮かべている。

「どうして、ここに」

「どうしてなんでしょうね」

野田は小莫迦にしたように口元を曲げた。

「私をつけているのか？」

挑むように訊いた。

「さあ、どうでしょうか？」

野田の目が光った。

「忙しいから失礼するよ」

踵を返した。

「女から逃げるのに忙しいんですか。加藤さんは結局、逃げられずに死んじまった。可哀そうなことをしました。先生のせいですよ」

野田が笑いながら言った。

足が動かなくなった。下半身に汗が滲む。冷や汗というのは顔や手に出るものだと思っていた。そうではなかった。野田の言葉に驚いて、体が凍りついてしまったのだ。

「先生、ちょっと話しましょうよ。そこのロイヤルラウンジで……。どうせ家に帰っても奥さんはいませんよ」

「な、なんだと。それはどういうことだ」

池澤は振り返り、野田のスーツの襟を掴んだ。

「周りが変に思いますよ。先生はテレビに出たりしている有名人ですからね」

野田が、笑いを堪えている。池澤は周囲を見渡して、襟を掴んでいた手を離した。

「さあ、行きましょうか？」

野田はさっさと歩き出した。

パレスホテルのロイヤルラウンジは和田倉噴水公園を眺める広々とした空間だ。午後の陽光が、差し込んできて、明るく、空気にも清澄さが満ちている。池澤は野田の背中を見つめながら、周囲の雰囲気とは全く反対の重く、暗い気分に沈んでいた。

野田は一番陽当たりのいい席を選んで座った。大きく伸びをして、

「いやあ、眠いですよ。昨日から一睡もしていませんからね」

と愚痴をこぼした。

「私を一晩中、見張っていたのか」

厳しい顔で睨んだ。

「嫌ですねぇ。俺は刑事ですよ。いくら先生が有名人だからといって、民間人を一晩中見張

るほど暇じゃないですよ」

野田は皮肉な視線で池澤を見た。

「さっきから有名人、有名人って言わないでくれよ。私はそんな有名人じゃない」

野田の口調が、池澤には自分を莫迦にしているように聞こえたのだ。

「そうですか。俺にとっちゃ有名人ですけどね。女に翻弄されている作家……」

野田の目が笑った。

「なに！」

池澤は腰を浮かした。

「怒らないで、先生。でもすっかり顔が変わりましたね。加藤さんのことで来られたときは、余裕たっぷりでしたが。やっぱり他人の悩みは蜜の味でしたか。へへへ」

「用がないなら帰る。不愉快だ」

「先生に用はなくてもこっちにはあるんだ。俺は加藤さんを助けようとした。マスコミの餌食になることからね。それを先生が邪魔した。案の定、加藤さんは追い詰められて自殺してしまった。枕元に毎晩、加藤さんが現れて、先生に復讐してくれって言うんですよ。恨みのこもった目で……」

野田が両手をだらりとさげ、幽霊のまねをした。

「加藤が自殺したのは私のせいじゃない。君がマスコミに洩らしたんだ。記事を書かせたと話していたじゃないか。君が殺したんだ」

「私はマスコミなんかに洩らしませんよ。先生の勘違いじゃないですか？　刑事は秘密主義ですからね。きっと先生がどこかで不用意に洩らしたことが、尾ひれ、背びれがついて記事になったのでしょう。あなた方はここだけの話が得意ですからね」

野田は声に出して笑った。嘘をつくな、と思ったが、宮川に洩らしたことを見抜かれているようで、不安な気持ちになった。

「なぜこのホテルにいたんだ」

池澤は話を変えた。

「私はたまたま通りかかっただけです。先生がよく利用されるホテルだなと思ってロビーに入ったら、出会ったというわけです。他意はありません。それにしても先生は評判が悪いですね」

野田が感に堪えないような口調で言った。

「なんのことだ」

憤慨した顔を野田に向けた。

「いろいろと訊いてみたのですよ。勤務されていた銀行やテレビ局やお宅の近所の方々に……」

「どうしてそんなことをするんだ」

「趣味ですかね。俺を邪魔する人はどんな人か興味がありましてね」

「それで私の評判が悪かったというのか。そんなはずはないだろう」

野田が自分のことを調査するなどという、プライバシーの侵害をしたことに怒りを覚えた。しかしそれ以上にその調査結果を知りたいという気持ちが強くなった。好奇心なのだろうか。隠されているものを覗いてみたいという気持ちだ。

「聞きたいですか」

「いや……」

佐和子と美香を思い出した。彼女たちとの出会いも好奇心を満足させたいという気持ちからだった。一通の奇妙なメールが来て、無視すればいいものを、開いてしまったことから全てが始まった。もう好奇心で動くべき年齢ではないのだ。

「せっかくですから少し話しましょう。聞きたくなかったら耳を塞いでいてください」

野田は両手で耳を押さえた。

池澤は、野田を見据えた。

「まずご近所……」

野田が話し始めた。

近所では池澤のことを不審人物のように思っているらしい。毎日、決まった時間に出かけるわけではない。髭面のままで、ジャージ姿でふらふらと歩いている。目は虚ろで、何を考えているか分からない。挨拶もしない。こちらが頭を下げても、それに応えもしない。最悪なのは、家庭内の言い争う声が外に聞こえていたことだ。奥さんと仲が悪い、息子さんが引き籠りで、絶えず諍いを起こしている。そのうち大きな事件を起こすのではないかとはらはらしている……。

「他人の家を覗くように聞き耳を立てているのか。胸くそ悪い奴らだ」

「みんな他人には興味がありますからね。先生だって、加藤さんの事件には興味津々だったじゃないですか」

野田が薄く笑った。

「私は興味本位で相談に乗ったわけじゃない！」

声を張り上げた。

「こんな話もありましたよ。先生の家の周りを何やら美しいけれど怪しい女性がうろついている。なんでも角のところから、お宅をじっと眺めている。それも二人……。あれはいったい何者だろう。先生が女を騙したのかって噂になっています。心当たりはありますか」

「莫迦な……」

絶句した。まさか佐和子と美香が家に来たと言うのか。

「心当たりがなければ、職場の話をしましょう」

佐和子と美香が本当に自宅の様子を探りに来たのだろうかと不安が募った。野田の顔を見つめた。

「先生、目があっちの方向に飛んでいますよ。何か怖いことを言いました？」

「いや、いいんだ。続けてくれ」

野田は池澤の支店長時代のことを話した。池澤には自信があった。客や部下からは信頼されていたはずだ。ところが野田が描き出す池澤は、全く自分の知らない池澤だった。

客には傲慢で、頭ごなしにものを言う。実績を上げるためだったら、なんでもするというタイプだったというのだ。融資を引き揚げられて苦労した客の話があった。確かに野田が言うように融資を強引に引き揚げたこともあった。しかしそれは不良債権を作らないために仕方がないことだった。

「融資を引き揚げられた客から話を聞けば、評判は悪いに決まっている。調査が公平じゃない」

池澤は言った。

「手抜きはしませんでしたがね」

野田は首を傾げた。

部下は池澤をわがままな支店長だと思っていたらしい。自分の方針に異を唱える部下は相手にしない。融資の相談をしようとしたら、忙しいと断る。同僚には、出世の亡者だったとまで言う者もいた。絶えず成績を気にしていたことや、上司にはゴマをすり、他人を蹴落としてでも出世したいというタイプだったと。

「嘘だ……。私は上司と喧嘩して銀行を飛び出したくらいだ。出世の亡者でなんかあるものか。君の調査はいい加減だ。部下の教育にはことのほか気をつかった。相談事を無視したことはない」

「お気持ちは分かります。二十数年も一生懸命働いた職場の仲間から、全否定されたら、生きてきた、働いてきた価値がありませんからね。でも自分ではいいと思っていたことが、相手には嫌がられていることが多いものです」

「誰が君にそんな悪口を言っているんだ」

「誰とは言えません。先生が関わりあった全ての人がそうだと言っていいでしょう。そんなものなのです。例えばあなたが必死で指導した部下がいます。あなたは客のために働けと彼に教えた……」

「ああ、そう教えた。当然じゃないか」

「彼は、ポストが変わってもあなたの教えを忠実に守った。ところが評価されなかった。客のために働けば働くほど会社と乖離ができた。左遷されて、出世からも見放された。上司のために仕事をすべきだったと反省したときはもう遅かった。彼は、先生に仕事を教わったことを後悔して、恨んでいました」

「それは彼の誤解だ」

「でもそんなものです。部下も同僚も、客でさえ、先生がプラスと思ったことがいつしかマイナスになる。それが恨みになっている。もうひとつ、先生は羨ましいほどもてたそうですね」

「それほどでもないよ」

確かに池澤は女子行員からもてた。バレンタインデーにはあちこちの支店からチョコレートが届いた。それがどうして野田の情報になっているのか。

「もてるってことは恨みを買っているってことですよ」

野田が一転して暗い顔になった。

「何が言いたい」

顔を強張らせた。野田の話を聞いているうちに、今、自分がどこにいるのかさえもう分からなくなっていた。ホテルのラウンジがいつしか法廷のようになっていた。周りには今日まで関わりあった多くの人間たちが傍聴していた。階段状に作られた傍聴席を眺めると、同期入行の仲間、一緒に働いた部下行員、取引先の社長や従業員、高校時代の仲間……。見知らぬ人たちもいた。きっとどこかで関係を持った人たちだろう。思い出さないだけだ。付き合った女性たちもいた。いつの間にか別れてしまった女性、喧嘩して別れた女性、喧嘩するくらいだから彼女は男勝りだ、その表情からはなぜこんな場所に駆り出されたのかと不満な気持ちが読み取れる。池澤は彼女に軽く手を上げ、迷惑かけたねと無言で言う。彼女はぷいっと顔を背ける。肉体まで交わった女性、何もなく別れた女性、それぞれに思い出はある。池澤は今、自分が裁かれているのだと思い始めた。

野田を見る。野田は暗く重い顔つきで俯いたままだ。彼は裁判官のようなものなのだろうか。それにしては池澤は自分に弁護士も何も付き添っていないことに気づいた。ここは通常の法廷ではない。野田は裁判官ではない。ここは弁護も言い訳も許されない絶対的な裁きの場なのだ。野田は池澤をここに導いてきただけなのだ。それだけの役割なのだ。

もう一度傍聴席を眺める。多くの人たちが、池澤が裁かれるのを、黙って見つめている。池澤の目の端に、一人の女性が留まった。見逃しそうになるほど存在感が薄い。しかし女性がじっと池澤を見つめるその目はなぜか気になる。小柄で少女のような女性だ。誰？　思い出そうとする。誰？　どこで関係したのだろう？　あの目はどこかで見た。どこだろう？　神経細胞が活発に動き始める。極めて直近にあの目を見た。あの目に見つめられた。

「佐和子……」

思わず口に出した。

「先生、どうかしましたか」

野田が訊いた。

「いや、なんでもない」

「お疲れのようですね」

「もう解放してくれないか」

「もう少しです。私にはそうしなければならない理由があるからです。加藤さんの恨みを晴らすために……」

「莫迦なことは言わないでくれ」

「先生は、若いころ、一人の女性を殺していますね。それで女たらしとまで陰口を言われています」

「そんなことを言われた覚えはない。それに殺したことも……」

池澤は言った。そのとき、とつぜん少女の目が池澤を睨んだ。

「あの子……」

池澤が呟いた。

「思い出しましたか」

「今、なんとなく。加藤が僕に女性が自殺したと言った。お前は薄情だとも」

「名前は思い出しましたか」

「思い出せない……」

池澤は必死で記憶を探った。摑めそうで、するりと逃げていく。

「加藤さんもその女性を好きだったようです。淡い恋ですが。でもその女性は先生が好きだった。あなたはその女性を弄んだ」

「そんなことはしていない」

「心を弄んだのです。悪戯に気のある素振りをした。それはゲームみたいなものだったのでしょう。先生にとってはたわいのないゲーム……」

野田は言った。

「ゲーム？　でも女性に声をかけ、ちょっとしたデートに誘うなどは誰でもすることだ」

池澤は反論した。

「その誰でもすることが、彼女にとっては真剣なことだった。彼女が先生に惹かれていくのを加藤さんはじっと見つめていたそうです。時には、あなたとの間を取り持つように手紙を渡されたこともあった」

「そんな手紙は記憶にない」

「加藤さんが嫉妬で捨てたそうです。ひどく反省していました。彼女は先生に思いが通じない苦しみに耐えていました。一度だけ優しくしてもらったことだけを頼りに……。そしてある晴れた、秋の日、少し寒いくらい凜とした空気の中、ひらりと電車に飛び込みました」

「そんなことは知らない。私に責任はない」

自分がちょっと優しくしただけで片思いをし、自殺した女性の死に、どんな責任があるというのだろう。

「先生にとってはなんでもないことでしょう。しかし彼女にとっては命がけだった。加藤さんは泣いた。先生は、関係ないと薄笑いを浮かべた。加藤さんは先生を憎いと思ったそうです。この女たらしめとね。その噂は流れたはずですよ」

「私は知らない。私の知らないところでそんな噂が流れていたのか。今さらながらショックだね。それにしても加藤は君に随分といろいろなことを話しているんだな」

「加藤さんは死ぬ前に俺に助けを求めにきました。もう誰も信じられなくなっていたのですね。最後に人生で後悔していることはなんですか？　と伺いましたら、その女性のことを助けられなかったことだとおっしゃったのです。加藤さんは、彼女と同じように電車に飛び込みました。私はそれを見届けました」

野田は池澤を見つめた。

「な、なんだって！」

声を詰まらせた。

「ええ、電車に飛び込んでいくのを見ていたのです。加藤さんは、体を宙に浮かせたまま、器用にくるりと俺の方を振り向いて、笑みを浮かべておられましたよ。なんだかほっとされたようで……。辛かったんじゃないでしょうか」

「莫迦な……。そんな莫迦な」

「疑いをもたれても加藤さんに確認するわけにはいかないですよね」

「お前が『スポーツサンマイ』に情報を流して、加藤を追い詰めたんじゃないのか。まさか、電車に向かって背中を押したってことは……」

「俺はこう見えても刑事です。そんなことはしません。しかし死にたいと思っている人はそうなるように流れていくのだと思いますよ」

野田は奇妙に口元を歪めた。それは笑いを堪え損なって、思わず洩れてしまったようだった。

震えを感じていた。心底恐ろしかった。目の前にいる男は死神だ。そうに違いない。死にたいと思っている人はそうなるように流れていく……。加藤を死に追いやったと言っているのと同じではないか。

「先生、顔色が……。加藤さんもそういう顔色になられて、しばらくすると亡くなりましたね」

「か、帰るよ」

よろよろと立ち上がった。

「先生」

野田が池澤を見上げた。

「なんだ?」

「どこにも帰るところはありませんよ。先生の調査結果の結論を言いましょうか」

「いいよ。聞きたくない」

「お伝えするのが役目ですから。聞いてください。先生に焦がれて死んだ女性は今でも恨んでいるということです。先生が、もう生きていてもしょうがないなと思われた、その心の空虚がその恨みを呼び起こしたんですよ」

「言っている意味が分からない。私は、一度だって生きていてもしょうがないなどと思ったことはない」

「先生の年齢になったら、誰でもそういう気持ちになるんです。役割を終えつつあるような寂しさですよ」

野田は暗い目で池澤を見つめた。じっとその目を見ていると、闇に吸い込まれそうな気になる。

「私にはまだまだやることがある」

池澤は強く言った。

「せいぜい頑張ってください。俺も見ていますから」

野田は池澤から視線を外し、コーヒーを飲んだ。もう話は終わりだという合図のようだ。

「構わないでくれ」

池澤は、テーブルのレシートを奪うように握り締めると、足早に席を離れた。

レジで精算をしながら、座っていた席を振り返った。池澤の視線は席に釘付けになった。野田の姿がない。慌てて周囲を見渡した。どこにも野田の姿は見えない。陽光が無人の席を照らしているだけだった。

3

池澤は宮川に電話した。誰かに会わなければ、恐ろしくて恐ろしくて仕方がない。一人になりたくない。

あの野田という男は何者なのだ。刑事ではないのか。加藤の件で恨みを買ったのは事実だが、なぜここまで追い込んでくるんだ。何がしたいんだ。

自分がいったい何をしたというのだ。三十年近く前に一人の女性が自殺した。その女性が自分に恋焦がれていた？　それがなぜ恨まれることになるのだ。そのことが加藤の自殺や、佐和子や美香との関係にも影響しているというのか。

宮川も野田と同じことを言った。誰か、自殺しなかったかと。野田と宮川という調査のプロが池澤の過去を洗うと女性の自殺に突き当たる。同じ女性かどうかは分からない。なぜそれを周りは記憶していて自分は思い出さないのだろうか。自分にとっては極めて些細なことが、他人には極めて重大なこともあるのは事実だ。

子供の頃、プロ野球の試合を見に行った。憧れの選手に近づいた。グローブにサインをもらうためだ。お願いしますとグローブとサインペンを選手に差し出した。心臓は爆発しそうなくらいどきどきしていた。思いっきりの笑顔を選手に向けた。ところが選手はにこりともせずに目の前を通り過ぎていった。笑顔は怒りに変わった。なぜ、無視をした。許せないと思った。その時以来、その選手のファンを止めて、選手が所属する球団を含めて憎むようになった。選手は何も知らないだろう。日常の一コマだから。でも無視された方はいつまでも恨みとして覚えている。

加藤はその女性を覚えていた。なぜ、一度も話してくれなかったのだろう。なぜそのことで加藤から恨まれねばならないのか。

それにしても自分の評判が悪いことには驚いた。ショックを受けた。なぜあんなにみんなが悪し様に言うのだ。一生懸命働いたではないか。それをどうして曲解するのだ。同僚も部下も、誰も自分を評価してくれていない。いったいどういうことだ。あんな調査など当てになるものか。しかし他人というものは絶えず悪意でこちらを見つめているものかもしれない。

池澤は周囲の人たちが、皆、自分を監視しているような気分になった。それも悪意を持って……。誰か、自分を善意で包んでくれる人はいないのか?

宮川は電話に出ない。肝心なときに役に立たない。

家に帰ることにした。美由紀は自分を許していないだろう。しかし他に帰るところがない。男は情けないものだ。結局のところ、自宅という場所しか残っていないのか。

タクシーを拾って自宅前に着いた。家は何も変わりないように見えた。しかし入りづらい。

美由紀がどんな顔をして迎えてくれるか自信がない。

玄関の前に立った。緊張感がある。自分の家じゃないか。何を躊躇しているんだ。

玄関ベルを押す。誰も出てこない。美由紀はいないのか。ひょっとしたら荷物をまとめて出て行ったのかもしれない。もしそうであれば諦めるしかない。全ては自分が蒔いた種だ。

恋だとかなんとか気取ってみても、所詮は不器用に揉め事を起こしただけだ。中高年になり、青春が懐かしくて、胸が締め付けられる気分になる。人生の先が見え、命がはかなくなっていくせつなさを感じるのだろう。それだからと言って、簡単に恋ができるものではない。若い頃と違い、守るべきものが多い。失うものが多い。恋は激しく奪うものというではないか。奪われたくないものが多ければ、恋などしない方が賢明だ。

ドアノブを摑む。鍵が掛かっていない。どういうわけだ？　美由紀は警戒心が強く、慎重なタイプだ。鍵を掛けずにいることはない。

池澤は警戒心を抱きながら、ドアを開けた。中から人の声がする。女性の声だ。笑い声も聞こえる。玄関に靴がある。女性の靴だ。美由紀のものではない。友達が来て、話し込んでいるのか。

池澤はほっとした。美由紀が女友達と談笑している様子を想像したからだ。とりあえずは鋭く角を突き合わすことは回避された。

「あなた？」

美由紀の声がした。とげとげしさは感じない。

「ああ、帰ってきた」

美由紀のいるリビングに向かう。来客に挨拶をする礼儀くらいはわきまえている。

「いらっしゃい」

できるだけ明るく言い、リビングに入った。

「さ、佐和子、美香」

体が凍りつき、その場で固まった。

「あなたの同僚の方よ。どうぞお座りになって」

佐和子と美香が池澤を見つめて、笑みを浮かべている。

「ああ……」

池澤は落ちるようにソファに腰掛けた。

「お帰りなさい」

佐和子が言った。

「なぜ、ここに」

小声で言った。

「新様をお迎えにきました」

「なんだって！」

佐和子の言葉に驚き、声を上げた。

「あなた、何を驚いているの？　あなたって新様と呼ばれて、もてていたんだって？　笑っちゃうわね」

美由紀が軽い声で言い、口を押さえて笑った。

「美由紀……」

池澤は美由紀の笑い声に違和感を覚えた。美由紀はこの二人を知っているのではないか。あの何者かから送り届けられたみだらな写真に写っていたのが、佐和子と美香だ。その二人を目の前にして、なぜ軽やかに笑っていられるのだ。

「ややは元気に育っています。新様に似て生まれてくればいいのですが」

美香が言った。

「あなたに子供がつくれるのね。私とは何もないくせに」

美由紀が睨んだ。

「美由紀、聞いてくれ」

「何を聞くの？」

「彼女たちとの関係だよ」

「あなたを迎えにきたとおっしゃっているわ」

美由紀は、何を思ったか、佐和子と美香に笑みを向けた。

「それでいいのか」

美由紀に訊いた。

「どうして？　あなたはどこかへ行きたいのでしょう？　だからこの人たちと関係を持ったんじゃないの」

美由紀の目が真面目になった。ひょっとしたら美由紀の精神がおかしくなったのではないかと心配したが、そうではなさそうだ。

「そこまで考えていなかった。ふと恋をしたくなって……」

「それで子供をつくったの？」

美由紀の目が責めている。

「新様、ひどい。ふとした恋ではありません。真剣な恋でしょう」

佐和子が言った。美香は黙っている。出会った最初の頃は、哀れな佐和子を美香が守っているという印象だったが、今では全ては佐和子のたくらみであったように見える。美香は池澤を籠絡《ろうらく》する武器のようだ。この二人が母、娘なのかどうかも定かではない。

「私は君たちのことを何も知らない。知らない君たちと一緒に行くわけにはいかない」

池澤は言った。

「私たちのことを知らないなんて、ひどい言い方」

佐和子が皮肉な笑みを浮かべて、美香を見た。美香は小さく頷いた。

「なぜ私に近づいたのだ。なんの目的だ」

「目的も何もありません。ただ新様が好きなだけです。さあ一緒に行きましょう」

佐和子が手を伸ばした。池澤はその手を撥ね除けた。

「あなた、佐和子さんに冷たくしないで」

美由紀が怒った。

「美由紀……」

池澤はなぜ、と思った。普通は、美由紀は佐和子と敵対するはずだ。ましてや美香に子供ができているということが真実なら、なおのことだ。ところが美由紀は佐和子と敵対するどころか、共闘しているではないか。これはいったい？

「あなたは佐和子さんのことを何も知らないと言ったわね。ではあなたは私の何を知っているのよ」

「そんな話じゃないだろう」

「同じよ。あなたは何も私のことなど知らない。知らないで三十年間も過ごしたのよ」

「美由紀のことは知っている。出会いのことも、ご両親も、どこで独身時代に働いていたかも……。でも彼女たちのことは何も知らないんだ」

「結婚してからのことは知っているの？　子供が病気をして、私が右往左往したことは？　病気で寝込んだことは？　あなたはいつも仕事に行っていた。私のことなんか関心がなかったのよ」

「そんなことはない。いつも家族のことを思って働いてきた。いまさらそんなことを言うな」

池澤は美由紀の両肩を握り、揺さぶった。

「本当に新様は何も知らない」

佐和子が美香と顔を見合わせて、からからと笑った。

4

池澤は団塊と言われる世代だ。この世代はようやく組織の束縛から離れ、自由の羽を得ようとしている。定年という自由だ。

池澤は彼らより一足先に自由を得た。組織を離れ、自分で生きる道を選択した。何も後悔はしていなかった。やることはやったという充足感があった。確かに出世半ばで途を断たれたことに関しては悔しいということも考えないでもない。だが、それも仕方がないことだ。

サラリーマンは挫折の連続なのだ。

しかし、今、池澤は初めて後悔している。

野田からは自分の知らない実態を聞かされた。部下や同僚や取引先などからあれほどまで疎ましく思われていたとは知らなかった。自分では多くの人から好ましいと思われ、慕われていると信じてきた。それが全くの間違いだと野田は言った。

そして今、美由紀も自分から離れようとしている。彼女は取引先企業で働いていた。池澤はその企業を担当していた。そして出会い、結婚した。愛らしい美由紀に一目ぼれしたからだ。結婚して三十年が経った。美由紀もいつの間にか五十歳を過ぎてしまった。なぜそんなに年をとってしまったのかと驚いてしまう。あっという間だった。しかしその三十年の間、真剣に美由紀と向かい合って来ただろうか。ついつい、風呂、飯、寝るになってはいなかっただろうか。妻とは、いつでもそこにいるものと思って、粗略にしなかっただろうか。

確かに、美由紀が私の何を知っているのかと言うのも分かる。結婚以来、同じ時間を過ごしながら、美由紀に対する関心を失っていた。思い出すのは、初めて出会ったころのことばかりだ。そこから現在に飛んでしまう。

団塊の世代は、全員が同じだというようなことは言わない。しかしこの世代は仕事と組織を優先してきた。もともとは個人の自立を声高に叫ぶ大学紛争や高校紛争を経験したり、その興奮した空気を吸ったりして青春を過ごしてきた。

それが企業という組織に参加すると極めて忠実な一員になった。理由はいろいろあるだろう。つながりを求める世代で、会社内でスクラムを組むことに喜びを感じた。いやそうではない。大学紛争が既存権力に敗れ、挫折感を持って会社組織に加わったから。転向した共産党員が、もっとも忠実な右翼、あるいは日本主義者になるようなものだろう。

団塊の世代が社会に出たころ、日本は高度成長に猛烈に走り出した。会社の発展が、社会の発展であり、それが自分たち個々人の発展と同じだった。誰もが疑うことなく未来を信じていた。また未来も、まるで先へ、先へと引き込むように具体的な幸せを実現していった。こうして団塊の世代は、かつて親の世代にノー、あるいはホワイ？ を突きつけたことなど、まるっきり忘れたかのように、企業の尖兵になった。

そして親の世代が引退し始めたころ、手ひどくその報いを受けることになる。バブルの崩壊だ。バブルは団塊の世代が突き進んだ果てに出現したつかの間の夢だった。その夢が破れた途端に、激しい苦痛がやってきた。

バブルの崩壊は経済的な問題だけではない。団塊の世代が、信じていたものが、全てと言っていいほど否定されたのだ。これほどの挫折があるだろうか？ 財産の毀損は回復することができる。しかしこの挫折は回復しようがない。多くの団塊の世代が自信も語るべき言葉もなくし、未来に懐疑的になった。あれほど信じていた未来に裏切られてしまったのだ。学生運動で挫折し、また社会人としても挫折してしまった。団塊の世代は未来に懐疑的な世代になってしまった。

いったい自分たちは何をしてきたのだろうか。今まで自分の人生をきちんと生きてきたのだろうか。それをせずして次の人生が拓けるはずがない。

団塊の世代は、いよいよ会社から定年という形で放り出される。家庭へ戻り、妻と第二の人生を歩むという希望を持っているとしよう。しかし妻の考えを聞いてみただろうか。自分勝手に家庭を大事にしてきたと思い込んでいるだけだ。

恋にしてもそうだ。それほど器用に生きてきたわけではなく、ただがむしゃらにやってきた団塊の世代に、おしゃれな恋などできるはずがない。

仕事は？　今までの経験が生きると思って始めた事業も、第二の職場も、何もかも頭を切り替え、新入社員になった気持ちでやらなければ見事に失敗するだろう。なまじ社会的地位があっただけに、周囲は気遣ってくれるだろうが、それを自分の実力と勘違いしてはならない。

池澤は、今、どこへ行くべきなのか。美由紀と一緒に家庭に残るべきか？　しかしその家庭は、実は壊れてしまっているのではないのか？　佐和子と美香にひきずられるままになるべきか？

しかしその行く末に未来はあるのか？

5

「私はどうすればいい？」

池澤は情けない声で言った。もう何もかもがどうでもいいような気がしてきた。

「行きましょう。新様。あなたには行くべきところがあります」

佐和子が言った。

「美由紀、いいのか？」

美由紀に訊いた。美由紀は池澤を厳しい目で睨んだ。

「もうここには戻って来られないような気がする。それでいいのか」

「あなたが決めればいいこと」

「お前は関係ないのか」

「あなたの行動がおかしいと思い始めてから、あなたに関して刑事の野田さん、編集者の宮川さん、加藤さんが私に情報を入れてくれた。野田さんはあなたのいない時に突然電話してきたのよ。それは積極的に私に情報を提供するというより、私が聞いてしまったようなことも多い。あなたが佐和子さんや美香さんと関係を持っていることも知ってしまった。私は心配で気が狂いそうになったわ。加藤さんが、痴漢で人生を狂わせたようにあなたが女性で人生を狂わせるのではないかと。それであらゆる手を使った。写真もその手段よ」

「写真はお前か？」

「そうだとも言えるし、言えないかもしれない。あなたは嘘ばかりついた」

「嘘はお前のためについた。彼女たちと付き合っているなどと言えるわけがないじゃないか」

心は冷え切っていた。悲しいという気持ちよりも諦めだった。どうしてこんなに美由紀は冷静なのか。それが分からない。

「あなたの嘘が重なるたびに、私は自分の人生を考えたわ。あなたと暮らしてきた人生は本物だったのか。嘘ではないのか。これから先もずっとお互い嘘をつきあうことで維持していくものなのか。それほど価値があるものなのか……」

美由紀は被告を前にした裁判官のように冷静に畳み掛けた。

「やめてくれ。もうそれ以上言うな」

悲鳴に近い声を上げた。

「本当はあなたが銀行を辞めたときに、全てを見直すべきだったのよ。それを怠っていただけ」

「見直すことなどない！　私はお前や幸人のために一生懸命生きてきた。それだけだ。なぜそれを見直さないといけないのだ！」

池澤の声は怒りに変わった。

「加藤さんは、銀行を離れた途端に壊れていった。それを見ていて憐れだと思ったけれど、この人は誰かの助けを必要としているに違いないと感じたわ。加藤さんの奥さんが羨ましくなった。だってあなたは私に関係なく勝手に進んでいるもの。私の助けなど必要としていない。それはおかしいと思ったの。今まで一緒に歩んできたと思ったのに。銀行を辞めたにもかかわらず、あなたは私を必要としなかったのよ」

美由紀の池澤を見つめる目は冷たい。

「そんなことはない。私にはお前が必要だ」

絞り出すように言った。

「加藤さんは、私にもう生きるのに疲れたと言ったわ。そう聞こえたのかもしれない。私は加藤さんを助けてあげようと思った……」

美由紀の目の奥が暗くなった。

「お前……、まさか……」

池澤に恐ろしい想像が浮かんだ。

「私がスポーツ紙の記者に加藤さんの事件を話したと思っているの？　あなたが銀行時代にもらった名刺にスポーツサンマイの記者さんの名前があることは確かよ。でも私が話したのかと思ったのなら、そのままでいいわ。でもあれは加藤さんが望んだ結末なの」

美由紀は言った。

「美由紀さんは、新様とやり直せるかと必死であがいておられたのよ。でも無理だとおっしゃったの」

佐和子が口を挟んだ。

佐和子は美由紀を見ていた。美香も美由紀を見ていた。

全身に震えが来た。がたがたと音が出るほどだ。

美由紀と佐和子、美由紀と美香、彼女たちはいつの間にか関係を結んでいた……。だから写真も……。

「佐和子……」

池澤は呟いた。

「さあ、行きましょう。新様。もう美由紀さんは大丈夫。新しい人生を歩まれるわ。それが約束事なの。新様には違う道がある。それも約束されているのよ」

佐和子の声は、今までの甘えを含んだものではない。毅然としていた。

「私はどこへ行けばいいのだ」

肩を落とした。佐和子の手が伸びた。彼女の手が池澤に触れた。冷たい手だった。顔を上げた。佐和子の目が池澤を見つめていた。その憂いを含んだ目を池澤はどこかで見ていた。同じ目を持った女性と会ったことがある。その名前が、もう喉から口に上がってこようとしていた。

「さあ、行きましょう。新様がやり直す場所へ」

佐和子の手が池澤の手を掴んだ。美香が微笑む。

「美由紀……」

美由紀の名前を呼んだ。

「私は大丈夫よ。あなたに頼りきった今までの人生をここで終えるの。私は自分の足で歩くつもり」

美由紀は明確に言い切った。

「私との人生は、お前にとって無駄だったのか……」

池澤は答えを求めた。

「そんなことはない。ただあなたには行くべきところがあるというだけよ」

美由紀の顔が、微笑みに歪んだ。池澤の手を佐和子が握った。その冷たさに、再び池澤の手が震えた。池澤はもうこの手に導かれるままになるしかないと思いを定めた。どこへ行くのか。どこへ連れて行かれるのか。何のために？　あの目はどこかで見たことがあるのか。深く憂いを含んだあの目は……。

　家の外には、誰が呼んだのかハイヤーが止まっていた。池澤は、佐和子に誘われるようにそれに乗り込んだ。隣には、美香と佐和子が寄り添った。もう逃れられない。池澤はゆっくりと諦めた気分になり、目を閉じた。

6

「ここでお休みください」

佐和子は美香が横たわっているベッドを指差した。

池澤はパレスホテルのスイートルームにいた。佐和子や美香と関係するときに使用していたいくつかの部屋のひとつだ。

「やっぱりここに来たのか」

池澤は呟いた。美由紀から捨てられてしまったという意識が、この部屋に来ても以前のような興奮をもたらさない。

池澤は、美香が体を包んでいるシーツを剝いだ。裸だった。くびれた腰のあたりに自然と目が行った。池澤の目に少しお腹が丸く見えた。美香の子宮に新しい命が宿っているかと思うと、不思議な気がした。命というものは、目的があって生まれてくるものではない。偶然に男女が出会い、偶然に生まれてくる。それは死も同じだ。死ぬべき意味があって死ぬわけではない。偶然の出会いが死への願望に火をつけるだけだ。加藤もそうだった。加藤は死にたがっていたと美由紀は言った。何もかも見失ったのだろう……。

自分はどうか。まだ生きる意味があるのだろうか。美由紀からはいままでの人生を否定されてしまった。しかし美香の子宮には新しい命がある。それは自分の命だ。この命のために、もう一度生きるのだろうか。

池澤は美香の隣に横たわった。

「やっと新様が私のところに来てくださった。もうどこにも行くことはありません」

佐和子は言った。

「私はこれでよかったのか」

佐和子に問いかけた。隣の美香は目を閉じ、静かな息遣いだけが聞こえる。

「これでいいのです。新様、これをお飲みください。ゆっくりとお休みになれます」

佐和子の手には白い錠剤が載っていた。

「睡眠薬か？」

「そうです。ゆっくりとお休みになれば、なぜ自分がここにいるかお分かりになるでしょう」

佐和子が言った。

「なぜここにいるか分かるというのか？　それになぜ佐和子さんや美香さんが私に近づいてきたのかも分かるというのか？」

「分かると思います。深く眠ることで、新様の記憶が呼び起こされるでしょう」

佐和子は錠剤を差し出した。

「水をくれ」

少し体を起こして錠剤を受け取ると、自分の手のひらに載せた。毒薬かもしれない。それならそれでいい。

佐和子はコップに入れた水を持ってきた。

「君も飲むのか」

池澤は訊いた。

佐和子は頷いた。真剣な目だ。

「美香はどうなるのか」

池澤は訊いた。隣に眠る美香を見た。

「美香は新様の子を育てます。あなたが美香に与えてくださった希望です。その希望をはぐくんでいきます」

佐和子はいとおしげに美香のお腹を撫でた。

「そうか……」

手のひらに載った錠剤を見た。佐和子からコップを受け取ると、その錠剤を一気に飲んだ。

池澤はベッドに横になり、目を閉じた。佐和子が、裸になり池澤の横に入ってきた。ベッドは三人が横になるのに十分な広さだった。

目を閉じた。体がベッドの中に沈んでいく。佐和子が池澤の上に乗ってきた。重さはあまり感じない。佐和子は池澤のワイシャツのボタンを外していく。

池澤は目を開けた。佐和子と目が合った。意識が遠のいていく。

「なんだか眠くなってきた。もう抱けない……」

「いいですよ。私もすぐに眠りますから。でもこうして新様を最後まで身近に感じていたいのです」

佐和子は露わになった池澤の胸に耳をつけた。

「聞こえる。新様の音が……」

佐和子が呟いた。

意識が失われていく。佐和子の声が遠くに聞こえる。

女性と踊っていた。彼女は池澤の胸に耳を置いていた。踊りながら胸のあたりに耳を当て、

「聞こえるわ。ここに心臓があるの」

「そうだよ。愛ちゃん……」

愛ちゃん、池澤はその女性に呼びかけた。池澤は女性の顔を見た。それは佐和子だった。

「佐和子……」

「佐和子って誰？　私は愛子よ。久住愛子」

「そうだ……。愛ちゃんだ。久しぶりだね。元気してた？」

「こうして新様に会える日をずっと待っていた。長かった……」

「ずっと待っていたの？」

「だって新様が待っていなさいって言ったじゃない」

愛子はすねてみせた。

「そうだ、そうだ悪かったね。待っていてって言ったね……」

「思い出してくれた？　組合学校の夜、新入行員の私に新様はとても親切にしてくれた…」

愛子が目を細める。

「君があまりに不安そうだったからね」

池澤は静かに言った。なんだか身も心も若くなったようで、弾んでくる。

「だって、何も知らなかったんだもの。世間のことも、仕事のことも、何もかもが不安の対象だった。そんなときに新様は優しくしてくれた」

「研修施設の庭を散歩したことがあったね」

「思い出してくれた？　うれしい。組合学校の最後の夜、新様が散歩に行こうって……」

「月がきれいだった……」

「私と新様が歩く途を月が照らしてくれた……。新様は私の手を取ってくれた。とても温かかった」

「そうだったかな？」

「忘れちゃいやよ。私、どきどきしていたんだから」

「キスしなかった？」

愛子を見た。愛子は頬を赤らめた。

「新様は突然、立ち止まった。私は死ぬかと思うほどどきどきした。新様の手が私の肩に……。ああ、今思い出しても興奮で体が熱くなる……。新様は私の正面に立った」

「私の両手で、愛ちゃんの顔を包み込むようにして……」

「新様の顔が近づいてきた。私は金縛りにあったようにその場で次に来ることを想像して待っていた。新様の唇が、私の唇と重なったとき、もう私は天に昇った……」

「そうだった。やわらかくて、温かい唇だった」

「私は男の人とキスをするなんて初めてだった。新様のことを、その瞬間に唯一人《ただひとり》の人にしようと思った」

「そのとき、私は待っていて欲しいって言ったのかな？」

「今は、融資渉外課に替わったところだ。仕事が落ち着いたら、本気で付き合いたいから待っていて欲しいって……。私はうれしくて、今度は自分から新様の唇に自分の唇を重ねたわ」

「待たせっぱなしになったね」

池澤は謝った。

「組合学校が終わって、待っても、待っても新様からはなんの連絡もない……。私、自分の支店からお昼休みに何度か大阪支店にまで行ったのよ」

「悪かった」

「寂しくて、悲しくて、新様はもう私のことを忘れたんだって……」

愛子の声が暗く沈んだ。

「忙しかったんだ……」

池澤は曖昧に微笑んだ。

「違う。私、あの組合学校で一緒だった加藤さんに聞いたの。新様はどうしているって」

「加藤に？」

「そうよ」

愛子の顔が急変した。怒りに目がつりあがった。池澤はたじろいだ。何か恐ろしいことが起きる予感に怯えた。

「加藤はなんて言ったの？」

震えながら訊いた。

「君か？　池澤にキスをされた女の子というのは？　私は顔が燃えるほど真っ赤になった。私とキスできるかどうか新様と賭けていたって。その賭けに負けてしまった。夕食をおごらされたって……。悔しそうだった」

愛子の顔がますます引きつったようになった。先程までの愛らしさは微塵もなくなった。

「それは嘘だ……。加藤が嘘をついている……」

後退りした。嘘と言ったが、嘘ではない。加藤の言った通りだ。自分に好意を寄せているらしい愛子の唇を奪うことができるか、加藤と賭けたのだ。たわいもない遊びだった。加藤が悔しそうな顔をしたのを覚えている。愛子とキスをした場面を建物の陰から加藤は見ていた。あらかじめ加藤と示し合わせた場所でキスをしたからだ。

「嘘じゃない。加藤さんは私の方から新様の唇を奪ったことまで知っていたわ」

「からかうつもりはなかった。本当に愛ちゃんが可愛かった……」

愛子の顔をまともに見られなかった。愛子の顔はすっかり怒りに歪んでいたからだ。

「また嘘……。新様は、もうその時、美由紀さんと結婚の約束もしていたじゃないの。許せないと思った」

「そんな悪気はなかった。許して欲しい」

池澤は言った。

「私は、新様の言葉どおり、待ってやろうと思った」

愛子はうめくように言った。

「えっ？」

池澤は言葉に詰まった。

「死んだの。電車に飛び込んでね。死ねば、私の時間が止まる。いつか新様が私のところに来るまで、このままの姿で待っていてやろう。新様との約束を意地でも守ってやる。それが復讐だと……」

愛子は目がつりあがり、唇は裂け、般若の面のような顔で迫ってきた。両手が池澤の首にかかる。

「許して欲しい。そんなに思いつめているとは思わなかった」

「許せない。新様の嘘は許せない。待っていたの。ずっと待っていたのよ。この日を……。新様は銀行を辞めて、新しい人生を歩もうとした。それでも私のことを思い出さない。私にこんな辛い思いをさせておきながら、なんの反省もせずに新様は新しい人生に歩みだそうとしている。こんなことっておかしい。新様は、嘘の責任をとるべき……。そうじゃない？」

愛子の両手が池澤の首を強く絞める。息が苦しい。断続的に空気が、喉を抜ける音がする。

「そんなに苦しめているなんて思わなかった。悪かった……」

「せめて新しい人生をスタートするときに、私のことを思い出してくれれば、こんなに怒りが募ることもなかった。あの夜以来、一度も私のことが新様の心を過《よ》ぎったことがない。私は存在しなかったのも同じ……。そんな惨めなことって、私はずっと待っていたのに……」

愛子の目に涙が溢れた。

意識が遠のいていく。

「佐和子は？　美香は？」

愛子に訊いた。

愛子が何か言った。よく聞こえない。愛子の手が強く池澤の首を絞める。

こんな終わり方もいいと池澤は思った。自分ではなにげないことが、あるいは仕事上でやむをえないことが、意に反して、相手をひどく傷つけたのだ。そのことを清算もせずにのうのうと第二の人生をスタートさせた自分が悪い。少し時間がかかったが、全てをやり直すいい機会だ。美由紀もいなくなった。人生とはずっと継続しているのではなく、そのつど正と負を清算して、バランスを整えてから、新たに歩き出すものなのかもしれない。そのことに気づくのが遅かった……。

「パパ……」

誰かが呼んでいる。

「パパ……」

幸人だ。幸人の声だ。幸人がなぜ私を呼んでいるのだ。私のことなどめったに呼ぶことはないのに……。こんなときに何の用があるのだろう。

「パパ。僕もやっと自分の途が見えてきた。パパのようになろうと思っていたから、僕は辛かった。なれるはずがないからね。僕は僕の人生を歩めばいいと気づいたのさ」

「そんなことは当たり前だろう。なぜ今まで気づかなかった……」

「僕にとっては一流銀行でバリバリ働くパパは怖いくらい尊敬の的だった。でも最近になってパパがママとの関係で苦しんでいるのを見て、パパが近くに見えるようになったんだ。パパも悩んでいるんだとね。だったら僕も悩んだり、迷ったりして生きていってもいいと気づいたんだ」

幸人の顔が見える。池澤は微笑んだ。

「当たり前だ。パパだって完璧じゃない。迷いながら、失敗しながらの人生だよ」

「パパ……。もう大丈夫だよ。ママには僕からも謝ってあげるよ。時間がかかるかもしれないけれど、なんとかなると思う。また昔のように三人で賑やかに食事をしようよ」

「愛子は？　愛子は？」

いつの間にか首を絞めていた手がなくなったことに気づいた。

「先生、しっかりしてください」

宮川の声だ。なぜ？　と思う間もなく、体が激しく揺すられる。

「救急車だ！　気づいたぞ！」

誰かが叫んでいる。意識が再び遠のいていく。

愛子……。待たせて悪かった……。

7

まぶしい。目が射抜かれるような光だ。誰かが窓のカーテンを思いっきり開けたのだ。

「目が痛いよ」

池澤は言った。

「気づかれましたか」

宮川の顔が覗き込んだ。

「ここは？」

池澤は首を左右に振った。筋を引っ張るようで、うまく動かない。

「病院ですよ」

宮川が言った。

「病院？」

池澤は繰り返した。

「先生、驚きました。死ぬのは早いですよ。もっとも心中未遂みたいなものですけどね」

宮川が微笑した。

「心中未遂？　なんのことだ？　それにどうして君が？」

「嫌だな？　僕は先生の担当ですよ。いつも一緒じゃないですか」

「説明してくれないか」

池澤は体を起こした。

「先生はあの佐和子という女とパレスホテルの一室で心中を図ったんですよ。隣に美香という女性もいて、一対二の羨ましい心中ですけどね」

宮川はからかうように言った。

「あれは愛子？」

池澤は夢から覚めたように自分を恨んで自殺した久住愛子の名前を言った。

「そうです。久住愛子という女性の妹です。それが佐和子。もっと早く調べがつけばこんな事態になる前に手が打てたかもしれなかったのですが……。佐和子は癌が全身に転移し、余命いくばくもありませんでした。その時、若くして死んだ姉の日記を見つけて、先生と久住愛子の関係を知ったのです。相当に先生を恨んで自殺したようですね」

宮川の言葉に池澤は愛子の恐ろしげな顔を思い浮かべた。池澤は黙って頷いた。

「それで佐和子は自分の死期が近いことから、先生に姉の仇《かたき》を討とうとしたのです。人間っていうのはどこで恨まれているかわかりませんね。刑事の野田もそのあたりの事情を調べ上げていたらしく、先生を脅していたんでしょう？」

「ああ、あの男は、まるで死神のように私に付きまとった。恐ろしいというか、この男が黒幕なのかと何度も思った。ところで美香は？」

「あの女性は佐和子に雇われた女性です。さすがに自分の年齢から考えて、先生を誘惑するには自信がなかったんでしょう。舞台女優崩れの女性に芝居を頼んだんです」

「そうか……。だったら妊娠は？」

「それはないです。安心してください」

池澤はかえって残念な気がした。

「先生にたくみに近づいて、家庭も仕事も壊し、一緒に死のうとしたのですよ。姉の復讐のためにね」

宮川はさも恐ろしいという顔をした。

「佐和子は？」

「別の病院に連れて行かれました。先生の首を絞めながら、そのまま倒れてしまったのです。癌が進行していたのでしょうね。あるいは本気で先生を殺す気はなかったのでしょう。自分でも睡眠薬を飲んでいましたからね。助からないかもしれませんね」

「美香は？」

「何も知らずにすやすやです。騒ぎに気づいて、目を覚まして、驚いていました。横に先生や佐和子が青い顔をして倒れていたものですから、自分は頼まれただけだと言い訳をして……。でもいい体していましたね。先生が羨ましくなりましたよ」

宮川はいやらしそうな笑みを浮かべた。

「莫迦言うなよ」

池澤は力なく怒った。全てが芝居だったことに言いようのないショックを受けた。

「よく久住愛子のことを突き止めたね」

池澤は言った。

「随分、先生と関係のあった大阪支店時代の人に会いました。そこから組合学校のことを知り、参加者を調べ、久住愛子にたどり着きました。彼女のことを聞くと、先生の名前がでてきました。みんな驚いていましたよ」

「何を?」

「あのとき久住愛子を弄んだ男が、テレビで真面目なことを言っている池澤彬かってね」

「弄んだなんて、他人聞きの悪いことを言うなよ」

池澤はそれ以上言わなかった。自分にとっては些細なことでも愛子にとっては重大なことだったのだ。池澤は目を閉じ、愛子に無言で謝った。

「でも助かってよかったです。今回のことを小説にされればいいんじゃないですか。うちで引き受けますよ」

宮川は声に出して笑った。

「莫迦……」

池澤は言った。そして「幸人は？」と訊いた。

「幸人君は、今、コンビニにお茶を買いに行きましたよ。いい息子さんですね」

「美由紀は？」

「奥様ですか？」

宮川の顔が暗くなった。何かあったのだろうか。

「どうかしたのか？」

「ええ、私が先生のお宅に駆けつけたとき、どうも奥様の様子がおかしいので……。急に怒ったり、泣いたり……。今、この病院の別の部屋でお休みになっておられます。今回の問題が相当、神経に堪えたようです」

「そうか……」

池澤はもし美由紀が病を背負うことになれば、当然、それを引き受けなければならない。それが愛子に対する贖罪でもある。人生を新しくやり直すとき、きちんと過去を清算しなかった罰だ。

「すぐに元気になられますよ」

宮川は言った。

「ありがとう。君には感謝する」

頭を下げた。

ドアが開いた。振り向くと、コンビニの袋を持って、幸人が立っていた。

「パパ、気がついたんだね」

幸人が顔いっぱいに笑みを浮かべている。

「ああ……」

池澤も微笑んだ。

幸人の笑顔を見ていると、美由紀と幸人と三人で前のように食卓を囲める日が来るようにしなければならないと強く思った。

「その前に愛子の墓を探して、お参りしなければ……」

池澤は呟いた。

「パパ、お茶、飲む？」

幸人がペットボトルのお茶を差し出した。

「ありがとう」

笑みを浮かべ、幸人の方に手を伸ばした。幸人が池澤の手を握った。池澤はその手を強く握り返した。

解説

酒井《さかい》順子《じゅんこ》
（エッセイスト）

これは官能小説なのか？　もしくは企業小説？　それともサスペンス……？　と、読み進めながら刻々と変っていく事態に、昂奮したり緊張したりしていた私。そんな中で次第に思うようになってきたのは、これは人間の〝弱さ〟についての小説なのではないか、ということでした。

銀行員を長年つとめた後に、作家としても成功しつつある、主人公の池澤。彼は、どこから見てもまともな大人です。しかしまともな大人の男である池澤の人生は、一本のメールに返信してしまうことで、狂っていくのでした。

池澤が謎のメールに返信してしまった理由は、端的に言うならば、スケベ心のせいなのだと思うのです。人気者気分で、ちょっと嬉しい。あわよくば、楽しいことがあるかも。……池澤のそんな心の隙を、一本のメールは見事に突きます。謎の女達とめくるめくようなセックスをした後には仕事も上向きになり、池澤は生気を漲らせていきます。

一方では、同期の加藤の痴漢疑惑事件も起こるのでした。銀行の役員を解任され、深酔いして電車に乗ったあげくに、警察に突き出されてしまうのです。

池澤や加藤の姿を見ていると、たとえちゃんとした大人であっても、人間には必ず弱点がある、ということがよくわかります。池澤の場合は、仕事の挫折に対しては、耐性があった。加藤と喧嘩をして会社を辞めても、自暴自棄になることなく、作家としての立場を自分で築いたのですから。

しかし彼は、セクシャルな面では、弱かったのです。好奇心を抑えることができずにあやしげなメールに返信をだし、その後もずるずると関係を続けて、肉体の罠にかかってしまう。対して加藤は、仕事面での挫折に対しては、意外にも打たれ弱い人でした。解任となっても「なにくそ」という気持ちを発揮することができず、次第に事態は最悪の方向へ……。

年をとってくると、「疲れるとすぐに痔になる」とか「私はいつも腰が重くて」などと、身体の弱いところにひずみが出てくるものですが、その「弱いところ」は、精神にも存在するように思います。池澤の場合は「女」、加藤の場合は「仕事」がその精神的ウィークポイントだったわけですが、五十代というのはおそらく、男性にとっては精神の弱いところが露呈されがちなお年頃なのだと思うのです。

その原因となるのは、「頂点は、過ぎた」という感覚なのではないでしょうか。池澤の場合は、若い頃からモテていたと自他ともに認めています。銀行員時代は、色々な支店からバレンタインのチョコレートが送られてきたほど。その頃は、彼にとっては太陽が頭上にある、真昼の時代だった。

それが、五十代になってからは、モテ力にも翳りが見えてきたのだと思うのです。完璧におじさんとなり、若い女の子からは興味の対象外になってしまうし、性的な能力にも自信が持てなくなってくる。さっきまで太陽は真上にあったと思っていたのが、急に夕暮になってしまったような寂しさを、感じたのではないか。

……と、そんな時に女性からの誘いがあったら、どうするか。モテの頂点を過ぎた時に、自分のことを憎からず思っているらしい女性からのメールがあったからこそ、池澤は相手が誰だか思い出せなくても、返信してしまったのでしょう。

加藤の場合は、仕事を自分のアイデンティティーとしてきた人です。同期の中の出世頭という自負が、彼にはあった。銀行において同期トップで役員になった時が、彼にとっての真昼であり、昼の時期はまだまだ続くと思っていたはずです。

それが五十代になって、突然の解任、そして別会社の社長へ。銀行での出世街道の頂点を過ぎてあとは下るだけという状態になって、「もう夕暮なのか?」と、彼は冷静な自分を失ってしまうのです。

中年となった私にも、ミッドライフ・クライシスは理解できるものです。「若さ」という大陸から「死」という大陸まで泳いでいく途中、うしろには「若さ」大陸がまだまだ見えると思っていたのが、振り返ればもう見えない。かといって「死」の大陸もまだ見えず、気が付いたらもう足がつかないところに来ている……と、右往左往しているところ。もう少し泳げばまた足がつくのだろうけれど、それは「死」大陸が間近ということ。その時にはまた別の不安を感じるのでしょう。

一見まっとうに見える人も、実は弱点を持っているということをリアルに描くことができるのは、著者の江上さんが、長年銀行という「まっとう」とされる世界に身を置いていらしたからなのだと思います。いくら外からはまっとうに見えても、中にいなくてはわからないどろどろしたものをたくさん見聞きし、時にはどろどろの中に頭から飛び込んだりもされたのだと思います。だからこそ、地位や名誉を持つ人にも別の面は必ずある、ということを残酷なまでに表現することができる。

私は、とある会合において江上さんにお目にかかることがあるのです。江上さんは、いつも明るく、誰とでも会話を成立させることができる、ムードメーカー。あの能力は、物書きしかやってこなかった人には決して無いものなのではないか。

しかし常ににこやかな江上さんも、時折ほんの一瞬、鋭い目をなさる時があるのです。そんな目を見ると私は、「きっと江上さんは、銀行における『どろどろ』に立ち向かう時は、こんな表情をなさっていたのではないか」と、思うのでした。時に駄洒落を言ってみたり、馬鹿をやってもみせる江上さんですが、しかしそれは企業の中で、経済人として長い間働いてきたという確固たる自信があるからこそ、だと思うのです。

江上さんは、銀行の内部のことのみならず、女心もよく御存じの方です。それもまた、まっとうな家庭生活を長年続けていらっしゃるからだと思うのですが、本書の中で池澤の妻が壊れていく様子は、女の私でも恐い。加藤の葬儀の後、美由紀が喪服姿で言う、

「何事も気づかなければ痛くないのよ」

という言葉は、「さぁこれから壊れますよ」という合図のラッパのようで、背筋がぞくっとしてきます。

妻の気持ちを夫は全くわかっていないということを、江上さんはよーくわかっておられるのです。一種の無知の知というやつかと思いますが、それが普通の男性にはできないところ。男性がわかっていないのは、妻の気持ちだけではありません。子供の気持ちも、同期の気持ちも、そしてセックスしている相手の気持ちも、男というものは全くわかっていないということをも、江上さんはわかっておられる。

この小説は、そんな「わからないこと」の恐ろしさを、私達に教えてくれる物語です。世の中の多くの女性は、「あなたはわかっていない、ということをわかってほしい」と男性に対して願いつつも、それを伝えることの困難さの前に疲弊し、わからせる努力を放棄しています。この本を読んで、世の中の男性達が「自分がわかっているのは、ほんの少しのことだけなのかもしれない」と気づいたら、会社も家庭も、少しは平和になるのかもしれません。

人生において、真昼の太陽が傾いてきた時に、様々な問題が西日によって照らし出されて

いきます。仕事、夫婦、異性、子供、老親……と、上から照らす光では見えなかった部分が一気に顕わになり、終盤が近付くにつれ、池澤は大ピンチに陥るのです。

しかし救いは、タイトルにあるのでした。この本のタイトルは「日暮れたのち」でも「日暮れてしまって」でもなく、「日暮れてこそ」。「こそ」の先には常に希望が待っているわけで、池澤もこの危機を乗り越えることさえできれば、未来にはまた光が待っていると、最後に思わせてくれる。

このような結末となるのは、江上さんもまた、弱さを持つ人だからではないかと思う私。果たしてどの辺りが弱点なのかは今のところ謎ですが、弱さがあるからこそ、人は最後に優しくなることができるのであろうということを、この本は教えてくれるのでした。

二〇〇七年十一月　光文社刊

光文社文庫

日暮《ひぐ》れてこそ
著者　江《え》上《がみ》　剛《ごう》

2010年6月20日　初版1刷発行

発行者　駒井　稔
印刷　慶昌堂印刷
製本　ナショナル製本

発行所　株式会社　光文社
〒112-8011　東京都文京区音羽1-16-6
電話　(03)5395-8149　編集部
8113　書籍販売部
8125　業務部

ISBN978-4-334-74797-8　Printed in Japan

組版　慶昌堂印刷

お願い　光文社文庫をお読みになって、いかがでございましたか。「読後の感想」を編集部あてに、ぜひお送りください。

このほか光文社文庫では、どんな本をお読みになりましたか。これから、どういう本をご希望ですか。

どの本も、誤植がないようつとめていますが、もしお気づきの点がございましたら、お教えください。ご職業、ご年齢などもお書きそえいただければ幸いです。当社の規定により本来の目的以外に使用せず、大切に扱わせていただきます。

光文社文庫編集部